HEINZ G. KONSALIK

TRANSSIBIRIEN-EXPRESS

ROMAN

GOLDMANN VERLAG

Ungekürzte Ausgabe

Umwelthinweis:
Alle bedruckten Materialien dieses Taschenbuches
sind chlorfrei und umweltschonend.
Das Papier enthält Recycling-Anteile.

Der Goldmann Verlag
ist ein Unternehmen der Verlagsgruppe Bertelsmann

Genehmigte Taschenbuchausgabe 10/95

Umschlagentwurf: Design Team München
Umschlagfoto: Mandel/Mauritius, Mittenwald
Satz: DTP-Service Rainer Apel, Wietze
Druck: Elsnerdruck, Berlin
Verlagsnummer: 43038
MV · Herstellung: Sebastian Strohmaier
Made in Germany
ISBN 3-442-43038-0

1 3 5 7 9 10 8 6 4 2

I

»Glaub mir, Brüderchen, es ist ein Alptraum von einem Zug, ein wahrer Satanszug, aber ich bin stolz, darin der Schaffner zu sein!« sagte Boris Fedorowitsch Mulanow zu dem jungen Speisewagenkellner Fedja.

Sie standen im Gang zwischen dem Speisewagen und einem Schlafwagen zweiter Klasse, rauchten miteinander eine Papyrossa, blickten hinaus auf die vorbeigleitende Landschaft und warteten auf die ersten Häuser von Gorkij.

Es war ein eintöniges Bild: Birken und Fichtenwälder, dazwischen riesige Flächen mit Feldern, in Furchen hingeduckte Dörfer,. eine große Sowchose mit langen Geräteschuppen, Teiche und kleine Flußläufe.

Über dem allen spannte sich ein bedeckter Vorfrühlingshimmel, aus dem es seit zwei Wochen ununterbrochen geregnet hatte. Es gab daher keine Wege mehr durch dieses Land, nur ein Geflecht aus Schlammstreifen, durch das sich die Fuhrwerke quälen mußten – wie seit tausend Jahren.

Natürlich waren auch Straßen da, schöne, breite feste Straßen, blanke Bänder durch diese Einsamkeit; aber links und rechts von ihnen begann immer wieder das Land, das zweimal im Jahr in Schlamm und Morast ertrinkt, das ewige alte Rußland. Zweimal im Jahr: im Frühling und im Herbst, wenn der Regen entweder die Sommerglut oder die eisige Winterkälte ankündigt.

»Du fährst nun schon oft«, fuhr Mulanow fort und blies

den Rauch gegen die gewölbte Waggondecke, »die Strecke Moskau–Wladiwostok. Das ist schon etwas! Quer durch die halbe Welt! Auf der ganzen Welt gibt es keinen solchen Zug mehr. Trotzdem: Es ist ein Satanszug!«

»Und warum, Boris Fedorowitsch?« Der junge Kellner Fedja trat seine Papyrossa aus. Im beinahe leeren Speisewagen langweilten sich drei Reisende, lasen Zeitung und tranken Tee. »Es ist der schönste Zug der ganzen Sowjetunion. Der Transsib! Ich bin rot vor Freude wie ein kleines Mädchen geworden, als ich damals hierher versetzt wurde.«

»Der Zug ist schön. Aber die Menschen, Fedja, die Menschen!« Mulanow zeigte hinaus auf die ersten Häusergruppen von Gorkij. Die Wagen glitten weich und gut gefedert über Weichen; ein großer Verschiebebahnhof zog an ihnen vorbei.

»Sieben Jahre fahre ich jetzt diese Strecke. Ohne Reklamation! Der Genosse Abteilungsleiter hat mir die Hand gedrückt und mich gelobt. Wem passiert so etwas, na?« Mulanow lehnte sich stolz gegen die Wand.

Er war ein mittelgroßer, stämmiger Mensch mit einem kleinen Schnauzbart und Stoppelhaar. Seine Eisenbahneruniform trug er wie ein General, und wenn er durch die Gänge ›seines Zuges‹ schritt und die Abteile inspizierte, war es, als nähme er eine Parade ab.

»Weißt du, was das heißt?« Nun gab's kein Halten mehr, Mulanow war bei seinem Lieblingsthema angekommen. »Keine Reklamationen! Bei diesen Menschen in diesem Zug? Alles kleine Teufel, sage ich dir. Mehrere hundert Teufel auf zwei Schienen, und zehn Tage und zehn Nächte immer in deinem Nacken! ›Genosse Abteilungsleiter‹, habe ich geantwortet, als er mir die Hand drückte, ›ich habe meine Nerven im Stahlwerk von Kuibyschew eingekauft. Beste dicke Drahtseile!‹, und er hat gelacht, der Genosse Abteilungsleiter. Hat gelacht, daß sein Bauch wackelte und er sich fast verschluckte.«

Mulanow kratzte sich den stoppeligen Kopf.

»Ein Diplomat muß man sein, Fedja, und ein Psychologe, und man muß die Menschen erkennen – sofort! Mit dem ersten Blick, wenn sie bei dir einsteigen und sich in ihrem Abteil häuslich niederlassen, muß man sie erkennen. Man sieht's sofort, wie sie die Koffer behandeln, ihre Mäntel ausziehen, die Mitreisenden begrüßen, ihre Ehefrauen kommandieren, ihre Kinder anschnauzen, über den Zug meckern, die Fahrkarten hinhalten, wenn man sie kontrolliert ... Die einen nicken einem freundlich zu, die andern sehen einen gar nicht dabei an, andere suchen und fluchen, manche ziehen sogar ihre Schuhe aus, als wenn sie dort die Billetts untergebracht hätten, und wieder andere tun so, als solltest du sie am Hintern lecken! Und das zehn Tage und zehn Nächte lang ... ich sage dir, Fedja, ein Betriebsausflug der Teufelchen aus der Hölle! Und trotzdem bin ich stolz darauf, hier Schaffner zu sein ...«

Vor dem Fenster sah man jetzt die Vorstädte von Gorkij.

Zuerst sausten die alten Häuser aus der Zeit, als Gorkij noch Nischni Nowgorod hieß, vorbei, dann die Neubaublocks. Es waren Betonkästen wie überall auf der Welt, uniform, seelenlos; Wohnsilos, die unter einem trüben Himmel noch grauer und abstoßender wirkten als sonst.

Endlich fuhr der Expreß in die riesige Bahnhofshalle ein, und ein Gewirr von Schienen, Weichen, Elektromasten und Lagerhallen, Abstellplätzen und Werkstätten umgab sie.

»Ein paar neue Höllenkinder steigen zu!« Mulanow zückte sein Notizbuch. »Wen haben wir denn da vorangemeldet? Zweiter Klasse – interessiert nicht! Erster Klasse: zwei Parteifunktionäre, vier Geologen, einen Professor für Physik, der nach Irkutsk will. Aha, und da!« Mulanow zeigte die Eintragung dem jungen Kellner. »Werner Forster, Abteil drei, Wagen fünf. Das ist eines der Staatsabteile, Brüderchen. Nur zwei Plätze ... haben den ganzen Raum für sich, wo sonst sechs sitzen. Das sind die Schlimmsten, Fedja! Reserviert von einem Ministerium! Man muß sie anfassen wie weiche Eier. Werner Forster, ein Deutscher!« Mulanow klappte sein Notizbuch zu. »Ein wichtiger Mensch muß das sein. Fährt bis zur Endstation Wladiwostok. Ich werde ihn auf deutsch begrüßen: Gutten Tak, gospodin. Die Ausländer sind wichtig, Fedja! Unser Zug ist die Visitenkarte Rußlands. Was man später von uns erzählt, färbt auf das ganze Land ab.«

Der Zug hielt. Boris Fedorowitsch Mulanow kontrollierte noch schnell den korrekten Sitz seiner Mütze, riß die Tür auf und sprang auf den Bahnsteig.

Aus den Lautsprechern tönte noch die Zugansage. Das ist Olga, dachte Mulanow, Olga mit der schnell sprechenden hellen Stimme. Olga mit dem dicken Hintern ... Madonna von Kasan, wie man jede Kleinigkeit nach sieben Jahren kennt ...

Es war keine Kunst, Werner Forster zu entdecken. Er stand neben zwei hellen Schweinslederkoffern, die allein schon die Aufmerksamkeit der sowjetischen Reisenden auf sich zogen. Und dann die Kleidung! Der Anzug aus englischem Stoff, graubraun mit einem Karo in Blau. Rötliche weiche Schuhe in Mokassinform, über dem Arm einen Mantel aus Fuchspelz – in Moskau gekauft –, vor der Brust einen Fotoapparat, über der Schulter eine moderne Tasche mit langem Riemen, ohne Hut ...

Ein Mensch, der auffiel, weil alles an ihm anders war als in Rußland.

Mulanow straffte sich, setzte sich in Bewegung und marschierte auf den Deutschen zu. Drei Schritte vor ihm blieb er stehen, als habe jemand »Halt!« kommandiert, und legte die Hand an den Mützenschirm.

»Gutten Tak, gospodin«, sagte der Bahnbeamte. »Ich bien Schaffner von Sie!«

Werner Forster nickte freundlich. Die große Reise, ein Traum, den er schon als Junge geträumt hatte, wurde Wirklichkeit. Er suchte nach seinem Fahrschein, aber Mulanow winkte großmütig ab.

»Sie sind mir angezeigt, gospodin«, sagte er jetzt auf russisch. »Bitte, folgen Sie mir.«

Er wartete, ob der Deutsche ihn verstand, und zu seinem Erstaunen antwortete Forster auf russisch: »Sie sind wirklich sehr höflich. Danke!«

Eine schauderhafte Aussprache, dachte Mulanow. Deutsches Schulrussisch! Aber man kann ihn verstehen.

Es wird sich die Möglichkeit ergeben, ein Schwätzchen zu halten. Noch knapp zehn Tage bis Wladiwostok.

Vielleicht kann man – ganz vorsichtig – erfahren, wie die Deutschen leben. Zum Beispiel ein deutscher Eisenbahnschaffner! Vergleiche sind immer gut.

Die Mulanows leben zufrieden, das kann man wohl sagen. Eine hübsche Frau mit zwei Kinderchen, und eine Wohnung mit zwei Zimmerchen in Moskau. Ein Bad für drei Mietparteien – na, ist das etwa nichts? Und bisher keine Reklamationen mit dem warmen Wasser, wie's im Block nebenan immer ist. Da tutet es aus dem Kran, wenn man warmes Wasser haben will! Ein Musiker, der dort wohnt, sagte neulich, es wäre a-Moll! Und er wolle eine Sonate über das Getute schreiben ...

Mulanow tat etwas, das sonst unter seiner Würde war: Er nahm einen der schönen Schweinslederkoffer und trug ihn dem Deutschen voraus zum Wagen fünf.

Vor den Waggons der zweiten Klasse – Großraumwagen für sechzig Personen – stauten sich die Reisenden, warfen ihr Gepäck voraus durch die Fenster, enterten den Wagen, als seien sie Piraten, stießen sich gegenseitig weg und benahmen sich so, wie es Mulanow nicht anders erwartet hatte und seit sieben Jahren kannte.

Die Erste-Klasse-Reisenden waren schon eingestiegen. Sie hatten Platzkarten und suchten in Ruhe ihre Plätze auf.

»Bitte, gospodin«, sagte der Schaffner und zeigte auf ein geschlossenes großes Fenster. »Das ist Ihr Abteil. Nur für zwei Personen. Es wird Ihnen bei uns gefallen.«

»Davon bin ich überzeugt.« Forster folgte dem Schaffner bis zu der breiten Schiebetür. Im Abteil saß bereits ein Reisender, der sich sofort erhob, als Mulanow und Forster eintraten.

»Darf ich Ihnen behilflich sein?« fragte der Herr.

»O danke. Es geht schon.«

Werner Forster hob die Koffer in die Ablage, hängte den Pelzmantel an einen Haken und stellte Fotoapparat und Umhängetasche auf die lange, dick gepolsterte Bank.

Mulanow klappte ein Tischchen unter dem Fenster heraus und zog das weiße Deckchen gerade, das über die Nackenstütze gezogen war.

Forster fuhr zum ersten Mal mit einem sowjetischen Luxuszug. Bisher hatte er Rußland nur vom Flugzeug oder Auto aus kennengelernt Und die ländlichen Züge, die er zweimal benutzen mußte, hatten ihn an Erzählungen von Tolstoi oder Gorki erinnert: es waren rollende, schwankende, rappelnde und in den Federn ächzende Historien.

Wegen der Pflichterfüllung kontrollierte Mulanow noch schnell die Fahrkarte und das Sonderbillet für den Staatswagen, grüßte dann stramm und verließ das Abteil.

Er rannte durch den langen Zug zur zweiten Klasse. Dort gab es Streit wegen eines Fensterplatzes. Irgendein Idiot bei der Fahrkartenausgabe hatte zweimal den gleichen Platz reserviert, und nun standen sich zwei Männer gegenüber wie David und Goliath und zankten sich darum.

Der eine – ein Riese mit einem schönen Baß, der aber leider stotterte –, der andere klein wie ein Frettchen und mit einem

Mundwerk, das man nur zuschweißen konnte, damit es stillstand.

»Ruhe!« brüllte Mulanow. »Sie befinden sich im Transsib, Genossen, und nicht in einem Ferkelzug! Zwei gleiche Nummern? Ist das meine Schuld? Warum einigt man sich nicht? Jeder sitzt einen Tag am Fenster, immer abwechselnd! Ist das denn so schwer? Beginnen wir mit dem kleinen Genossen . . .«

»Wa-warum?« brüllte der Riese zurück. »Er ha-hat Platz im Gep-päcknetz!«

»Ein Baumstamm ohne Hirn!« kreischte der Kleine zurück. »Genosse Schaffner, ich kann Ihnen ein ärztliches Zeugnis beibringen! Im Gepäcknetz! Ich leide seit vier Jahren an chronischen Blähungen. Ich muß mich gerade setzen. Sitze ich krumm – schon geht's los! Soll ich es Ihnen vormachen, Genossen? Auf Ihre Verantwortung! Ich habe ein ärztliches Zeugnis . . .«

In seinem Abteil hatte sich Werner Forster an das Fenster gesetzt und blickte hinaus. Er konnte durch den offenen Teil der Halle hinübersehen auf eine Gleisanlage, die etwas außerhalb der Bahnsteige lag.

Hier warteten Loks und Waggons auf ihre Zusammenstellung oder waren nach der Fahrt abgestellt worden, um gereinigt zu werden.

Da die Bahnsteige leer waren, beobachtete Forster, daß vor einem langen Zug mit Güterwagen ein paar Milizsoldaten hin und her patrouillierten. Sie hatten Maschinenpistolen vor der Brust und führten Schäferhunde an ihrer Seite.

Der Herr im Abteil räusperte sich diskret. Forster wandte den Kopf.

»Wir werden zehn Tage lang zusammenwohnen«, sagte der Herr in einem absichtlich langsam und deutlich gesprochenen

Russisch. »Da ist es gut, wenn man sich kennt. Mein Name ist Pal Viktorowitsch Karsanow, Professor der Agrarwissenschaft«

Er erhob sich und verneigte sich höflich. Forster verbeugte sich ebenfalls. Wie bei Tolstoi, dachte er von neuem.

Das ist das Geheimnis Rußlands, vor dem wir sprachlos stehen. Seit über fünfzig Jahren verändert sich in Rußland alles, und es verändert sich so, daß es das neue Gesicht der Welt mitbestimmt – aber im Grunde ihrer Seele bleiben die Russen, was sie immer waren: menschliche Rätsel zwischen Himmel und Hölle!

Allein schon dieser Zug! Überall spricht man vom Sozialismus; alle Menschen sind gleich ... aber man hat eine zweite Klasse mit sechzig Plätzen, man hat eine erste Klasse mit vier oder sechs Plätzen und Sonderabteile mit zwei Sitzen. Reserviert für hohe Offiziere, Parteifunktionäre und Staatsgäste.

Wer hat von einer klassenlosen Gesellschaft gepredigt? War's Lenin?

»Ich heiße Werner Forster und bin Ingenieur.«

Dann saßen sie sich gegenüber, blickten aus dem Fenster und suchten den Anfang für ein Gespräch.

Er sieht aus wie ein biederer Familienvater, dachte Forster. Gutmütig, behäbig, das graumelierte Haar wird schon licht in der Mitte. Er trägt einen Anzug aus dem Kaufhaus, Marke »Stirallka«, wie die Leute diese Anzüge nennen, die nach einem Regenguß wirklich wie zusammengenähte Staubtücher aussehen. Die Schuhe sind mehrfach besohlt, das bläuliche Hemd ist zerknittert, nur der rote Schlips ist neu.

Ein lieber Onkel, ein Professor, der Formeln besser kennt als eine Bügelfalte in der Hose.

»Sie sind Deutscher?« fragte Karsanow.

»Man hört es, nicht wahr?« Forster lachte jungenhaft. Sein

offenes Gesicht wurde dann beinahe alterslos. Er konnte achtzehn, aber auch dreißig Jahre alt sein. In Wirklichkeit war er dreiunddreißig.

»Ich hatte große Mühe, soweit Russisch zu lernen, daß ich mich verständlich machen kann. Für einen Deutschen ist Russisch ein Alptraum!«

»Das Kompliment gebe ich zurück.« Karsanow lachte nun ebenfalls. »Für jeden Ausländer ist Deutsch die Sprache der krachenden Zunge. Sie fahren auch bis Wladiwostok?«

»Ja! Mein Kindertraum wird wahr.«

Forster blickte wieder aus dem Fenster. Der Zug da draußen auf den Rangiergleisen interessierte ihn. Die Milizionäre mit den Hunden riegelten anscheinend das ganze Gebiet ab. Außer ihnen war kein Mensch dort zu sehen. Kein Bahnarbeiter, keine Rangierer und auch nicht die Frauen mit den verblichenen Kopftüchern, die mit Schrubbern an langen Stangen die Waggons von außen abwaschen. »Von Wladiwostok fahre ich dann per Schiff nach Hause.«

»Eine wundervolle Reise. Sie haben in Rußland gearbeitet?«

»Ja, an der geplanten Erdgasleitung nach Deutschland. Ich war eine Art Vorkommando. Es gab da vieles, was man koordinieren mußte.«

»Natürlich, die Erdgasleitung! Eine gute Sache, mein Herr! Zwei Völker kommen sich endlich näher, weil sie sehen, daß man sich gegenseitig braucht. Wie hieß Ihr Vater?«

Forster sah Karsanow verblüfft an. »Anton Forster. Warum?«

»Sehr gut!« Karsanow lächelte freundlich. »Es redet sich leichter im Russischen, wenn man das weiß. Sie gestatten, daß ich Sie Werner Antonowitsch nenne? Ich bin Pal Viktorowitsch! Wir werden uns in den kommenden zehn Tagen lieben oder zerfleischen lernen. Weiß man es im voraus?«

An dem abgesperrten Zug geschah jetzt etwas Merkwürdiges.

Aus einigen Lüftungsschlitzen wehten Taschentücher im Wind, und ein paar Papierschnipsel trieben träge über die Gleise davon.

Die Milizionäre wurden unruhig, traten an die Waggons und schlugen mit den Fäusten dagegen. Die Hunde zerrten an den Leinen und bellten, aber die Taschentücher verschwanden nicht. Sie flatterten weiter aus den Schlitzen, bis endlich ein paar Milizsoldaten mit den Läufen ihrer Maschinenpistolen die weißen Stoffetzen wegrissen.

»Sehen Sie sich das an, Pal Viktorowitsch«, meinte Forster. »Da drüben, der Güterzug! Aus den Luftschlitzen winken Taschentücher. In den Waggons transportiert man also Menschen! Dazu die Miliz mit Hunden ... Ich denke, das gibt es nicht mehr in Rußland?«

»Blicken Sie woandershin, Werner Antonowitsch«, knurrte Karsanow.

Seine Stimme hatte sich plötzlich verändert. Sie klang ärgerlich und etwas härter als zuvor.

»Vor drei Tagen in Moskau habe ich noch mit einigen Herren darüber diskutiert.«

Forster zeigte hinüber zu dem Güterzug. Die Milizionäre stießen wieder mit den Gewehrkolben gegen die geschlossenen Waggons und schimpften.

»Sagen Sacharow und Solschenizyn die Wahrheit? habe ich gefragt. Ich gehöre einer Generation an, die bei Kriegsende vier Jahre alt war. Was unsere Väter erzählten, was man später in vielen Büchern las – es mutete alles so unglaubwürdig an, und dann das, was man uns in den Schulen erzählte ... wer hat recht? Wenn Solschenizyn ...«

»Nennen Sie diesen Namen nicht!« sagte Karsanow ungnädig.

Er streckte die stämmigen Beine aus und blinzelte mißmutig zu dem Zug und den Milizsoldaten hinüber.

»Jedes Ding kann man von zwei Seiten betrachten. Die einen sehen in einer Toilette eine hygienische Einrichtung, die andern dagegen sagen nur: Es stinkt! Beide haben recht! Warum es leugnen? Ja, das dort drüben ist ein Transport mit Staatsfeinden. Ist es nicht das Recht eines jeden Staates, für Ordnung zu sorgen? Jeden Ansatz von Chaos zu vernichten? Die Sowjetunion ist ein Land des Friedens. Natürlich hapert es noch an vielen Ecken und Enden ... Was tausend Jahre vernachlässigt haben, kann man nicht in fünfzig Jahren wegbügeln! Wer das nicht einsieht ...«

Karsanow erhob sich und knöpfte die Jacke seines Anzugs zu. Die Hose beulte sich an den Knien, der Stoff knitterte im Rücken. Werner Forster blickte zu ihm hinauf.

»Es gibt also Deportationen in Straflager?«

»Werden bei Ihnen die Verurteilten in goldenen Kutschen weggefahren? Rußland hat andere Entfernungen, also müssen auch die Transportmittel andere sein.«

Karsanow verließ das Abteil.

Forster sah, wie er ausstieg und mit schnellen Schritten über den Bahnsteig ging. Vor einem Verkaufskiosk für Limonade und Backwaren traf er auf einen Bahnbeamten und sprach ihn an.

Es mußte ein ziemlich erregtes Gespräch sein, denn der Beamte rückte nervös an seiner Mütze, und Karsanow gestikulierte mit beiden Armen.

Tatsächlich sagte Karsanow: »Wer ist verantwortlich für diese Sauerei? Glotzen Sie mich nicht so blöde an, Genosse! Dort drüben steht ein Transport nach Sibirien, für jedermann sichtbar, als biete man Tomaten feil! Steht da, wo man weiß, daß der Transsib einläuft und mit Ausländern besetzt ist! Und da wundert man sich hinterher in Moskau, wenn die westliche

Propaganda auf die Pauke haut. Eine Schweinerei ist das! Wer ist dafür zuständig?«

Es zeigte sich, daß niemand zuständig war.

Karsanow ging mit dem Beamten in das Telefonhäuschen der Bahnsteigaufsicht und telefonierte herum – vom Stellwerk bis zum Bahnhofsvorsteher, vom Milizkommandanten bis zum Leiter des örtlichen KGB. Jeder nannte diese Panne eine Dummheit, die fast an Sabotage grenze – aber verantwortlich war niemand. Wer den Deportiertenzug gegenüber vom Transsibirien-Expreß abgestellt hatte, war nicht mehr nachprüfbar.

Irgend jemand hatte am Telefon gesessen und die Anweisung gegeben, dann hatte alles andere die Technik übernommen, die Weichen wurden elektronisch gestellt, Miliz marschierte auf, sperrte ab – man hatte sogar – eine halbe Stunde vor Einlaufen des Transsib! – die Waggontüren geöffnet und Verpflegung verteilt.

Hunderte Menschen hatten zugesehen, aber da es ausschließlich Russen waren, löste dieser Anblick keinerlei sichtbare Reaktionen aus. Glücklich der, der frei auf einem Bahnsteig stehen kann!

Karsanow hängte wütend den Hörer ein.

»Es ist nervtötend!« sagte er laut »Immer das gleiche! Keiner ist zuständig! Ich werde es nach Moskau melden, Genosse. Mich wundert nur, daß niemand die Verurteilten an unserem Zug vorüberziehen läßt – wie Mannequins!«

Aus dem Lautsprecher schallte von neuem die helle Stimme Olgas mit dem dicken Hintern: »Alle Reisenden einsteigen und die Türen schließen! Der Transsibirien-Expreß fährt in Kürze ab!«

Karsanow beeilte sich, zu seinem Wagen zu kommen.

Er war gerade aufgesprungen, als Mulanow hinter ihm die Tür zuschlug. Es klang wie ein Schuß, als die schwere Tür ins Schloß krachte, und Karsanow zuckte heftig zusammen.

»Haben Sie sich erkundigt, Pal Viktorowitsch?« fragte Forster, als sich Karsanow schnaufend und voll angestauter Wut auf die Polsterbank warf.

Der Zug ruckte an und verließ dann fast lautlos die riesige Bahnhofshalle von Gorkij. Der Bahnsteigaufseher grüßte stramm, als der Wagen Nummer fünf an ihm vorbeirauschte.

Karsanow kniff die Lippen zusammen und ignorierte die flehentliche Geste des kleinen Beamten: Genosse, verschonen Sie mich! Ich bin nur ein unwesentlicher Beamter, der die Züge abfahren läßt ...

»Wo geht der Transport hin?«

»Werner Antonowitsch, wir sollten uns einigen, wenn wir zehn Tage zusammenleben müssen«, erwiderte Karsanow mit erzwungener Ruhe. »Verbrecher gibt es in jedem Land. In Ihrem Vorbild Amerika gibt es mehr als – zusammengerechnet – in der ganzen Welt! Und über solche Menschen sollte man nicht diskutieren. Verstehen wir uns?«

»Im Prinzip – ja, Pal Viktorowitsch.«

»Sehr gut.« Karsanow versuchte ein Lächeln, aber es geriet schief. »Bleiben wir bei Radio Eriwan und seinen Witzen. Obgleich auch die ein völlig schiefes Bild liefern ...«

Forster lehnte sich in die Polster zurück. Draußen flogen die Häuser vorbei.

Bilder wie überall, wenn ein Zug eine Stadt verläßt.

Und nach wenigen Minuten begann wieder das schlammige Land, diese vom Regen aufgeweichte Grenzenlosigkeit aus Feldern, Büschen und Wäldern ...

»Sie lassen nicht ein Stäubchen auf Ihrem Land liegen, was?« fragte Werner Forster und suchte in der Pelzmanteltasche nach seinen Zigaretten.

»Nein! Ich bin Russe!« Karsanow schob das Kinn vor. »Meine Heimat ist für mich heilig.«

Nach zwei Stunden verließ Forster das Abteil, um in den

Speisewagen zu gehen. Boris Fedorowitsch Mulanow war noch einmal vorbeigekommen, hatte den Kopf durch einen Türspalt gesteckt und gefragt, ob alles in Ordnung sei. Da keiner eine Antwort gab, hatte er rasch die Tür wieder zugeschoben. Dann ging er aus dem Blickfeld des Abteils und stellte sich an ein Gangfenster.

Dicke Luft, dachte er. Das gütige Väterchen und der Deutsche! Wer hätte das gedacht? Man muß ein Auge auf sie haben.

Er seufzte und richtete sich darauf ein, die nächsten zehn Tage seine Drahtseilnerven zu gebrauchen.

Forster und Karsanow hatten in den letzten zwei Stunden kein Wort miteinander gesprochen. Pal Viktorowitsch las in einem Buch, das »Die Helden vom dunklen Fluß« hieß und beschrieb, wie vier tapfere Geologen die Einöden Kamtschatkas überwanden und dabei reiche Bodenschätze entdeckten. Es war ein schönes Buch aus der Pionierzeit Sibiriens.

Forster blickte aus dem Fenster. Die Sonne war durch die Wolken gebrochen, das ertrunkene Land sah jetzt freundlicher aus. Die Dörfer an der Strecke hatten etwas Märchenhaftes an sich: Holzhütten mit geschnitzten und bemalten Fensterläden, strohgedeckt und moosbewachsen, oder mit Brettern und Dachpappe vernagelt und mit dicken Steinen gegen die Herbststürme beschwert. In den mit Knüppelzaun umgebenen Gärten arbeiteten Frauen und blickten kurz auf, als der Luxuszug an ihnen vorbeiraste. Ihre Kopftücher flatterten im Wind, auf ihren ausgeblichenen Kleidern lag der Sonnenglanz, als könne er ihnen neue frohe Farben geben.

»So habe ich mir Rußland immer vorgestellt«, sagte Forster einmal, aber Karsanow gab keine Antwort.

Das ist schon wieder eine Frechheit, dachte er nur. Diese Hütten, die bald im Verlauf eines neuen Zehnjahresplans verschwinden werden, wo moderne Höfe mit Zentraldepots für Maschinen entstehen sollen, diese Hütten nennt er das typische Rußland! So kann nur ein Deutscher denken.

Rußland – das sind für ihn alte Hütten, arme Bauern, vollbusige Mädchen, Balalaikamusik, Krakowiak und Wodka!

Karsanow las beleidigt weiter und schielte nur ab und zu über den Buchrand zu Forster hinüber.

Er frißt mit den Augen, stellte Karsanow fest. Aber begreift er denn auch, daß dieses riesige Land nicht wie sein Ruhrgebiet sein kann, Haus an Haus, Straße an Straße?

Auf dem Gang zum Speisewagen prallte Forster mit einer Frau zusammen, die ihm plötzlich den Weg versperrte. Er hatte sie nicht kommen sehen, und der Zusammenstoß war so stark, daß er taumelte, Halt suchend um sich griff und in etwas Festes faßte. Ebenso schnell zuckten seine Hände zurück, und er lehnte sich verlegen an die Gangwand.

Zwei gewaltige, runde und feste Brüste wölbten sich ihm entgegen, durch die dünne Bluse kaum verhüllt, und ein Gesicht von wilder herausfordernder Schönheit, umwallt von einem Kranz feurigroter Haare, lachte ihn an.

»Verzeihung –«, sagte Forster verwirrt. »Ich muß beim Gehen geschlafen haben. Es war nicht meine Absicht ...«

Die Frau mit den flammenden Haaren und den grell geschminkten, etwas zu dicken Lippen blieb stehen. Sie versperrte den Weg mit ihrer wuchtigen Figur.

Für eine Dame war sie zu auffällig gekleidet und geschminkt; und wie sie jetzt dastand, die dicke Brust vorgestreckt, die Beine etwas gespreizt, ein breites Lächeln auf dem runden, aber durchaus noch schönen Gesicht, erinnerte sie Forster an jene Mädchen, die er in Hafenstädten an Haustüren oder hinter Fensterscheiben gesehen hatte und die nicht übers Wetter sprachen, sondern ihren Preis nannten.

»Ein neuer Gast!« sagte sie und musterte Forster. Auf eine Russin mußte er in seinem Maßanzug wie ein Millionär wirken. »Amerikaner?«

»Nein, Deutscher.«

»Bis Wladiwostok?«

»Erraten.«

»Eine lange Fahrt, Sie schöner Mann!«

Sie atmete tief ein und aus, und ihre Brüste lockten. Das war gekonnt! Forster stellte es fest, wie ein Schiedsrichter ein Tor ansagt.

»Über das Schlafen können wir reden . . .«

»Über was, bitte?« fragte Forster überrascht.

»Sie haben doch eben gesagt, Sie hätten beim Gehen geschlafen.«

Die Rotflammende stützte sich mit den Armen rechts und links von den Gangwänden ab. Ihr ganzer Körper schien durch den dünnen Stoff zu glänzen, die Linie des Leibes, die Schenkel, die Hüften wirkten wie entblößt.

»Man schläft nicht im Gehen, wenn es andere Möglichkeiten gibt. Ich habe Abteil dreiundzwanzig.«

Die Frau lachte ihn an, und ihr geschminktes Gesicht, auf dem jetzt ganz kurz Sonnenglanz lag, wirkte komisch und tragisch zugleich – wie eine Clownsmaske.

»Schönes Herrchen, haben Sie Deutsche Mark? Es gibt zehn Prozent Rabatt gegenüber dem Rubel!«

Forster begriff, und die Begegnung begann ihm Spaß zu machen.

»Vielleicht später –«, sagte er. »Jetzt habe ich Durst.« Er schob sie an die Wand, und sie richtete es so ein, daß er ihre festen Brüste von neuem streifen mußte. Dabei seufzte sie tief und bekam einen traurigen Blick.

»Ich habe zu trinken in meinem Abteil.«

»Haben Sie ein Abteil ganz für sich?« fragte Forster.

»Wo gibt es das, schöner Mann? Es sind noch drei Mitreisende drin, eine Ehepaar und ein junges Mädchen.«

»Aber das geht doch nicht ...«, meinte Forster unsicher. »Sie können doch nicht ...«

»In der Nacht hat jeder sein Bett!« Die Rotflammende strich sich wollüstig mit beiden Händen über die Brust. »Das Ehepaar schläft. Es sind alte Leute, muß man wissen. Und das Mädchen? Wen stört es? Entweder schläft es auch. Oder es lernt noch etwas dazu. Wer wird sich an solchen Problemen stoßen? Sagen wir, um zehn Uhr? Ich notiere es.«

»Nein!« Forster drängte sich an ihr vorbei. Der Gedanke, vor Zuschauern zu lieben, jagte ihm Schauer über den Rükken. »Ich glaube, wir kommen nicht ins Geschäft.«

»Wenn es Ihnen lieber ist, komme ich in Ihr Abteil, gospodin!«

Forster dachte an Karsanow und schüttelte lachend den Kopf. Er stellte sich Pal Viktorowitsch als Augen- und Ohrenzeugen nächtlicher Umarmungen vor und geriet in eine verrückte Fröhlichkeit.

»Mein Abteilgenosse ist ein vornehmer Mensch.« Er lachte. »Sie können ihn ja einmal fragen. Wagen fünf. Abteil Nummer drei. Er wird Ihnen etwas von Lenin vorlesen.«

»Das sind die Schlimmsten!« rief die Frau ihm nach. Sie hatte die Brüste eingezogen, und Forster konnte passieren.

Im Speisewagen bestellte er Tee und eine Flasche Mineralwasser. Dann gab er sich wieder dem Anblick der russischen Landschaft hin.

Die nächste Station ist Kirow, dachte er. Dann Perm, die wildromantische Fahrt durch den Ural, und schließlich Swerdlowsk. Das war dann schon Sibirien, das Tor in eine riesige neue Welt, von Menschen kaum zu bezwingen: die Taiga!

Swerdlowsk ...

Werner Forster holte seine Sonnenbrille aus dem Jackett. Der Vorfrühlingstag ging zu Ende, die Sonne stand tief und blendete. Was hatte sein Vater von Swerdlowsk erzählt?

Die Zentrale der Gefangenenlager, der Außenlager, die über das ganze Land verstreut waren. Darin beinahe sechzigtausend Deutsche aus Stalingrad ...

Er war gespannt, wie dieses Land aussah, in dem die Gräber der deutschen Plennis lagen, flachgewalzt, unbekannt ...

Jeder Krieg ist ein Verbrechen, hatte sein Vater gesagt. Jeder Krieg, mein Junge! Da verrecken Millionen und wissen nicht, warum. Hat das ganze Blutvergießen wenigstens einen Sinn gehabt, ist die Welt dadurch besser und klüger geworden? Nein, im Gegenteil!

Die Gegensätze sind noch größer, die Ideologien noch fanatischer geworden. Als ob das Blut nur Dünger gewesen wäre, damit der Irrsinn noch üppiger wächst ...

Forster trank seinen Tee und eine halbe Flasche Wasser, kaufte noch ein belegtes Brot – Schwarzbrot mit einer fetten Leberwurst – und ging zurück in sein Abteil.

Schon von weitem hörte er Stimmengewirr. Eine Frau kreischte. dazwischen schrie Karsanow. Als Forster die Abteiltür aufschob, kam ihm die üppige Rothaarige entgegen. Sie hatte keine Spur mehr von erotischer Ausstrahlung, sondern wirkte megärenhaft. Ihre wutgeweiteten Augen blitzten.

»Ein Flegel, Ihr Nachbar!« schrie sie Forster an. »Ein ekelhafter Eunuch! Ha, an dem werden Sie Freude haben! Zehn Tage mit ihm, und ich gehe ins Kloster! Kommen Sie zu mir! Um ihn zu ärgern, verlange ich von Ihnen kein Geld!«

»Ein Skandal!« brüllte nun auch Karsanow, nachdem er Forster erblickt hatte. Er hatte einen hochroten Kopf, und seine Haare spreizten sich vor Wut wie bei einem gereizten Hund.

»Diese Huren werden immer frecher! Kommt hier ins

Abteil, setzt sich mir gegenüber, lüftet den Rock, daß ich ihr bis zur Galle sehen kann, und sagt: ›Na, Alterchen, bewegt sich nichts bei dir? Da war doch mal was, nicht wahr?‹, und als ich aufspringe und losschreie: ›Hinaus, du Hurenbiest!‹, da sagt sie doch: ›Übernimm dich nicht, Alterchen! Brüll nicht weg, was du an anderer Stelle brauchst ...‹ Was soll man dazu sagen? Es ist ungeheuerlich!«

Karsanow ließ sich erschöpft auf die Bank fallen, drückte seinen Kopf gegen das Polsterkissen und schnaufte laut.

»Man sollte solche Weiber steinigen!« sagte er später, als die Frau das Abteil schimpfend verlassen und er sich wieder etwas beruhigt hatte. Er nahm sogar aus Forsters Reiseflasche einen Schluck grusinischen Kognak an, was ihm sichtlich gut tat.

»Diese Hure ist übrigens besonders impertinent. Die anderen waren sanfter.«

»Wieso die anderen? Sind noch mehr im Zug?«

»Ich fahre diese Strecke dreimal im Jahr, Werner Antonowitsch.« Karsanow bediente sich noch einmal aus der Reiseflasche. »Es ist jedesmal eine andere.«

»Aber immer ist eine Dirne im Zug?«

»Was wollen Sie?« Karsanow hob resignierend die Schultern. »Man verbietet es; man bestraft sie, wenn sie angezeigt werden. Trotzdem fahren sie immer mit. Sie gehören fast schon zum Zugpersonal. Ich vermute, die Schaffner bekommen Prozente. Auch das ist ein Skandal! Aber beweise das mal einer! Doch dieses Luder werde ich anzeigen, das schwöre ich Ihnen! Alterchen, sagt sie zu mir. Ich bin vierzig Jahre alt. Ist man mit Vierzig ein Greis? Sehe ich aus wie eine vertrocknete Kartoffel? Ich bin tief getroffen, Werner Antonowitsch. Dieses Aas werde ich in Wladiwostok verhaften lassen!«

»Warum denn erst in Wladiwostok, Pal Viktorowitsch?« fragte Forster.

»Glauben Sie, ich will von anderen Reisenden zerrissen

werden?« antwortete Karsanow schlicht. »Zehn Tage und zehn Nächte sind eine lange Zeit . . .«

Irgendwo auf der Strecke hatten sie Verspätung. Warum, das wußte nicht einmal Mulanow.

Zwischen Perm und Swerdlowsk hielten sie mitten im Ural in einer Felsschlucht, und als sie weiterfahren durften, war der Fahrplan so durcheinandergeraten, daß sie Swerdlowsk erst in der Nacht erreichten.

Mulanow, der sich verpflichtet fühlte, seinen hochgestellten Gästen im Wagen fünf Erklärungen abzugeben, mutmaßte, daß einige Signale eingefroren waren. Man hatte tatsächlich Arbeitertrupps passiert, die, dick in Winterjacken vermummt, wie Gespenster links und rechts des Schienenstranges standen.

Im Ural kam man wieder in den Winter. Das Land lag schlafend unter einer dichten Schneedecke. Hier gab es keinen Vorfrühling, hier herrschte im März noch tiefster Frost.

Forster stand am Fenster, als sie endlich in Swerdlowsk einfuhren.

Karsanow schlief auf seiner aufgeklappten Bank, die man in ein gutes Bett verwandeln konnte, und schnarchte.

Vor der ersten gemeinsamen Nacht hatte er sich bereits vorbeugend entschuldigt: »Ich habe das Übel zu schnarchen, Werner Antonowitsch. Wenn es Ihnen unangenehm wird, zwicken Sie mir ruhig in die Nase. Oder pfeifen Sie einen hellen langgezogenen Ton, das hilft! Meine Frau tut das auch immer. Warum ein Schnarcher dann aufhört, weiß ich nicht, aber Pfeifen hilft immer!«

Forster pfiff weder, noch zwickte er in Karsanows Nase. Er gewöhnte sich schnell an das Schnarchen, und jetzt, in Swerdlowsk, war er sogar froh, daß Karsanow tief und fest schlief.

So war er mit seinen Gedanken allein. Allein mit den Worten seines Vaters; und er hörte ihn erzählen:

»In Swerdlowsk haben wir auf dem Bahnhof den Wasserturm römisch zwo gebaut. Ob er noch steht? Wir haben nämlich in den Beton Salz und Zucker gemischt, weil es hieß, eines Tages mache das den Beton mürbe. Ob es stimmte? Wir haben damals alles geglaubt. Junge, war das ein Jahr in Swerdlowsk! Wir haben im Vergleich zu allen anderen Lagern wie die Maden im Speck gelebt. Diese Außenkommandos wurden von allen beneidet. Einige hatten sogar Weiber, Russinnen, die in Arbeitsbrigaden am Bahnbau arbeiteten. Aber die anderen Lager! Junge, da gab es Tage, da konnten die Grabkommandos nicht so viele Löcher in den vereisten Boden hacken, wie Tote herumlagen. Das war Swerdlowsk!«

Der Bahnsteig war fast leer.

Es stiegen nur ein paar Reisende in den Transsib, müde vom langen Warten, durchgefroren und den armen Mulanow beschimpfend, der an der Verspätung am wenigsten schuld war.

Und dann sah Forster sie . . .

Zunächst war es nur eine Gestalt im Schatten des längst geschlossenen Verkaufskiosks, so eng an die Wand gedrückt, daß das Licht der Bogenlampen auf dem Bahnsteig sie nicht erreichte.

Erst als die Reisenden eingestiegen waren und die Stimme eines ebenfalls müden Beamten aus dem Lautsprecher das übliche ›Türen schließen‹ verkündete, regte sich die einsame Gestalt.

Forster erkannte ein schlankes Mädchen, den Kopf umwickelt mit einem ausgeblichenen Kopftuch, das bis zur Schulter reichte. Es trug einen langen gesteppten Rock und eine wattierte Jacke aus grauem Leinen.

Das Mädchen hatte kein Gepäck bei sich. Es lief wieselschnell aus dem Schatten des Kiosks über den Bahnsteig zum

Zug und sprang rasch in die noch geöffnete Tür eines Zweiter-Klasse-Wagens hinein.

Im gleichen Augenblick rannte Mulanow am Zug entlang, stieß die noch offenen Türen zu und hob den Arm. Der Zug ruckte an, der Schaffner sprang auf und hauchte in seine Hände.

Diese Kälte! Welch ein Land, dieses Sibirien!

Im Winter müßte man ein Bärenfell haben, und im Sommer hatte man Lust, nackt herumzulaufen.

Mulanow wollte in sein Schaffnerabteil gehen und kam dabei an Nummer dreiundzwanzig vorbei.

Leise schob er die Türe auf und lauschte. Das alte Ehepaar schlief, auch das Mädchen links oben war ruhig. Aber unten links herrschte rege Tätigkeit. Das Bett knirschte und knackte.

»Alles in Ordnung, Klaschka?«

»Ein guter Tag. Boris Fedorowitsch!« Klaschkas Stimme klang etwas belegt, ohne daß das Rumoren unterbrochen wurde. »Für dich fünfzehn Rubelchen!«

Zufrieden schob Mulanow die Tür wieder zu. Er sparte auf einen Moskwitsch-Wagen, und so ein Auto, Freunde, ist für einen Schaffner eine teure Sache . . .

Leise verließ Werner Forster sein Abteil und tastete sich durch die nur schwach erhellten Gänge zu den Wagen der zweiten Klasse.

Wer war dieses Mädchen? dachte er. Warum versteckte es sich und sprang erst im letzten Augenblick in den Zug? Ohne Gepäck, angezogen, als käme es direkt aus einer Arbeitskolonne?

Wo war es geblieben?

Nur den Bruchteil einer Sekunde hatte der Deutsche das Gesicht der Unbekannten gesehen, ihre Augen, groß, aber gehetzt und randvoll mit Angst. Ein Blick, der sich in ihn eingebrannt hatte.

Sie hat auch mich gesehen, dachte er. Sie muß mich am offenen Fenster gesehen haben, und mit wilder Verzweiflung hat sie sich in den Zug geworfen. Sie hat mich doch auch angesehen – mit einem Blick. der mich beinahe zerschnitt! Wie kann ein Mensch einen solchen verzweifelten Blick haben?

Er tappte weiter, kam in die zweite Klasse und begann, systematisch alle Reisenden zu mustern. Sechzig in jedem Wagen.

Ein Konzert aus schlafenden Mündern, Wolken von Ausdünstungen ... Er sah verkrümmte Körper auf den Sitzen, Kinder in den Gepäckablagen und Menschen in Decken und Mäntel gewickelt, auf dem Mittelgang des Großraumwagens. Er sah einen Betrunkenen, der im Schlaf rülpste. Er sah ein junges Paar, das erschrocken auseinanderfuhr, als Forster es anstarrte ...

Wer ist dieses Mädchen? dachte er immer wieder. Wo ist es geblieben? Was ist mit einem Menschen geschehen, der solch einen verzweifelten Blick hat?

II

Nicht nur alle, die Mulanow kannten, sondern er selbst fragte sich manchmal, wann denn eigentlich auf dieser Mammutfahrt von zehn Tagen und Nächten der mit einem Händedruck des Abteilungsleiters ausgezeichnete Schaffner ein notwendiges Nickerchen hielt. Denn immer, wenn man ihn brauchte, war Mulanow zur Stelle; und er war auch gegenwärtig, wenn man ihn nicht brauchte.

Schlaf kannte er anscheinend nicht, solange er mit seinem

Transsib quer durch einen Kontinent rollte. Vielleicht kam das daher, daß er die Wagen drei bis sechs unter seiner Kontrolle hatte, die besten Wagen mit den wichtigsten Passagieren des ganzen Zuges.

So stieß auch Werner Forster unausweichlich auf Mulanow, als er von seiner nächtlichen Suche in die zweite Klasse zurückkam und sich durch die Wagengänge tastete, die nur notdürftig erhellt waren.

»Suchen Sie etwas, gospodin?« fragte Boris Fedorowitsch freundlich.

Er hatte es sich bequem gemacht, trug keine Mütze, hatte den Schaffnerrock aufgeknöpft und das Hemd bis zum Gürtel offen.

Die Wagen waren gut geheizt. Während draußen der Frost in den Bäumen knackte, rann einem hier der Schweiß über den Nacken.

»Nein«, antwortete Forster müde. »Ich habe mich nur verlaufen. Plötzlich stand ich in der zweiten Klasse.«

»Ein Problem, gospodin, ein wirkliches Problem, diese zweite Klasse.« Mulanow schloß die unteren Knöpfe der Jacke, um nicht ganz vor diesem hohen Staatsgast im Freien zu stehen.

Wußte man denn, welche Funktion er hatte? Ein Deutscher, der in einem Abteil reist, das sonst nur hohen Funktionären und Generälen vorbehalten war – das gibt zum Denken Anlaß!

Vielleicht ist er ein in Westdeutschland bekannter Politiker, auch wenn auf der Meldung der Zentrale ›Ingenieur‹ steht. Viele wichtige Persönlichkeiten reisen heute inkognito.

Man kann nie wissen ...

Ein gutes Wort über den Schaffner Mulanow an der richtigen Stelle, und eine neue Auszeichnung ist fällig!

»Die Leute liegen da herum, stinken die Wagen voll, benehmen sich wie eine Hammelherde und haben bis zur Endstation hundertmal Streit miteinander. Man sollte diesen Zug nur mit der ersten Klasse fahren lassen, gospodin. Und einen anderen, einen zweiten Zug für die Bauern und Arbeiter. Nicht, daß wir unsozial denken – aber tun wir den Reisenden mit weniger Kultur einen Gefallen, wenn sie zusammen mit den Gebildeten fahren? Nein! Sie fühlen sich gehemmt, werden in ihrem gewohnten Leben beeinträchtigt; eine Qual wird's für sie, sich so zu benehmen, wie sie's nur in Büchern lesen!«

Mulanow blickte den Gang hinunter, den Forster gerade heraufgekommen war. »Sie haben nichts gesucht, gospodin?«

Das kann ich dir doch nicht sagen, dachte Werner Forster. Ich suche zwei ängstliche, in Panik geweitete Augen. Der Zug ist lang – irgendwo werde ich das Mädchen finden ...

»Ich wollte zum Speisewagen«, antwortete er nun ausweichend.

Mulanow staunte.

»Genau entgegengesetzt, gospodin! Hinter Wagen vier, Sie waren doch schon dort.«

Forster lächelte schief.

»Vielleicht war ich da gerade schlaftrunken. Ist überhaupt jemand im Speisewagen um diese Zeit?«

»Fedja ist immer da. Die Köche allerdings schlafen längst. Man müßte Koch sein, gospodin. Eine feste Arbeitszeit, braucht nur in Töpfen zu rühren und Blinis in der Pfanne hüpfen zu lassen, kann sich rund und fett fressen und bekommt gute Rubel dafür.«

Der Schaffner Mulanow setzte sich in Bewegung. Es war seine Aufgabe, den hohen Gast zu seinem Abteil zurückzugeleiten.

Forster folgte ihm. Für heute war die Suche beendet.

»Ich habe gehört, Klaschka hat Sie belästigt?« fragte Boris Fedorowitsch.

»Wer ist Klaschka?« fragte Forster zurück. Er dachte an das unbekannte Mädchen, das in den Zug sprang wie ein gejagter Fuchs.

»Na, Sie wissen doch, gospodin ...« Mulanow blinzelte mit den Augen.

»Das rothaarige Riesenweib?«

»Die Reisenden reagieren natürlich unterschiedlich darauf. Pal Viktorowitsch, Ihr Nachbar, war tief beleidigt. Aber die meisten lieben es, ein wenig Unterhaltung zu haben. Zwischen Tjumen und Omsk wird es langweilig, da fahren wir durch die Sümpfe. Und zwischen Krasnojarsk und Irkutsk ist nur Wald und wieder Wald! Und dann hinter Tschita, am Amur entlang ... Wir haben Bären an den Schienen gesehen, die haben vor Einsamkeit geweint! Man konnte trübsinnig werden, gospodin, und deshalb ist Klaschka notwendig. Eine medizinische Notwendigkeit genaugenommen, zur Abwendung seelischer Störungen. Ich werde dafür sorgen, daß sie Ihr Abteil nicht mehr besucht.«

»Danke.«

Forster sehnte sich nach seinem Bett. Die Geschwätzigkeit Mulanows fiel ihm jetzt auf die Nerven.

Sie war ganz ohne Gepäck, dachte er. Und wie sie in den Zug sprang – es sah ganz so aus, als habe sie keine Fahrkarte. Ein blinder Passagier im Transsibirien-Expreß? Wo kann man sich hier verstecken?

Unter den wachsamen Augen Mulanows schien das unmöglich, und trotzdem mußte es gelungen sein, denn der Schaffner erwähnte mit keinem Wort ein Mädchen, das so unverfroren war, ohne Billett quer durch Rußland zu fahren ...

Im Abteil saß Karsanow in seinem Bett und blickte mißmutig vor sich hin. Er trug einen jener typisch russischen gestreiften Schlafanzüge, die man überall trifft.

Karsanow schien Forster vermißt zu haben. Er atmete sichtlich auf, als sich die Schiebetür öffnete und der Schaffner Forster höflich einließ.

»Da sind Sie ja, Werner Antonowitsch!« rief Karsanow.

Er wartete, bis die Tür zugeschoben und der Schaffner zurück in sein Dienstabteil gegangen war.

»Sagen Sie bloß, Sie haben diesem rothaarigen Frauenzimmer einen Besuch abgestattet! Ein Mordsweib, das muß man zugeben – aber gefährlich, sehr gefährlich! Ich möchte Sie vor diesen Dirnen warnen! Es ist ein Fehler, die Syphilis eine Franzosenkrankheit zu nennen, sie ist vielmehr eine russische Krankheit. Historisch belegt! Nirgendwo gab es soviel Idioten und Krüppel wie im alten Rußland. Aber es bessert sich, es bessert sich alles! Wir kehren mit eisernem Besen. Wir haben die Prostitution verboten, aber was da noch heimlich geschieht – wer kann's kontrollieren? Wer kann's abstellen? Und Gauner wie dieser Boris Fedorowitsch verdienen noch daran!«

»Sie haben sich unnötig Sorge um mich gemacht, Pal Viktorowitsch.« Forster zog sich aus, schlüpfte in seinen französischen Pyjama, von Karsanow aufmerksam beobachtet. Man konnte aus seinen Augen deutlich ablesen, daß der Russe dabei an die Dekadenz des Westens dachte.

Forster legte sich auf sein Bett. Er deckte sich nicht zu, denn das Abteil war überheizt, die Luft stand dick im Raum und roch säuerlich von Karsanows Schweiß.

»Sind Sie verheiratet?« fragte der Russe plötzlich.

Forster schloß die Augen.

Sei still, Genosse, dachte er. Ich habe ein Mädchen gesehen, das nicht mehr aus meinen Gedanken geht.

»Nein«, antwortete er kurz.

»Warum nicht?«

»Ich hatte keine Zeit dazu.«

»Studium, Arbeit, gleich ein verantwortungsvoller Posten – immer dasselbe!«

»Genau. Gute Nacht, Pal Viktorowitsch.«

Er weicht mir aus, dachte Karsanow.

Was ist mit ihm? Er hat sich in den letzten Stunden verändert. Wo war er die ganze Zeit, wenn er nicht bei Klaschka war?

Man sollte Mulanow fragen. Oder ...

Er stand leise auf, zog einen einfarbigen blauen Bademantel über und verließ, an den nackten Füßen Pantoffeln, das Abteil.

Boris Fedorowitsch war schon wieder unterwegs.

Ein Betrunkener im Zweiter-Klasse-Abteil, Wagen drei, hatte für Empörung gesorgt. Besoffen, wie er war, hatte er einen starken Harndrang verspürt. Anstatt, wie jeder gebildete Mensch, auf die Toilette zu gehen, war er nur in den Mittelgang getreten und hatte dort schamlos die auf dem Boden schlafenden Kinder benäßt.

Ein großes Geschrei entstand, die Eltern der Kinder waren empört, die Väter drohten mit Schlägen ... einer war sogar bereit, den Betrunkenen aus dem Zug zu werfen. Eine alte Bauersfrau schrie, man solle solche Kerle kastrieren. Aber – hat das Einfluß auf die Blase? fragte sich Mulanow.

Er schlichtete den Streit auf seine Art.

Er bugsierte den Betrunkenen zum Gepäckwagen und gab ihn dort bei den beiden Postpackern ab. Es waren zwei große, stämmige Burschen, die sich über die Abwechslung freuten. Schon beim Schließen der Tür hörte Mulanow, wie es laut klatschte und der Betrunkene aufheulte.

Der Schaffner war zufrieden.

In dieser späten Nacht geschah noch etwas Merkwürdiges.

Karsanow hockte, im Schlafanzug und den Bademantel übergeworfen, in dem kleinen Funk und Fernsprechabteil des Transsib und unterhielt sich drahtlos mit irgendwelchen Genossen in Moskau. Dabei machte er sich Notizen auf der Rückseite einer Speisekarte und beendete schließlich das Gespräch mit einem brummigen: »Es ist gut. Ende!«

Mulanow saß in der Ecke des Raums und kaute an einem Butterbrot mit Landkäse. Dazu trank er Tee aus einer Thermosflasche.

Er wagte nicht, Karsanow anzusprechen: er wußte jetzt nur, daß der zweite Mann im Abteil drei mit einer Dienststelle in Moskau gesprochen hatte, mit der kein Russe ohne zwingende Notwendigkeit etwas zu tun haben will.

»Der Deutsche ist durch den Zug gelaufen?« fragte Karsanow streng.

Mulanow nickte und schluckte einen großen Brocken Brot mit Käse hinunter. »Er hatte sich verlaufen, Genosse. Wollte zu Fedja in den Speisewagen.«

»Um diese Zeit?«

»Er klagte über einen trockenen Hals.«

Karsanow beendete die Befragung des Schaffners als unergiebig und stand auf.

Die Information aus Moskau war nichtssagend: Werner Forster, Ingenieur für Röhrenbau, 33 Jahre alt, wohnhaft in Duisburg, unverheiratet, politisch neutral, nicht Mitglied einer Partei, in der Sowjetunion als technischer Berater für den Bau der Erdgas-Pipeline tätig. Befindet sich auf der Heimreise nach Erfüllung seiner Aufgaben. Reist mit dem Transsib, weil er darum gebeten hat. Keine Veranlassung, ihm das zu verwehren. Sonderfahrausweis für die erste Klasse ...

Alles stimmte. Ein normaler netter Mensch also.

Und dennoch hatte Karsanow das unerklärliche Gefühl,

daß sich hinter dieser glatten Fassade eines unauffälligen Mannes einige unbekannte Ecken und Kanten verbargen. Und sein Gefühl hatte ihn bisher noch nie getäuscht.

Er konnte sich darauf verlassen wie auf einen Geigerzähler, der bei dem geringsten radioaktiven Teilchen ausschlägt und summt. Und bei Karsanow summte es im Hirn, wenn er an Werner Forster dachte ...

»Wer fährt noch in der ersten Klasse mit?« fragte Karsanow an der Tür. Mulanow setzte den Becher ab, aus dem er gerade Tee trank.

Übrigens ein würziger Tee, der leicht nach Wodka roch. Fragte man Mulanow danach, antwortete der stets lächelnd: »Ich habe die Thermosflasche vorher desinfiziert ...«

»Zweiundzwanzig Herrschaften. Genosse.«

»Wichtige Personen, Sie Clown?«

Mulanow dachte nach. Er nennt mich Clown, dachte er empört Er darf es ungestraft, und das ist ungerecht!

Bravo, tapfere Klaschka, daß du ihn »Altes Väterchen« tituliert hast!

»Ein General«, zählte Mulanow nun langsam auf, »ein Mitglied des Politbüros, zwei Professoren bis Ulan-Ude. Bis Wladiwostok bisher nur zehn Genossen, darunter ein Opernsänger im Wagen drei. Er übt täglich vier Stunden, zwei am Vormittag, zwei am Nachmittag. Der General will ihn spätestens bis Irkutsk erschießen!«

Auch hier nichts Besonderes. Karsanow winkte ab und ging zu seinem Abteil zurück.

Forster tat, als ob er schliefe, aber er dachte immer noch an das unbekannte Mädchen. Es war unmöglich einzuschlafen, so wohltuend das leise Rattern der Räder auch war.

Es war verrückt, aber er begann in Gedanken, das unbekannte Mädchen auszuziehen. Nicht in erotischer Absicht, sondern lediglich, um sich ein Bild von ihr zu machen. Wie würde sie ohne Kopftuch, Wattejacke und gesteppten langen Rock, ohne dicke Wollstrümpfe und derbe Bauernstiefel aussehen? Sie hat ein schmales, fast verhungertes Gesicht, dachte er. Das Größte darin sind ihre Augen ... Sie muß einen zarten Körper haben, denn diese dicke Winterkleidung hing an ihr, als sei sie für jemand anderen gekauft worden. Von welcher Farbe mochte ihr Haar sein?

Forster stellte sich die Fremde vor als ein junges Mädchen, das immer zu wenig zu essen bekommen hatte und das mit großen Augen in eine Welt blickt, von der es nur gesäuerten Kohl, gestampfte Kartoffeln, eine dicke Graupenkascha und an Feiertagen einen Quarktopf mit Gurken und Roten Beeten kannte.

Karsanow legte sich in sein Bett und streckte sich aus. Er räusperte sich mehrmals dabei in der Hoffnung, Forster würde darauf reagieren; aber als kein Laut von seinem Nachbarn kam, drehte er sich auf die Seite und schlief ein.

Bei strahlender Sonne, die einen Goldhauch über die tief verschneiten Wälder legte und das Eisband der zugefrorenen Nitza glitzern ließ, als sei sie mit gewalztem Silber belegt, fuhren sie am nächsten Tag in den Bahnhof von Tjumen ein.

Hier war Sibirien schon sichtbarer. Die auf dem Bahnsteig wartenden Menschen sahen in ihren dicken Pelzen wie aufrecht stehende riesige Füchse aus. Weiße Atemwolken schwebten über ihnen und schienen im Frost zu erstarren.

Über den Bahnsteig schob ein in Felle vermummter Mann einen Karren. Er verkaufte Milch, zu kleinen Blöcken gefroren.

Auch Karsanow kaufte sich einen Block von 250 Gramm und stellte die Plastiktüte auf die Heizung.

Drei Tage lang streifte Forster durch den Zug, ohne das Mädchen zu entdecken.

Das Erlebnis dieser einzigartigen Bahnfahrt, die Erfüllung seines Jugendtraumes trat völlig hinter der Sorge zurück, was mit der Unbekannten geschehen sein mochte. Vor den Fenstern zog – in ihrer ganzen winterlichen Majestät – die Taiga vorüber; sie hielten in Omsk und Nowosibirsk, in Anshero-Sudschensky und Krasnojarsk . . .

Namen, die sich verbanden mit der Grenzenlosigkeit eines Landes, das seit Jahrhunderten die Menschen verschluckte: Freiwillige und Deportierte, Kolonisatoren und Abenteurer, – Händler und Kosaken, Techniker und Jäger.

Von Tag zu Tag und von Nacht zu Nacht wurde Forster unruhiger.

Er kannte jetzt bald jeden Winkel des Zuges mit Ausnahme der Packwagen und der Lokomotive.

Wo konnte ein Mensch sich noch verstecken?

Es gab kaum noch eine Möglichkeit, die Werner Forster nicht ausgekundschaftet hätte.

Karsanow beobachtete diese Wanderungen mit Mißtrauen. »Was rennen Sie eigentlich immer herum, Werner Antonowitsch?« fragte er gegen Abend des dritten Tages. »Das hier ist ein Zug und keine Sportarena. Wenn Sie das Bedürfnis haben zu laufen, hätten Sie Sibirien zu Fuß durchqueren können!«

»Und ich bewundere die Ruhe, mit der Sie hier herumsitzen«, antwortete Forster. »Es ist mir unmöglich, tagelang auf einem Fleck zu sitzen. Wenn ich keine Bewegung habe, roste ich ein. Sie, als Schreibtischmensch, kennen das natürlich nicht!«

Es blieb nicht aus, daß Forster bei seinen Wanderungen mehrmals auf die rote Klaschka stieß.

Sie machte gute Geschäfte, die Männer im Transsib waren mit offenen Taschen gesegnet.

Langeweile begann sich auszubreiten, denn immer nur

verschneiten Wald zu sehen, vereiste Flußläufe, tiefe Schluchten oder zum Weinen trostlose Sumpfgebiete, die jetzt im tiefen Schnee wie weißgedeckte Tische wirkten, auf denen die Büsche wie Krümel aussahen, das hält auch ein patriotischer Russe nicht ohne Gähnen aus.

Wohl dem, der dann eine Klaschka bezahlen kann! Ein halbes Stündchen für fünf Rubel, das ist ein vernünftiger Tarif für ehrliche Bemühungen.

»Sie sind noch immer ein schöner Mann«, sagte Klaschka in der dritten Nacht zu Forster. Sie trafen sich im Gang von Wagen fünf, wo im Abteil drei ein Geologe Klaschkas Körper durchforscht hatte und nun zufrieden und satt schnarchte. »So etwas wie Sie sieht man selten. Aber die Genossen von Intourist schirmen Sie ab, als seien Sie aus Gold. Ein echter, frei herumlaufender Deutscher im Transsib, das ist schon ein Edelstein für uns. Warum gefalle ich ihnen nicht? Hören Sie doch nicht auf Karsanow – das ist ein vertrockneter Mensch, der schon mit Falten zur Welt gekommen ist!«

Forster zögerte.

Dann griff er in die Tasche, holte eine Packung Zigaretten heraus und hielt sie Klaschka hin. Es waren amerikanische Zigaretten, und Klaschkas umschminkte Augen begannen zu glänzen. Ihr bemaltes Gesicht unter den grellroten Haaren bekam etwas Kindliches.

»Amerikansky!« sagte sie und schnalzte mit der Zunge. »Ich darf eine rauchen?«

»Bitte.«

Sie rauchte die halbe Zigarette schweigend und mit tiefen Lungenzügen. Ihr Gesicht verriet die vollste Seligkeit. Sie genoß diese Zigarette offensichtlich mehr als jeden Mann. Das war wirklich ein Genuß, das andere war Geschäft.

Forster beobachtete sie.

Kann man es wagen? dachte er. Sie ist eine Frau und hat

Herz . . . mehr braucht man eigentlich nicht, um dieses Geheimnis zu besprechen.

»Komm mit«, sagte Klaschka, als sie die zweite Hälfte der Zigarette rauchte, diesmal langsamer, jeden verbrennenden Millimeter ausnutzend, »du bist ein guter Mensch. Und von guten Menschen nehme ich kein Geld.«

Mit ihren dunkel umrandeten Augen sah sie Forster beinahe traurig an. Es war eine Klaschka, zu der dieses Kleid und diese Schminke nicht paßten.

»Gute Menschen sind selten, germanski. Das Leben ist doch wie eine Latrine – die einen sitzen oben drauf und die anderen kauern unten und bekommen alles ab. Ich war immer unten. Vierzehnmal haben sie mich eingesperrt, und ich tue den Männern doch nichts Schlechtes. Jetzt wird mich dieser Karsanow zum fünfzehnten Mal einsperren lassen, in Wladiwostok, wie mir Boris Fedorowitsch verraten hat. Aber ich werde ihm ein Schnippchen schlagen! In Chabarowsk steige ich aus und fahre mit dem nächsten Transsib nach Moskau zurück. Ha, wie wird er toben, der saubere Genosse! Komm, mein Liebling . . .«

Sie nahm Forsters Hand, aber er stemmte sich gegen die Wand und blieb stehen.

»Klaschka«, sagte er langsam und vorsichtig, und seine Zunge war merkwürdig schwer. »Sie vertrauen mir . . . Kann ich Ihnen auch vertrauen?«

»Wie einem taubstummen Blinden!«

»Ich suche jemanden . . .«

»Hier im Zug?«

»Ja.«

»Wieso? Ist er verschwunden?«

»Das ist eine merkwürdige Geschichte, Klaschka.«

Er wartete, bis sie die amerikanische Zigarette in einem der Gangaschenbecher ausgedrückt hatte. Dann nahm er die

Packung und stopfte sie ihr in die Bluse zwischen die prallen Brüste.

Klaschka lachte leise. Sie strahlte Forster an und legte beide Hände auf ihre Brust.

In diesem Augenblick sah sie wirklich schön aus, ein frohes, kokettes Mädchen, das mit ihren Haaren in einen roten Farbtopf gefallen ist.

»Danke. Wie heißt du?«

»Werner Antonowitsch«, antwortete Forster.

»Ein schöner Name. Ich mag dich, Werner Antonowitsch. Das ist jetzt keine geschäftliche Feststellung ...«

»Ich weiß, Klaschka. Ich suche ein Mädchen ...«

Der Glanz in ihren Augen erlosch, wie man einen Scheinwerfer ausdreht.

»Du hast mir versprochen, ich könne dir vertrauen«, sagte Forster schnell.

»Wer ist sie?« fragte Klaschka.

»Ich weiß es nicht. Darum suche ich sie ja. Sie muß in diesem Zug sein, irgendwo, wo ich sie noch nicht entdeckt habe. Ein Mädchen in einem Stepprock und einer wattierten Jacke aus grauem ungebleichtem Leinen, mit einem Kopftuch, das bis zur Schulter reicht, in Wollstrümpfen und derben Bauernstiefeln. Ein schmales Mädchen, dem diese Kleidung viel zu groß ist.«

»Haben wir nicht im Zug, Werner Antonowitsch.«

Klaschka kannte jeden Wagen, jedes Abteil, so wie jeder im Zug bereits sie kannte und freundlich grüßte.

Warum soll man zu einem Hürchen nicht höflich sein, Genossen? Die einen spielen Schaf, die anderen Karten, und auch Klaschka vertrieb einem die lange Zeit. Ein braves Weibchen – nur Heuchler halten demonstrativ ihre Hose fest ...

»Sie muß im Zug sein! Sie ist in Swerdlowsk aufgesprungen, als wir abfuhren!«

»Dann hat sie keine Karte?«

»Ich nehme es an. Jedenfalls hatte sie kein Gepäck.«

»Sie muß ein raffiniertes Ding sein, wenn Mulanow sie noch nicht entdeckt hat«, meinte Klaschka anerkennend. »Laß uns nachdenken, Werner Antonowitsch. Wo versteckt man sich in einem Zug? Auf der Toilette. Aber da muß man raus und rein, denn die anderen wollen auch mal ... Zu unsicher also! Unter einer Bank der zweiten Klasse? Dann hat sie viele Mitwisser, und das ist noch unsicherer. Viele Augen auf einen Fleck – das gibt ein böses Schielen! Wo kann sie also sein? Und warum willst du sie finden?«

»Das habe ich mich auch gefragt.«

Forster griff ohne Umstände in Klaschkas Busen, holte die Zigarettenschachtel wieder hervor, zündete zwei Zigaretten an, schob eine zwischen Klaschkas Lippen und steckte die Packung von neuem zurück zwischen die üppigen Brüste.

»Sie hat mich angesehen, weißt du ... eine Sekunde bevor sie losrannte und sich in den Zug warf. Ein ganz kurzer Blick nur, ein Blitz von einem Blick – aber er brannte ein Loch in mein Herz. Kannst du das verstehen?«

»Ja, Werner Antonowitsch.« Sie rauchte wieder hastig und blies den Qualm mit gespitzten Lippen gegen die runde Waggondecke.

»Ich war in meinem Leben dreimal verliebt. Als die Männer erfuhren, wie ich mein Geld verdiene, haben sie mich aus der Wohnung getreten.«

»Ich bin nicht verliebt!« sagte Forster laut.

»Lüg nicht so infam, Werner Antonowitsch!«

»Ich kenne sie ja gar nicht.«

»Sie hat mit ihrem Blick ein Loch in dein Herz gebrannt, das genügt!«

Klaschka stieß sich von der Wand ab, drückte mit dem

Daumen die Zigarettenpackung tiefer zwischen ihre Brüste in die Bluse und nickte Forster zu.

»Ich werde sie suchen, mein Liebling. Finde ich sie, werde ich sie anspucken und ohrfeigen und dann zu dir bringen. Sie ist schuld, daß du nicht mit mir gehst ...«

»Ich gebe dir hundert Rubel, wenn du sie nicht anrührst.«

»Und ich würde dir zweihundert geben, wenn du mich anrührst. So dumm ist das Leben und das, was man Herz nennt. Geh schlafen, mein Liebling ...«

Sie entfernte sich, ein Berg festen Fleisches, und Forster sah erst jetzt, wie schlank ihre Beine waren im Vergleich zu ihren ausladenden Hüften und der prallen Rundung ihres Hinterteils.

Im Abteil schnarchte Karsanow so laut, als rege ihn die Taiga an, ganze Landstriche abzuholzen.

Das gefrorene unübersehbare Meer der verschneiten Stämme vor dem Fenster war erdrückend. Forster preßte die heiße Stirn gegen die Scheibe und starrte hinaus in die fahle, vom Frost lautlose Nacht, die jetzt nur vom Pfeifen und Rauschen des Transsib zu kurzem Leben erwachte.

Dieses grandiose Rußland, dachte Werner Forster. Dieses ewige Sibirien!

Wie hatte sein Vater gesagt?

Man braucht nur die Landkarte anzusehen, um zu begreifen, wieviel Irrsinn seit tausend Jahren von Rußland verdaut worden ist. Das ist kein Land mehr ... das ist eine Welt in der Welt, wie die berühmten bunten russischen Puppen in der Puppe ...

Nach einer Stunde hielt es der Deutsche nicht mehr aus bei dem schnarchenden Karsanow. Er schlich wieder durch die Gänge, um das Mädchen aus Swerdlowsk zu suchen.

Er ging vorbei an Mulanows Dienstabteil, dessen Tür offenstand – aber – o Wunder! – Boris Fedorowitsch schlief! Er lag auf der Bank, die Hände über dem Bauch gefaltet und pfiff im Schlaf durch die Nase.

Auch in Klaschkas Abteil war jetzt Ruhe.

Der ganze Zug war dunkel, die Notbeleuchtung auf den Gängen verbreitete ein geradezu bedrückendes Licht. Das Rattatta-rattatta der Räder wühlte sich in die Nerven und das Gehirn.

Werner Forster schlich weiter von Wagen zu Wagen.

Plötzlich sah er sie. Es war im Wagen zwei der zweiten Klasse, einem jener Großraumwagen, in dem sechzig Menschen schliefen und die Kinder auf dem Mittelgang lagen.

In diesem Wagen gab es keinen Betrunkenen, der die armen Kinderchen belästigte, aber dafür hatten drei reisende Bäuerlein, die zu einer Hochzeit nach Tscheremchovo fuhren, in einem Spankorb vier Hühner und in einer Kiste mit Luftlöchern ein Ferkelchen mitgenommen. Als Hochzeitsgabe, wer will ihnen das verwehren? Sie hatten es nicht im Gepäckwagen abgegeben, denn man erzählte sich, daß vieles, was man zur Aufbewahrung abgab, verschwand. Es verschwand auf unerklärbare Weise, vor allem solche Dinge wie lebende Hühner und Schweine, Kaninchen oder Enten.

So gab es zwar im Wagen zwei keinen Uringestank, aber dafür roch der heiße Raum penetrant nach Stall.

Auch fuhr dieser Wagen nur bis Irkutsk – dort wurde er abgehängt.

Forster lehnte im Schatten neben der Tür, als er plötzlich eine huschende geduckte Gestalt aus der Dunkelheit auftauchen sah. Sie glitt lautlos über die liegenden Kinder, beugte sich über die Schlafenden, und kleine schnelle Finger griffen zu.

Sie nahmen dort etwas und da eine Kleinigkeit. Dann huschte die Gestalt weiter, so lautlos, als habe sie Flügel. Sie verhielt bei den braven Bäuerlein, wühlte in deren Proviantkörben und raffte zusammen, was eßbar war.

Forster verhielt sich ganz still.

Der tiefe Schatten machte ihn unsichtbar, und er stand da wie erstarrt. Er wartete, daß sie in seine Nähe kam und die Bankreihen neben ihm untersuchte . . .

Die kleine Gestalt glitt weiter. Ganz zart raschelte ihr Rock, als sie wieder über die schlafenden Kinder im Mittelgang hüpfte . . .

Forster konnte es nicht hören, er bildete sich nur ein, daß es zart raschelte, denn wenn sechzig schlafende Menschen atmen, kann man mit Kastagnetten tanzen, ohne daß es jemand hört.

Dann war sie vor ihm.

Er griff plötzlich zu, packte ihre ausgestreckte Hand und zog sie mit einem Ruck an sich heran.

Sie schrie nicht auf. Sie wehrte sich stumm mit einer wilden Verzweiflung, biß in Forsters Hand, trat nach seinem Schienbein, zielte mit ihrem Knie nach seinem Unterleib, aber er war wendiger. Er wich ihr immer aus, riß sie von neuem an sich und preßte die Arme so fest um ihren schmalen bebenden Körper, daß ihr die Luft wegblieb. Ihr Kopf kippte nach hinten, ihr kleiner Mund war geöffnet, ihre Gegenwehr ließ nach . . . Sie rang nach Atem und hing in seinen Armen, besiegt, in völliger Aufgabe. Nur das Zittern ihres Körpers wurde stärker und fast zu einem Krampf.

»Seien Sie still –«, flüsterte er ihr zu. »Haben Sie doch keine Angst! Kommen Sie mit!«

Sie schüttelte stumm den Kopf und hieb mit geballten Fäusten nach seiner Nase.

Er bog den Kopf zurück, ihre Schläge glitten an seinem Kinn ab und trafen nur seinen Hals.

Sie hatte mehr Kraft, als man einem so zarten Körper zutrauen mochte, und er brauchte wieder seinen harten Griff, um sie erneut zu bändigen. Dann konnte er sie aus dem

Großwaggon ziehen und drängte sie draußen, auf dem Vorplatz des Waggons, in die Ecke zwischen Außentür und Toilette.

Die Fremde zog die Schultern hoch und starrte ihn an.

Es war wieder dieser Blick, dieser Aufschrei in den Augen, der Forster zutiefst erschütterte.

Sie hat mich erkannt, durchfuhr es ihn. Sie hat sich drei Tage und drei Nächte hindurch davor gefürchtet, mir wiederzubegegnen. Ich war der einzige auf dem Bahnhof Swerdlowsk, der gesehen hat, wie sie in den Zug stürzte.

Das alles sagt dieser Blick. Hier gibt ein Mensch auf – nur durch seine Augen ...

Plötzlich weinte sie.

Es kam so unerwartet, daß Forster zusammenzuckte, als ihr schmaler Kopf gegen seine Brust sank und ihre schwarzen Haare sein Gesicht streiften. Ihre Arme, dünn und vom Hunger gezeichnet, pendelten an ihrer Seite, als gehörten sie gar nicht zu ihr.

Er legte wieder den Arm um ihre zuckenden Schultern, diesmal mit einer zögernden Zärtlichkeit, und streichelte mit der anderen Hand ihren Rücken.

So blieben sie eine Weile stehen, ohne ein Wort, nur vom stählernen Rollen der Räder eingehüllt.

Das Mädchen schluchzte noch immer, drückte sein Gesicht gegen Forsters Brust, und er spürte, wie die Tränen sein Hemd durchdrangen und seine Haut erreichten.

Ebenso plötzlich, wie sie zu weinen begonnen hatte, brach ihr Schluchzen ab, und ihr Kopf zuckte zurück. Das nasse Gesicht schimmerte ihm in der kargen Notbeleuchtung wie eine schmale weiße Scheibe entgegen. Ihre Augen waren wie zwei schwarze Löcher, hineingebrannt in diese schimmernde glatte Fläche ... »Wenn Sie mich in Irkutsk der Miliz übergeben, ist es mein Tod«, sagte sie dann ganz ruhig.

Ihre Stimme war mädchenhaft, aber gleichzeitig voller Energie. Sie bettelte nicht, sie klang nicht weinerlich – es war fast wie eine Forderung: Entscheide dich! Tod oder Leben für mich! Forster atmete tief durch. »Ich werde Sie nicht der Miliz übergeben«, sagte er.

Sie zog die schmalen Augenbrauen hoch, als sie ihn sprechen hörte. Natürlich, mein verdammtes Schulrussisch, dachte Forster. Jedem fällt das auf, und ich war so stolz, als ich das Diplom mit ›sehr gut‹ machte. Es muß schaurig klingen.

»Sie sind Ausländer?« fragte das Mädchen.

»Ja, Deutscher.«

»Ein germanski.« Sie lächelte schwach, aber sofort verschwand der frohe Zug von ihrem Gesicht. »Wenn Sie es nicht tun, wird es der Schaffner tun.«

»Sie haben keine Fahrkarte?« fragte Forster ziemlich dumm.

Ihre Augen machten ihn widerstandslos ... er suchte nach Worten, aber es war, als ob er in einem kahlen Raum umherirre ...

»Nein. Das wissen Sie doch. Sie haben doch gesehen, wie ich in den Zug gesprungen bin.«

»Sie haben mich wiedererkannt?«

»Ich habe nicht erwartet, daß jemand so spät in der Nacht am Fenster steht. Plötzlich sah ich Sie. Aber ich mußte mit, es gab kein Zurück mehr ...«

»Sie wollen ohne Fahrkarte quer durch Rußland reisen?«

»Ich will irgendwohin ... Vielleicht springe ich zwischen Irkutsk und Tschita ab – wenn Sie mich nicht anzeigen ...«

»Aus dem fahrenden Zug springen! Das ist doch Wahnsinn!«

»Er wird langsamer fahren.«

Sie strich sich die schwarzen Haare aus der Stirn. Ihr Gesicht war ebenmäßig und von jener rätselhaften Schönheit, die man immer dann findet, wenn sich Asien und Europa in einem Menschen begegnen.

»Manchmal bleibt er sogar stehen. Der Schnee, wissen Sie. Es gibt meterhohe Verwehungen. Von der Mongolei bläst der Sturm herüber und blockiert mit dem Schnee die Schienen und die Signale. Es ist ganz einfach, abzuspringen. Und niemand kann mich dann einholen, niemand wird mir nachlaufen ... Wer rennt schon in die Taiga, und der Zug muß ja auch weiter.«

»Und dann?« fragte Forster.

Er hielt sie noch immer umfaßt und streichelte ihren Rücken. Er nahm es gar nicht wahr, und sie hinderte ihn auch nicht daran.

»Dann?« Sie blickte an seinem Kopf vorbei, hinaus auf die vorbeijagenden, im Frost erstarrten Bäume. »Ich werde leben. Mehr will ich nicht ...«

»Und warum tun Sie das alles?«

»Wie kann ich Ihnen das erzählen?« Sie blickte sich um. Unruhe packte sie. »Lassen Sie mich los, bitte. Gleich wird der Schaffner kommen ... Und dann haben Sie mich getötet! Das wollen Sie doch nicht.«

»Nein! Niemals!« Forster hielt sie fest, als sie weglaufen wollte. »Ich habe Sie gesucht, von Swerdlowsk ab habe ich Sie Tag und Nacht im ganzen Zug gesucht.«

»Sie hätten mich niemals gefunden, aber ich hatte Hunger.« Sie klopfte gegen ihren langen gesteppten Rock. Es war ein raffinierter Rock, von Strafgefangenen ausgeknobelt und seit hundert Jahren erfolgreich ... Er bestand immer aus lauter kleinen Taschen, in denen man alles verstauen konnte, was man als Entrechteter gebrauchen kann, am meisten Lebensmittel.

»Ich will Ihnen helfen«, sagte Forster. Seine Kehle war trocken. »Eines Tages werden Sie doch entdeckt, so wie ich

Sie gefaßt habe. Wir müssen uns etwas anderes ausdenken. Das Einfachste und das Frechste wäre: Kommen Sie mit in mein Abteil!«

»Das ist unmöglich!« Sie starrte ihn entsetzt an. »Der Schaffner . . .«

»Fragen wir Klaschka. Sie weiß bestimmt einen Rat.«

»Wer ist Klaschka?«

»Die Zug-Dirne vom Transsib. Sie kennt sich in allen Lagen aus. Nein! Laufen Sie nicht wieder weg.«

Er hielt sie fest, als sie sich mit einem Ruck losreißen wollte.

»Wenn Klaschka keinen Rat weiß, können Sie zurück in Ihr Versteck, das verspreche ich Ihnen.«

Er hielt ihre Hände, und er wußte nicht, warum er es tat: Plötzlich beugte er sich hinunter und küßte ihre verkrampften Finger. »Ich – heiße Werner Antonowitsch Forster«, sagte er leise.

»Und ich bin Milda Tichonowna Lipski . . .«

»Milda . . .« Er küßte ihre andere Hand und war auf einmal glücklich wie nie in seinem Leben. »Wie schön, wenn ein Mensch Milda heißt . . .«

Ohne Gegenwehr, wie ein Kind, das man nur an der Hand führt, ging sie mit ihm zu den Wagen der ersten Klasse.

Klaschka war sehr ungnädig, als Forster sie aus dem Schlaf rüttelte. Sie lag, etwas zusammengekrümmt und erschöpft von ihrem Gewerbe, in dem schmalen Bett und träumte gerade von einer eigenen kleinen Datscha in den Wäldern von Perenilko.

Fast jede Nacht träumte Klaschka von Perenilko, seitdem sie dort eine Freundin besucht hatte.

Lydia Petrowna, wie das Dirnchen hieß, war weniger schön und attraktiv. Dürrer als Klaschka und langgesichtig, hatte sie es doch erreicht, sich mit Hilfe reicher Freunde ein Landhaus zu kaufen und das Leben einer Künstlerin zu führen.

Und das war nun auch Klaschkas Ziel geworden ...

Wirklich, Lydia Petrowna nannte sich Künstlerin, was in der Sowjetunion eine besonders wohlwollende Behandlung garantiert – vor allem bei den Behörden.

Um ihr Künstlertum zu beweisen, hatte Lydia Petrowna begonnen, schaurige Bilder zu malen, die aber trotzdem akzeptiert wurden. Anscheinend glaubte man an einen modernen Stil, jedenfalls führte diese Lydia ein Leben wie eine Made im Speck. Sie hatte es nicht mehr nötig, in Zügen zu fahren oder sich die Kundschaft in Hotelhallen zu suchen. Sie war auf drei einflußreiche Männer abonniert, und das genügte ihr vollauf.

Perenilko! Birkenwälder und ein klarer Fluß, einige Naturteiche mit wilden Schwänen, und abends ziehen die Rehe mit ihren Kitzen am Fenster vorbei ... Das war der Höhepunkt einer Karriere!

Klaschka hatte nicht nur den festen Willen, sondern auch die begründete Hoffnung, einmal die Nachbarin ihrer Freundin Lydia Petrowna zu werden.

Klaschka allerdings wollte nicht malen, sondern neue Moden entwerfen. Das war in Rußland zwar ein wenig zukunftsträchtiger Beruf, aber er galt als künstlerisch, und das genügte!

»Ruhe!« sagte Klaschka schlaftrunken, als Forster mit dem Rütteln nicht aufhörte. »Betrieb ist geschlossen! Überlastet nicht die Maschinchen, Genossen!«

»Klaschka, wach auf!« sagte Forster unterdrückt. »Ich bin es, Werner Antonowitsch.«

»Zieh dich aus und leg dich hin.« Sie rückte automatisch zur Wand und machte ihm Platz. »Warum mußt du ausgerechnet am Ende der Nacht kommen, mein Liebling ...«

Forster schüttelte sie von neuem und strich mit beiden Händen die vollen roten Haare aus ihrem Gesicht.

Der schwache Lichtschein, der von der Notbeleuchtung im Gang ins Abteil drang, erlaubte gerade, daß er den hellen Fleck ihres Antlitzes wahrnehmen konnte.

»Ich habe sie gefunden, Klaschka. Wach doch auf, Mädchen!«

»Wen hast du gefunden?«

»Die Unbekannte von Swerdlowsk.«

Er setzte sich auf die Bettkante und zog Klaschkas Kopf zu sich heran.

Das Mädchen dehnte sich wohlig, seufzte tief und schlang die Arme um Forsters Hüften. Erst jetzt spürte er, daß sie unter der dünnen Leinendecke nackt lag. Eine feste, glatte, warme Haut, kein Pölsterchen Fett, sondern überall strammes Fleisch. Er zog schnell die Hände zurück.

»Wir brauchen deine Hilfe, Klaschka.«

»Ah! Du hast es gefangen, das Vögelchen?«

Die Zug-Dirne des Transsib schien im Dunkeln besser sehen zu können als der Deutsche. Sie richtete sich auf, hob blitzschnell die Hand und gab Milda eine nicht allzu wuchtige Ohrfeige.

»Wie versprochen!« meinte Klaschka. »Weil er immer nur an dich denkt und mich dabei übersieht!«

Danach fragte sie, in ihrer prallen Üppigkeit ohne Scham auf dem Polster sitzend: »Was wollt ihr nun von mir, he? Soll ich sie in meinem Bett verstecken?«

»So ähnlich, Klaschka.«

Forster zog Milda neben Klaschka.

Sie saßen nebeneinander wie Hühner auf der Stange, gegenüber schlief mit rasselndem Atem das ältliche Ehepaar, über ihnen seufzte das junge Mädchen im Schlaf. Sie war, wie Klaschka erfahren hatte, Sekretärin der Komsomolzenverwaltung und fuhr nach Irkutsk zu ihrer neuen Arbeitsstelle.

»Ich weiß nicht, wo sie sich versteckt gehalten hat, aber sieh sie dir an. Sie ist fast verhungert. Sie schleicht durch die Wagen und stiehlt sich das Essen zusammen.«

»Es reicht«, sagte Milda leise. »Macht euch keine Mühe um mich. Vor allem bringt euch meinetwegen nicht in Gefahr.«

»Das klingt vernünftig. Sie ist klüger als du, Werner Antonowitsch.« Klaschka kämmte sich mit gespreizten Fingern das brandrote Haar aus der Stirn. »Wo kommst du her, Vögelchen?«

»Ich heiße Milda Tichonowna ...«

»Und willst billig nach Sibirien, was? Zu einem Mann, nicht wahr? Ist er Geologe oder Ingenieur? Wo lebt er denn? Diese jungen Dinger ... durchqueren die halbe Welt, weil sie Sehnsucht nach einem angewärmten Bett haben! Wenn dich Boris Fedorowitsch entdeckt ...«

»Nein! Das darf er nicht ...«

»Es wird sich nicht vermeiden lassen«, meinte Klaschka trocken.

»Man muß einen Weg finden, daß sie bei mir im Abteil bleiben kann.« Werner Forster legte den Arm um Mildas Schulter. Er spürte, wie sie noch immer zitterte.

Sie rückte nicht von ihm ab, sie schob seine Hand nicht weg, sondern lehnte sich erschöpft gegen ihn.

Ein Gefühl des Glücks durchrann ihn, eine bisher ungekannte Wärme, in der sein Herz heftig klopfte.

»Wenn ich den Fahrpreis nachträglich für Milda bezahlen würde ...«

»Wo bist du denn hier?« Klaschka lachte leise, aber es war ein bitteres Lachen. »In einem D-Zug nach Köln oder Paris, he? Kannst dasitzen und sagen: Schaffner, noch eine Karte erster Klasse bis Wladiwostok? Und Mulanow zückt sein Büchlein und schreibt sie dir aus! So einfach ist das nicht! Er wird wissen wollen, woher Milda kommt und warum sie ohne

Billett im Zug ist. Wieso reist ein verhungertes Mäuslein heimlich durch die Taiga? Was will sie dann sagen?«

Sie schob Forster zur Seite und starrte Milda an. »Woher kommst du eigentlich?«

»Das ist eine lange Geschichte, Klaschka.«

»Behalt sie für dich! Ich will sie gar nicht wissen.«

Sie stützte den Kopf in beide Hände und dachte angestrengt nach. Ihr weißer Körper war ein brennender Fleck in der fahlen Dunkelheit.

»Es gibt eine Möglichkeit«, sagte sie endlich. »Aber ob sie mitmachen wird?«

»Sicherlich, Klaschka. Wenn es Milda hilft . . .«

»Am logischsten ist die Unmoral!« erklärte Klaschka philosophisch. »Nimm Milda mit in dein Abteil, Werner Antonowitsch, und setze Mulanow, wenn er kommt, auseinander, sie wäre eine Kollegin von mir. Nachwuchs, verstehst du? Ich lerne sie an!«

»Ob er das glauben wird?«

»Warum nicht? Boris Fedorowitsch wird es glauben, wenn sie ihre Prozente bei ihm abliefert. Geld überzeugt immer! Zwanzig Prozent, das ist die Taxe dieses Gauners! Es wird dich viele Rubelchen kosten, Werner Antonowitsch!«

»Das ist mir Milda wert.«

»Hörst du es, mein Schwänchen?« Klaschka lachte wieder. »Seine Seele liegt in heißem Öl! Aber was wird dein Nachbar sagen, dieser widerliche Pal Viktorowitsch? Ich traue ihm nicht.«

»Er muß glauben, was auch Mulanow glaubt.«

Forster drückte Milda an sich. Sie saß still, etwas zusammengesunken und vorgebeugt, und blickte in die Dunkelheit.

»Dein Rat ist gut, Klaschka«, fuhr er fort. »Milda braucht sich nicht mehr zu verstecken, nicht mehr zu stehlen . . .«

»Und was verlangst du dafür?« Mildas Stimme war jetzt voll kindlicher Angst.

»Was wird er wohl verlangen, ein Kerl wie er?«

Klaschka lachte laut. Plötzlich war sie wieder ordinär, der letzte Rest von Schlaf war von ihr abgefallen.

»Man muß im Leben für alles bezahlen, Milda Tichonowna. Wenn alles so einfach ist wie das ...«

»Sie kennt eben nur eine Sorte von Männern!« Forster unterbrach Klaschka, erhob sich und zog auch Milda von dem Bett. »Du bist mein Gast ... weiter nichts!«

Erst jetzt kam ihm zum Bewußtsein, daß sie sich duzten. Ganz selbstverständlich war das gekommen; es war ein Hinübergleiten in die Vertraulichkeit, die bewies, daß sie füreinander plötzlich keine Fremden mehr waren.

Er legte den Arm um Mildas schmale Schulter und zog sie mit sich zur Abteiltür.

»So nicht, meine Lieben!« rief ihnen Klaschka leise nach. »Selbst bei zwanzig Prozent wird Mulanow nicht glauben, daß so ein graues Mäuslein ins Geschäft eingestiegen ist. Gehen wir zur Toilette. Jeder Beruf hat nun einmal sein Plakat – also muß man auch Milda anmalen, wie es sich gehört.«

Nach zehn Minuten kamen Klaschka und Milda aus der Toilette zurück. Forster erkannte die Unbekannte von Swerdlowsk nicht wieder.

Aus dem verschüchterten Mädchen war ein kleines Biest geworden, raffiniert geschminkt, mit hochgesteckten Haaren und einem Mund, der Forster fordernd entgegenleuchtete. Das Gesicht einer schönen, aber kalten Puppe ...

Er fand, daß Milda früher besser ausgesehen hatte in ihrer von Traurigkeit überhauchten reinen Jugend.

»Na?« fragte Klaschka stolz. »Wenn sie nun noch andere Kleider hätte, wäre sie bester Nachwuchs. Du wirst Mühe haben, Werner Antonowitsch, die anderen Männer von ihr abzuhalten. Sie werden vor deinem Abteil Schlange stehen wie Hunde vor dem einzigen Baum in der Wüste. Und sie werden die Rubelscheine an das Fenster kleben . . .«

»Vorher gefiel sie mir besser«, sagte Forster trotzdem.

Milda sah ihn mit ihren großen umschminkten Augen an, und er verstand diesen Blick. Es war ein stummer Dank, und wieder spürte er, daß sie ihm näher war, als er je zu hoffen gewagt hatte.

III

Karsanow schnarchte noch immer wie ein Sägewerk, als die beiden das Abteil betraten und sich auf Forsters Bett niederließen.

Milda hielt ängstlich ihre Hände zwischen den Knien und starrte Pal Viktorowitsch, der wie aufgebahrt auf dem Rücken lag, an.

Forster holte seine Thermosflasche aus dem Gepäck und schraubte sie auf. Am Abend hatte er sie von dem Kellner Fedja mit grusinischem Tee und einem Schuß Rum auffüllen lassen.

Karsanow schien Antialkoholiker zu sein. Er kaufte auf jeder Station zu Blöcken gefrorene Milch, taute sie auf und trank sie mit sichtbarem Genuß. Dafür rauchte er stark, stets diese Papyrossi, die stanken, als brenne man Matratzen an.

»Bitte«, sagte Forster und goß Milda einen Becher Tee ein. Sie nickte dankbar, trank die dampfende Flüssigkeit mit kleinen, durstigen Schlucken und griff dann durch einen seitlichen Schlitz unter ihren weiten Stepprock.

Sie holte Brot hervor, Wurststückchen, Kekse, eine Essiggurke, zwei bereits geschälte Zwiebeln, ein Ei und eine Ecke Schokolade. Das legte sie alles auf einen kleinen Klapptisch am Fenster, griff dann in den anderen Rockschlitz und holte ein Messer heraus.

»Ich habe Hunger«, sagte sie schlicht »Es ist mein erstes Essen seit zwanzig Stunden . . .«

»Wenn der Speisewagen wieder öffnet, gehen wir frühstücken wie die Bojaren«, verkündete Forster. Seine Kehle war wie zugeschnürt.

Jetzt, in der besseren Helligkeit des Abteils, sah er erst, wie schön Milda Tichonowna war. Sie hatte einen zarten Körper, aber ihre Brust war rund und wohlgeformt, und unter dem langen Rock ahnte er die schlanken Beine eines Rehs mit kleinen Füßen, an denen jetzt die klobigen Bauernschuhe wie Bleiklumpen hingen.

Sie aß mit großem Hunger, schnell, fast gierig. Sie schlang alles in sich hinein. Kekse und Gurke durcheinander. Zwiebeln und Schokolade, Wurst und das rohe Ei, das sie mit der Messerspitze einstach und dann austrank.

Nach dem Essen hielt sie den Becher wieder hin und lächelte Forster an. »Noch einen Schluck, Werner Antonowitsch?«

»Trink, soviel du willst.«

»Danke.«

Sie schloß die Augen beim Trinken, und er bewunderte sie mit einem seligen Gefühl.

»Wir werden nicht in den Speisewagen gehen«, sagte sie hinterher. »Ein vornehmer Herr wie du zeigt sich doch nicht mit einer . . . einer Dirne in aller Öffentlichkeit! Das würde auffallen.«

»Dann soll Fedja das Frühstück ins Abteil bringen. Im übrigen lasse ich mir nicht vorschreiben, mit wem ich essen gehe. Ich bin ein freier Deutscher!«

»Der aber in einem sowjetischen Zug fährt, Werner Antonowitsch.«

Sie war satt, war nicht mehr durstig, und jetzt wurde sie sichtlich müde. Sie hatte Mühe, ihre Lider offenzuhalten, blinzelte ein paarmal hinaus in die Nacht, wo die im Frost erstarrte Taiga vorüberzog, und schlief fast im Sitzen ein.

Forster legte sie sanft zurück auf sein Bett, schob ihre Beine auf die Polster und rückte nach vorn auf die Bettkante.

Sie lächelte ihn dankbar an, ein Kinderlächeln, in dem alles Vertrauen eines Menschen lag, drehte den Kopf etwas zur Seite und schlief sofort ein.

Ihre Atemzüge wurden ruhiger, die letzten Verkrampfungen lösten sich, ihre Brust hob und senkte sich gleichmäßig ... Es war das erstemal seit drei Tagen und Nächten, daß sie sorglos schlafen konnte.

Gegen sieben Uhr morgens wachte Karsanow auf.

Forster hatte auf diesen Augenblick gewartet und sich darauf vorbereitet.

Milda Tichonowna schlief noch. Sie lag mit angezogenen Beinen auf der Seite, Forster hatte ihr gegen Morgen die dunkelblaue Bluse ein wenig aufgeknöpft, damit sie freier atmen konnte – aber nur bis zum Brustansatz. Weiter die Bluse zu öffnen scheute er sich – er ahnte, daß sie es falsch auffassen würde, wenn sie erwachte.

Karsanow dehnte sich, kratzte sich die Brust, hustete ein wenig verschleimt und ließ einen Wind streichen.

»Verzeihung, Werner Antonowitsch!« sagte er sofort. »Ich habe nicht gesehen, daß Sie schon wach sind.«

Dann richtete er sich auf und saß in seinem gestreiften Schlafanzug im Bett. Erstaunt starrte er das fremde Mädchen an. »Wer ist denn das?«

»Milda.«

»Der Name tut nichts zur Sache! Wie kommt sie in Ihr Bett?«

»Wie man in ein Bett kommt, Pal Viktorowitsch. Man legt sich hin.«

»Sie sind ja sehr witzig heute morgen!« Karsanow musterte das Mädchen mit einem deutlichen Anflug von Ekel. »Sie haben sich also doch nicht bezwingen können, mein Lieber? Immerhin haben Sie nicht diese gräßliche Klaschka genommen. Mir wird übel, wenn ich sie nur ansehe.« Er stand auf, zog seinen Bademantel über und gähnte ausgiebig.

Ein Agrarexperte mußte gut verdienen, Karsanow hatte drei Goldzähne, die in der bleichen Morgensonne glitzerten.

»Wollen Sie sie nicht wecken und aus dem Abteil entfernen?«

»Nein. Warum?«

»Warum? Soll sie in Ihrem Bett Wurzeln schlagen?« Er fuhr in seine Pantoffeln und schlurfte zur Tür. »Man muß sich schämen vor den Gästen der Sowjetunion, daß solche prasstitutkis ungestraft sogar in einem Eisenbahnzug ihr Unwesen treiben können! Und diese Tarnung! Wie eine Bäuerin sieht sie aus! Jung, nicht wahr?«

»Sehr jung, Pal Viktorowitsch. Man kann sie vielleicht noch vor dem völligen Verfall retten.«

»Glauben Sie! Ich nicht. Weiber dieser Art sind wie die Filzläuse. Man kann sie nur ausrotten, aber nicht umerziehen. Sehen Sie zu, daß sie weg ist, wenn ich von der Toilette zurückkomme, Werner Antonowitsch.«

Er schob die Tür auf, ging auf den Gang, blickte noch einmal zurück auf die schlafende Milda, zuckte mit den Schultern und entfernte sich.

Werner Forster dachte gar nicht daran, Milda zu wecken. Vorsichtig beugte er sich über sie und küßte sie auf die Stirn.

Sie rührte sich nicht, nur ihre Lider flatterten ganz leicht, als könnte ihr Körper seine scheue Zärtlichkeit verstehen.

Bevor Karsanow zurückkam, erschien Boris Fedorowitsch

Mulanow. Er legte grinsend den Finger auf die Lippen und steckte den Kopf durch den Türspalt.

»Ich weiß Bescheid«, flüsterte er. »Klaschka hat mir gestanden, daß sie einen Lehrling mitgenommen hat. Etwas ungewöhnlich ... So etwas habe ich noch nicht erlebt. Aber die Zeiten modernisieren sich im Eiltempo, man muß umdenken! Überall ist der Nachwuchs knapp. Guten Morgen, gospodin.«

»Guten Morgen, Genosse Schaffner.«

»Nennen Sie mich ruhig Boris Fedorowitsch.«

Forster nickte. Er saß vor der schlafenden Milda wie ein Wachhund, der jeden wegbeißen würde, der ihr zu nahe kam.

»Pal Viktorowitsch ist bereits wütend«, sagte er, »wundern Sie sich also nicht, Boris Fedorowitsch, wenn es gleich einen großen Krach gibt. Wenn Karsanow sich unflätig benimmt, werde ich ihn verprügeln.«

»Das würde ich mir überlegen, gospodin.«

Mulanow wiegte den runden Kopf, sein Schnauzbart hing traurig über die Lippen. Karsanow verprügeln, dachte er, o Mutter von Kasan, das wird Komplikationen geben!

Sieben Jahre fahre ich diese Strecke ohne Zwischenfälle, jetzt wird es einen geben! Und was für einen!

Ein Deutscher prügelt sich mit Karsanow. Ausgerechnet mit ihm!

Wenn er mich ohrfeigte, gut, das wäre zwar ein Angriff auf einen Beamten, aber man könnte es hinunterschlucken. Doch Pal Viktorowitsch? Das würde eine pikante hochpolitische Affäre ...

»Sie werden sich anders einigen können, gospodin«, sagte Mulanow bittend. »Gut, gut, Milda ist ein hübsches Mädchen, jung und knusprig wie ein heißer Wecken im Backofen – aber deswegen gleich einen Streit mit Handgreiflichkeiten! Sie soll zu mir kommen, wenn sie wach ist, gospodin. Klaschka meint, sie wäre noch sehr unerfahren.«

Mulanow mußte weiter. Im Wagen fünf, dem Luxuswagen mit den vornehmen Schlafabteilen, erwachten die Passagiere. Es war Mulanows Aufgabe, die Betten wieder in bequeme Polstersitze zu verwandeln.

Im Speisewagen roch es bereits nach Tee und Kaffee. Die große Frühstückswelle wurde erwartet.

Karsanow kam zurück. Mißmutig wie immer, sich wie jeden Morgen über seine chronische Verstopfung ärgernd, blieb er an der Tür stehen und zeigte mit ausgestrecktem Arm auf die schlafende Milda. »Die Hure ist ja immer noch da!«

»Pal Viktorowitsch, mäßigen Sie sich!« antwortete Forster laut und deutlich. »Milda ist mein Gast!«

»So kann man's auch nennen!« Karsanow betrat das Abteil und ließ die Tür offen. »Lüften Sie wenigstens. Es stinkt nach Weib!«

»Sie sind ein streitsüchtiger Bulle, Karsanow!« sagte Forster hart. »Als wir uns kennenlernten, sagten Sie, wir müßten zehn Tage und Nächte miteinander auskommen. Leider ... Wir können das nicht mehr ändern, es sei denn, ich tausche mit dem Operntenor, den der General nebenan erschießen will.«

»Ich bedanke mich, Werner Antonowitsch.« Karsanow verzog sein Gesicht. »Ich würde ihn sofort erwürgen. Was singt er während der ganzen Fahrt, morgens zwei Stunden, nachmittags zwei Stunden? ›Wie eiskalt ist dies Händchen ...‹ Wer kann das aushalten? Dann schon lieber so etwas ...« Er nickte zu Milda hin und beeilte sich mit dem Anziehen. »Ich habe gerade darüber nachgedacht, Werner Antonowitsch, ob Sie das die ganze Zelt über durchhalten können ...«

»Man kann sich täuschen, Pal Viktorowitsch! Vor allem, wenn man ein Mädchen wie Milda trifft.«

»Ein Rubeldämchen!«

Im gestreiften Schlafanzug sieht man wenig respekteinflößend aus, das war Karsanow klar. Als er den Knoten seiner Krawatte geschlungen hatte, war seine Würde wieder perfekt.

»Wie denken Sie sich den weiteren Verlauf?«

»Das Abteil ist groß genug für drei.«

Karsanow starrte Forster mit ehrlichem Entsetzen an. »Sie haben dieses Weib bis Wladiwostok gekauft?«

»Natürlich!«

Eine gute Idee, auf die er mich da bringt! dachte Forster. Warum soll man eine prasstitutka nicht für eine ganze Woche engagieren?

»Soll ich mir das Mädchen entgehen lassen oder mit anderen Männern im Zug teilen? Das kann Klaschka besorgen. Milda ist meine private Reisebegleiterin.«

»Das kann ja heiter werden!« rief Karsanow giftig. »Ich bin ein moderner und aufgeklärt denkender Mensch, Werner Antonowitsch, aber noch weitere sechs Tage in einem Raum mit ...«

Er verschluckte einige böse Worte und starrte hinaus in die sonnenüberflutete, vom Schnee fast erdrückte, undurchdringliche Taiga. »Sie werden mir den Schlaf rauben!«

»Nur, wenn Sie unbedingt zusehen wollen!«

»Sie sind ein Vieh, Werner Antonowitsch. Ich habe mich schwer in Ihnen getäuscht.« Karsanow trommelte mit den Fingern nervös auf dem Klapptisch. »Ich überlege, ob ich in Irkutsk die Miliz informieren soll.«

»Das sollten Sie bleiben lassen, Pal Viktorowitsch.«

»Oh! Ist das eine Drohung?« Karsanow beugte sich zu Forster hinüber. »Ein Deutscher droht in einem sowjetischen Zug einem Russen! Oha!«

»Ich möchte Frieden, Karsanow! Ich bestimmt!«

»Was haben Sie gegen die Miliz?«

»Was haben Sie gegen Milda?«

»Wenn wir uns gegenseitig mit Fragen bombardieren, kommen wir nicht weiter!«

»Warum sollten wir nicht weiterkommen? Milda bleibt bei mir! Das ist eine Tatsache, die sich nicht wegreden läßt.«

Karsanow grunzte etwas Unverständliches, erhob sich und verließ das Abteil.

Entweder, dachte Forster, beschwert er sich jetzt bei Mulanow, oder er zieht sich grollend in den Speisewagen zurück, frühstückt, ärgert Fedja und brütet eine neue Gemeinheit aus.

Forster war mit seinen Gedanken so sehr bei der Auseinandersetzung mit Karsanow, daß er nicht merkte, wie Milda erwachte.

Erst als das Mädchen zaghaft seinen Arm berührte, fuhr er herum und blickte in ein grotesk aussehendes Gesicht.

Die Schminke, die Klaschka wenig sparsam darauf gestrichen hatte, war verschmiert. Die bunten Farben waren ineinandergelaufen. Forster grinste, und Milda deckte beide Hände über ihr Gesicht.

»Lach nicht!« sagte sie streng. »Der Tod sieht weniger lustig aus ...«

»Du mußt gleich zu Klaschka gehen und dich neu anmalen lassen.« Er zog ihre Hände vom Gesicht und nickte ihr fröhlich zu. »Du hast wunderbar ruhig geschlafen, Milda. Es ist uns gelungen, alle zu täuschen.«

»Auch Karsanow? Wo ist er?«

»Geflüchtet.«

»Und Mulanow?«

»Er glaubte es als erster. Nun wird er mit dir über die Prozente reden.« Forster griff in die Tasche und holte zehn Rubel hervor. »Bring sie ihm. Er wird dich umarmen und ›Töchterchen‹ nennen.«

Sie sah die Rubelnote an und nahm sie zögernd.

Forster konnte in ihren Augen lesen, was sie dachte: Er kümmert sich um mich, er beschützt mich, er gibt mir Geld – wann wird er dafür die Gegenleistung fordern? Es gibt keinen Menschen, der alles umsonst tut. Ich kenne keinen . . .

»Geh jetzt zu Klaschka«, sagte er und bog ihre Finger zu einer Faust, in der die Rubelnote zerknitterte. »Und dann zu Mulanow. Du mußt so tun, als ob du wirklich . . .«

Sie nickte, erhob sich gehorsam, strich den Rock glatt, knöpfte die Bluse wieder bis zum Hals zu und schüttelte das glänzende schwarze Haar in den Nacken.

Plötzlich hatte Forster Angst, sie nicht wiederzusehen.

Wenn sie nun wieder untertauchte in dem geheimnisvollen Versteck, in dem sie sich die vergangenen drei Tage verborgen hatte, würde das Suchen von neuem beginnen. Mit dem Unterschied, daß sich diesmal auch Mulanow an der Suche beteiligen würde, weil er sich um seine Prozente geprellt fühlte . . .

»Du kommst doch wieder, Milda?« fragte er.

Sie nickte und lächelte, fast traurig. »Ja, Werner Antonowitsch. Wir wollen doch zusammen frühstücken . . .«

»Nur deswegen?«

Sie sah ihn groß an, gab keine Antwort, wandte sich abrupt zur Tür und verließ rasch das Abteil.

Werner Forster hatte wenig Zeit, über sich und Milda nachzudenken, geschweige denn die Situation vorauszuahnen, die sich noch entwickeln konnte.

Mulanow tappte vom anderen Ende des Wagens heran und sah es als seine Pflicht an, den alleinsitzenden Staatsgast mit den neuesten Nachrichten zu versorgen.

»Ein besonders kritischer Zug diesmal –«, seufzte er. »Der Genosse General wird hysterisch. Stellen Sie sich vor: Jetzt fängt der Tenor schon am frühen Morgen an! Der General ist aus dem tiefsten Schlaf emporgeschreckt. Er will seiner ganzen Armee verbieten, jemals wieder ein Opernhaus zu betreten! Und was noch nie vorgekommen ist, gospodin: Im Zug wird geklaut! Ich bin erschüttert!«

Forster dachte an Mildas nächtlichen Streifzug durch die Wagen und winkte ab. »Was wird man schon gestohlen haben?« fragte er leichthin, »Brot, eine Gurke, Zwiebeln, Wurst... Man sollte nicht darüber reden, Genosse Schaffner.«

»Zwiebeln und Gurken? Wo denken Sie hin, gospodin!« Mulanow strich seinen sich sträubenden Schnurrbart glatt. »Einer Dame im Wagen zwei fehlt ein Ohrring! Im Schlaf aus dem Ohr montiert, ein Skandal! Und einem Herrn haben die Halunken die Schuhe gestohlen! Neue Schuhe, erst eine Woche getragen! Jetzt sitzt er auf seinem Platz in Strümpfen und ist bis ins Herz hinein erschüttert! Soll er barfuß in Tschita den Zug verlassen? Wir werden eine Untersuchung durchführen, der Zugleiter Vitali Diogenowitsch und mein Kollege Wladlen Ifanowitsch! Wie peinlich, zu jedem zu sagen: Genosse, öffnen Sie den Koffer und zeigen Sie Ihre Schuhe her! Und der Bestohlene, ein Mann namens Dementi Michailowitsch Skamejkin, muß auf Strümpfen mitlaufen und alle Schuhe begutachten! So etwas hat es im Transsib noch nicht gegeben! Ein böser Zug diesmal, sag' ich, gospodin.« Er blickte sich um. »Wo ist Milda?«

»Bei Klaschka. Anschließend wollte sie zu Ihnen...«

»Dann muß ich mich beeilen.« Mulanow grüßte stramm und schob die Tür zu.

Forster lehnte sich zurück und blickte aus dem Fenster.

Wald... Wald... Wald... Und in ihn hineingeschlagen der doppelgleisige Schienenstrang wie eine endlose Narbe. Sonst nur weiße Einsamkeit, vollkommene Stille, im Frost erstarrter Schnee, der die Bäume überzieht wie ein bizarrer Zuckerguß. Ein schöner Tag!

Die blanke kalte Sonne ließ das Land bläulich glitzern, als

sei es überpudert mit gemahlenen Diamanten. Der wolkenlose blaue Himmel war so grenzenlos, wie es nur ein Himmel über Rußland sein kann.

Sibirien! Auch wer es haßt, muß es doch mit ganzem Herzen lieben. Die Leidenschaft dieser Haßliebe bleibt das ewige Geheimms der Taiga ...

Karsanow kam zurück. Er hatte sich im Speisewagen über Fedja und den Koch geärgert.

Es war das alte Leiden: Das Frühstück war programmiert, eingeplant, es rollte reibungslos ab. Aber wehe, wenn man etwas nachbestellte!

Eine Scheibe Brot vielleicht, ein Stückchen Käse oder gar ein Ei! Man kann als Astronaut eher den Mond erreichen als ein zusätzliches Ei im Speisewagen des Transsib! Und noch dazu mit dem Wunsch nach vier Minuten Kochzeit!

Die Küche brach zusammen, als Karsanow nicht nur ein Ei, sondern auch noch eine Scheibe Dauerwurst und Honig für das Süßen des wirklich guten Tees verlangte.

Als er alles nach zwanzig Minuten endlich erhielt, war das Ei so hart wie ein Stein und die Wurst wölbte sich traurig auf dem Teller. Den Honig bekam er nie.

Fedja, den er fünfmal angebrüllt hatte, ließ sich nicht mehr blicken; er blieb in einem Verschlag hinter der Küche verborgen, bis sich Karsanow entfernt hatte.

»Wo ist Milda?« fragte auch er, als er das Abteil betrat.

Forster zündete sich gerade eine Zigarette an und hielt Karsanow die Packung hin. Der zögerte, griff aber dann doch zu und betrachtete die Marke.

»Milda ist zu Mulanow gegangen«, antwortete Forster.

»Zustände sind das! Beamte spielen Zuhälter ... Eine amerikanische Zigarette?«

»Ja.«

»Parfümiert wie ein Dirnenhintern!«

»Sie können sie gern aus dem Fenster werfen, Pal Viktorowitsch!«

»Was werde ich? Sie wird geraucht! Nachher rauchen Sie eine von mir. Eine kraftvolle sowjetische Zigarette!«

Sie saßen sich eine Weile schweigend gegenüber, rauchten, sahen hinaus in die Taiga und stellten fest, daß der Zug langsamer fuhr.

Über die Schienen war Schnee geweht, und die Lok drückte ihn mit einer Spezialvorrichtung, die einem großen Schild glich, zur Seite.

»Haben Sie sich's überlegt?« fragte Karsanow plötzlich.

»Was?« fragte Forster zurück und drückte die Zigarette aus. Karsanow rauchte die seine bis zur letzten Möglichkeit, er klemmte den Stummel noch zwischen die Fingernägel.

»Sie wollen diese Milda wirklich bis Wladiwostok in unserem Abteil beherbergen?«

»Ich habe meine Absicht nicht geändert, Pal Viktorowitsch.«

»Sie wollen also schamlos vor meinen Augen ...«

»Durchaus nicht! Machen wir es doch so: Ich sage Ihnen vorher Bescheid, dann können Sie hinausgehen!«

»Das ist eine unerhörte Zumutung, wissen Sie das?« Karsanow schnaufte durch die Nase. »Gerade von Ihnen als Deutschem hätte ich mehr Kultur erwartet.«

»Danke, aber noch sind die Menschen nicht alle gleich. Ich bin eben ... ein erotischer Typ!«

»Widerlich, Werner Antonowitsch!«

»Wie man's nimmt. Ich fühle mich wohl dabei.«

Ein Paar Holzhäuser glitten draußen vorbei, dann einige Steinbauten, hingeduckt in den Schnee. Ein kleiner Bahnhof tauchte auf, und der Zug hielt.

Es war Tugun, eine jener Taigastädte, die man beim Bau der Bahnlinie angelegt hatte.

Später hausten hier Kosaken, dann Freigelassene, Begnadigte, Deportierte, die das Lager verlassen durften, wenn sie sich verpfichteten, für den Rest ihres Lebens in Sibirien zu bleiben. So war ein eigenes sibirisches Volk herangewachsen, hart wie die Riesenbäume der Taiga.

Mulanow sprang auf den gefegten Bahnsteig, zwei andere Zugbeamte stießen zu ihm, sicherlich Vitali Diogenowitsch und Wladlen Ifanowitsch. Sie diskutierten heftig über die Diebstähle, gingen dann in das Stationsgebäude und kamen mit einem Milizionär zurück, der sehr dienstlich aus seiner Uniform blickte.

»Jetzt geht es den Huren an den Kragen!« rief Karsanow erfreut. »Bravo! Es gibt noch pflichtbewußte Beamte!«

»Nein, es geht um einige Diebstähle im Zug.«

»Wer sagt Ihnen das?«

»Mulanow. Ein Ohrring und ein Paar neue Herrenschuhe.«

»Sie sollten bei Klaschka und Milda unter die Röcke gukken, da finden sie noch mehr!«

»Davon bin ich überzeugt«, sagte Forster vergnügt. »Pal Viktorowitsch, was sollten die Mädchen mit Herrenschuhen?«

»Verkaufen! Was denn sonst?«

»Geht es Rußland so schlecht, daß getragene Schuhe Handelsware sind?«

Karsanow starrte Forster böse an und ließ den winzigen Rest seiner Zigarette in den Aschenbecher fallen.

»Diese defaitistische Bemerkung hätten Sie sich sparen können, Werner Antonowitsch!« sagte Karsanow grob. »Oder gibt es im Westen keine Geschäfte, die vom Altwarenhandel leben?«

Die Tür wurde aufgerissen, Milda stürzte ins Abteil und ließ sich auf Forsters Bett fallen. Ihr von Klaschka neu geschminktes Gesicht drückte helle Angst aus.

»Die Miliz!« stammelte sie. »Werner Antonowitsch, die Miliz kommt in den Zug!« Die Rubelnote hielt sie noch in der Hand.

»Haha!« rief Karsanow voller Triumph. »Jetzt wackelt etwas anderes als der Busen! Jetzt wird der Zug gesäubert von Ungeziefer!«

»Halten Sie den Mund, Pal Viktorowitsch!«

Forster beugte sich zu dem Russen hinüber. Ihre Köpfe waren jetzt dicht beieinander, ihre Blicke kreuzten sich wie Degenklingen.

»Wir müssen bis Wladiwostok zusammenbleiben – das ist noch eine lange Zeit ...«

»Soll das eine Drohung sein?« Karsanow keuchte.

»Nennen Sie es, wie Sie wollen.«

»Sie wissen nicht, wer ich bin!«

»Das ist mir völlig gleichgültig!«

»Selbst wenn Sie ein Staatsgast sind, können Sie sich nicht alles erlauben!«

»Ich erlaube mir eine Reisebegleiterin, sonst nichts. Und Sie? Sie stören den Frieden! Ich bin ein ruhiger Mensch, aber wenn Sie Milda in Schwierigkeiten bringen, dann werden Sie mich kennenlernen! Auch in Ihrem Land werde ich die absolute Freiheit meiner Person zu verteidigen wissen. Andernfalls wird diese Sache zu einem Politikum ...«

Forster lehnte sich zurück und legte seinen rechten Arm um Mildas schmale Schulter. Sie zitterte vor Angst und verkroch sich in seine schützende Umarmung.

Mit mahlenden, knirschenden Zähnen beobachtete Karsanow, wie der Polizist in den Transsib kletterte.

Man muß den großen Kummer verstehen, den Dementi Michailowitsch Skamejkin erlitten hatte, als man ihm seine Schuhe stahl, um jetzt sein Geschrei ertragen zu können.

Da zieht man sich abends aus, wie es sich für einen anständigen Menschen gehört, legt den Anzug zusammen, stellt die Schuhe unters Bett, kriecht unter die Decke, um ohne Sünde zu schlafen, vertraut auf die sozialistische Ehrlichkeit seiner Mitreisenden, und was findet man, als man morgens wieder aufwacht? Nichts! Die Schuhe sind weg!

Nagelneue Schuhe, fünfzehn Rubel das Paar!

Gemälde von Schuhen, sage ich euch, bewundert von der ganzen Familie!

Als wenn man es geahnt hätte!

Noch beim Abschied auf dem Bahnhof Omsk hatte Lydia, die älteste Tochter, gesagt: »Väterchen, paß auf deine Schuhe auf. Wie neidisch sie dir alle auf die Füße gucken! Es gibt mehr Mißgünstige als Freunde auf der Welt!«

Ein wahres Wort! Ein kluges Mädchen, seine Lydia, sie studierte ja auch Philosophie.

»In was für einem Land leben wir!« brüllte Skamejkin jetzt. Er stand in Socken und mit hochrotem Gesicht im Gang des Waggons.

Die Tür zu seinem Abteil war aufgeschoben, die Mitreisenden hockten betrübt auf den Sitzen, die, umgeklappt, in der Nacht Betten gewesen waren. »Soll es soweit kommen, daß man einem die Unterhose vom Leibe zieht?«

»Beruhigen Sie sich!« rief der eingestiegene Polizist und hob energisch die Hand.

Mulanow warf einen verzweifelten Blick auf seinen Zugführer Vitali Diogenowitsch.

Sein Kollege Wladlen Ifanowitsch war zu Wagen zwei gerufen worden, wo im Abteil vier die bestohlene Dame von dem Augenblick an, wo sie die Miliz gesehen hatte, keine Luft mehr bekam und immer nur stöhnte: »Mein Ohrring! Ein Erbstück war's durch vier Generationen! Wer hilft mir? Ich bin die arme Witwe eines Generals ...«

»Gehen wir systematisch vor!« sagte der Polizist zu Skamejkin und holte ein Notizbuch aus dem Uniformrock. »Wie heißen Sie? Wo wohnen Sie? Zeigen Sie mir Ihren Paß!«

»Bin ich der Dieb?« brüllte Skamejkin. »Werde ich auch noch verhört, als hätte ich eine Bombe in den Kreml geworfen! Hier . . .«

Er lehnte sich gegen die Wand und hob ein Bein hoch. Die Sockensohle war schmutzig.

Anscheinend wurde der Zug nicht so gründlich gesäubert, wie es sein sollte. Mulanow besah sich die Sohle und blickte dann erschüttert weg.

»Ist das ein Tatbestand? Jemand hier im Zug hat meine Schuhe! Nehmen Sie zur Kenntnis: Ich bin der Direktor einer Seifenfabrik! Mit meiner Seife wäscht sich Breschnew die Hände!«

»Er hat recht«, bestätigte der Polizist und blickte Mulanow und den Zugführer Vitali ernst an. »Der Dieb muß noch im Zug sein! Ausgestiegen ist niemand, und wer springt schon mitten in der Taiga ab wegen dieser lumpigen Schuhe . . .«

»Es waren keine lumpigen, es waren wundervolle Schuhe!« Skamejkin ließ das Bein sinken. »Was werden Sie tun, Genossen?«

»Was werden wir tun?« Der Polizist blickte auf seine Armbanduhr. »Der Zug kann nur zehn Minuten halten. Ich muß wieder hinaus. Einen Befehl zum Mitfahren habe ich nicht.«

»Sie sollen nicht mitfahren, Genosse«, schrie der arme Dementi Michailowitsch, während er seine Arme empört vorstreckte. »Sie sollen mir meine Schuhe wiederbeschaffen! Ich habe kein zweites Paar mit. Wer reist mit einem Sack voller Schuhe, wenn er nur zu einer Besprechung will? Soll ich vielleicht in Strümpfen durch Tschita laufen?«

»In Tschita gibt es auch Schuhe«, sagte der Milizionär weise.

»Und wer bezahlt sie, he? Ich? Nie! Nie, Genossen! Ich schlafe in einem staatlichen Zug, ich werde in einem staatlichen Zug bestohlen – der Staat muß für den Schaden aufkommen! Ist das klar?«

So klar war das nicht.

Auf keinen Fall konnte das der Polizist entscheiden, und es war auch niemand da, der Skamejkin die Rubel für neue Schuhe geben konnte. Und wenn jemand zugegen gewesen wäre, der zuständig war, dann hätte man erst einen Berg Formulare ausfüllen müssen.

Geht das alles in zehn Minuten – bei einem außerplanmäßigen Aufenthalt auf einer einsamen Taigastation?

Vom Wagen zwei kam der Schaffner Wladlen Ifanowitsch gelaufen. Er war bleich und bebte am ganzen Körper.

Zu allem Überfluß stieß die Lokomotive einen gellenden Ton aus, der bedeutete: Weiterfahren, Genossen! Wir werden zwischen Irkutsk und Wladiwostok noch genug Verspätung bekommen. Die Amurstrecke soll völlig zugeweht sein. Schneestürme, daß man das Beten wieder lernen könnte! Wir müssen weiter, Genossen!

»Die Dame bekommt einen Schreikrampf!« rief Wladlen. »Der verfluchte Ohrring! Man will ihn schon beim Zaren getragen haben! Als ob das ein Argument wäre! Ein Ohrring aus der Zeit der Knechtschaft! Aber die Dame ist die Witwe eines Generals, das kompliziert alles. Olga Fedorowna Platkina heißt sie. Richtig, die Frau des Generals Platkin! Sie verlangt, daß ich jeden Reisenden ausziehe und den verdammten Ohrring suche!«

»Und ich verlange meine schönen neuen Schuhe!« brüllte Skamejkin. »Der Zug darf nicht weiterfahren! Gibt es hier an diesem Ort keinen anderen Beamten als diesen Idioten?«

Das war ein Fehler.

Der Polizist zuckte zusammen, als habe ihn eine Tarantel

gestochen. Er stierte alle Genossen wild an, klappte sein Notizbuch zu und riß die Waggontür auf.

»Weiterfahren!« rief er kalt und voller Verachtung. »Ein Paar Schuhe berechtigen niemand, Beamte zu beleidigen!«

Er sprang in den Schnee und schlug die Tür zu, ehe Skamejkin erneut losschreien konnte.

Tatsächlich ruckte der Zug wieder an, wurde schneller und verließ die einsame Taigastation, an der sonst nur Holzzüge hielten oder die Kleinbahn, mit der die Bauern zu den Märkten fuhren.

»Das gibt eine Beschwerde!« sagte Skamejkin und tappte auf Strümpfen in sein Abteil zurück. »Mit meiner Seife wäscht sich Breschnew die Hände – vergeßt das nicht, Genossen!«

Mulanow überließ es dem Zugführer Vitali Diogenowitsch, Skamejkin zu beruhigen, dafür bekam jener auch mehr Gehalt.

Er selbst lief nach hinten in den Staatswagen und schob erschöpft die Tür zu Karsanows Abteil auf. Mit großen ängstlichen Augen starrte Milda ihn an und schmiegte sich eng an Werner Forster.

»Aha! Jetzt geht es ihr an den Kragen!« rief Karsanow und rieb sich die Hände. »Nur herein, Boris Fedorowitsch! Wo ist die Miliz? Verhaftet dieses Weibsstück endlich!«

»Wieso?«

Mulanow ließ sich neben Forster auf die Bank fallen. Er betrachtete den Deutschen als einen sympathischen Menschen, mit dem man sprechen konnte und der die Geduld hatte, zuzuhören. Im Gegensatz zu dem widerlichen Karsanow, der immer recht haben wollte und – sehr verdächtig! – per Zugtelefon mit Moskau telefoniert hatte.

»Verhaftungen finden erst in Irkutsk statt. Bis dahin haben wir den Täter allein gefunden! Er kann ja nicht aus dem Zug. Er sitzt wie in einer Mausefalle.«

»Untersuchen Sie dieses Frauenzimmer!« sagte Karsanow streng und zeigte auf Milda. »Ihr schreit die Angst aus den Augen!«

»Die Angst vor einem Menschen wie Ihnen, ja!« erwiderte Forster laut.

Er strich Milda die Haare aus dem bleichen, schmalen Gesicht. Das sah sehr zärtlich aus, und Mulanow wunderte sich, daß man zu einer Zugdirne einen so innigen Kontakt haben konnte.

Aber das sind eben die Deutschen, dachte er. Immer mit dem Gefühl dabei, immer mit einem vollen Seelchen. Darin sind wir so ähnlich, Kamerad, wir Russen und ihr Deutschen!

»Milda Tichonowna hat damit nichts zu tun!« sagte Mulanow dienstlich.

»Ach, das wissen Sie?« bellte Karsanow.

»Ja, das weiß ich. Es gibt Zeugen dafür.«

»Welche Zeugen? Werner Antonowitsch? Pah, er hat dafür bezahlt! Klaschka? Zum Teufel, wer wird ihr glauben? Hier in diesem Zug sind außer diesen Frauenzimmern lauter ehrliche Fahrgäste. Bezweifeln Sie das, Mulanow? Oder war's gar das Zugpersonal?«

»Pal Viktorowitsch«, sagte Mulanow würdevoll, »das will ich nicht gehört haben.«

»Na also! Wer bleibt übrig? Ist das Logik?«

»Die Logik eines Affen, der lieber Bananen statt Kokosnüsse frißt, weil er die Bananen leichter schälen kann!« entgegnete Forster. »Mulanow, nehmen Sie Milda mit und sprechen Sie vernünftig mit ihr. Die Miliz ist weg?«

»Natürlich. Sie kann doch nicht ohne Befehl umsonst bis Irkutsk mitfahren ...«

Milda hob den Kopf. Ihre Augen bettelten. Sie wollte nicht gehen, sie hatte Angst, auch wenn Mulanow ihr freundlich zuzwinkerte.

Es war klar, daß er die Prozente der Beteiligung aushandeln und möglichst sofort die erste Rate kassieren wollte.

Entwürdigend, dachte Milda. Es war schwer, sich daran zu gewöhnen, daß man von einer Stunde zur anderen eine Dirne sein mußte . . .

Draußen glitt immer noch die tiefverschneite, schweigende Taiga vorüber. Eine Wand aus Riesenbäumen, erstarrt im Frost.

Die Sonne war fast weiß, farblos, wie ein Klumpen strahlenden Eises.

»Wir werden systematisch vorgehen«, sagte Mulanow. »Wagen nach Wagen. Welche Blamage! Ich gebe es zu. Wer stiehlt ein Paar Schuhe und einen Ohrring? Wer hat das in so einem Zug nötig? Es muß ein kranker Mensch sein, ein Kleptomane. Wir werden den Dieb an seinen unruhigen Augen entdecken.«

Er zeigte auf Milda, die sich langsam erhoben hatte und mit gesenktem Kopf an der Tür stand.

»Hat sie unruhige Augen, Pal Viktorowitsch? Ein armes Vögelchen ist sie, die sich sauer ihr Brot verdienen muß.« Er sprang auf, kniff zu Forster hin ein Auge zu und faßte Milda unter. »Gehen wir, Täubchen!«

Noch einmal drehte Milda ihren Kopf herum und sah Werner Forster an.

Er nickte ihr beruhigend zu, und da ging sie gehorsam mit Mulanow und schob hinter sich die Tür zu.

»Überall Korruption!« sagte Karsanow und lehnte sich in die Polster zurück.

Er trank langsam seine aufgetaute Milch und preßte sie dabei ein paarmal durch die Zähne, was einen zischenden, knirschenden Laut verursachte. Wahrscheinlich soll das ein Zähneputzen ersetzen, dachte Forster angeekelt.

»Überall Banditen!« Karsanow legte die Hände auf seine

Oberschenkel und trommelte darauf mit den Fingern. »Werner Antonowitsch, was finden Sie eigentlich so begehrenswert an Milda Tichonowna? Ein ausgehungertes Balg ist sie, weiter nichts. Jung natürlich, und wenn man sie gut füttert, kann die Figur sich runden ... aber jetzt? Schämen Sie sich nicht, als kräftiger Mann mit solch einem Würmchen ...« Er machte eine eindeutige Handbewegung und schnaufte empört.

»Nein!« antwortete Forster ruhig. »Aber jetzt sind wir allein, Sie haben gefrühstückt ...«

»Mies war es, ausgesprochen mies! Tee wie Spülwasser, ein Ei aus der Steinzeit, Brot, auf dem die Zähne ausrutschen, so glitschig war es!«

»Das alles ist nicht Mildas Schuld!« Forster bot dem Russen erneut seine amerikanischen Zigaretten an, und Karsanow nahm eine, obwohl sie seiner Ansicht nach stanken.

»Warum fallen Sie über Milda her, Pal Viktorowitsch?«

»Sie sind über sie hergefallen, nicht ich! In meiner Gegenwart, Sie Ferkel! Allerdings habe ich geschlafen ...«

»Da kann man nur sagen: leider!«

Karsanow rauchte erregt.

»Was wollen Sie von mir?« fragte er nach drei tiefen, langen Zügen. »Soll ich dulden, daß dieses Mädchen hier in meinem Abteil ihrem Gewerbe nachgeht?«

Er unterbrach sich.

Über den Gang stolzierte ein großer, breiter Mensch mit einem Wollschal um den Hals. Das war nichts Ungewöhnliches, aber dieser Mensch sang aus voller Kehle und kümmerte sich nicht darum, daß die Abteiltüren aufflogen und überall die Gäste hinausstarrten.

»Vater, Mutter, Schwestern, Brüder hab' ich auf der Welt nicht mehr ...«, sang er. Er hatte einen schönen Tenor.

»Noch ein Irrer!« meinte Karsanow.

»Undine ...«

»Wie bitte?«

»Er singt eine Arie aus Lortzings ›Undine‹.«

»Man kann verstehen, daß der General ihn erschießen will. Solche Leute dürften nur im Gepäckwagen mitgeführt werden! – Werner Antonowitsch, trotzdem – mir gefällt Milda Tichonowna nicht!«

»Mir um so besser, Pal Viktorowitsch!«

»Ich meine nicht als Mann. Darüber kann man diskutieren. Ich meine – ihre Gegenwart im Zug ist ungewöhnlich.«

Karsanow lutschte hingegeben an der amerikanischen Zigarette, aber er hätte nie zugegeben, daß sie ein Genuß war.

Forster beobachtete den Russen genau. Was er jetzt so leichthin dahersagte, war in Wirklichkeit sehr gefährlich!

Irgend etwas an Milda schien tatsächlich ungewöhnlich zu sein, selbst wenn man nicht wußte, daß sie heimlich im Zug mitfuhr, sich versteckt gehalten und nachts ihr Essen bei den Schlafenden zusammengestohlen hatte.

Klaschka sogar hatte zu Forster gesagt, als er Milda bei ihr abgeliefert hatte: »Mein Herzchen, wir setzen uns da eine Laus in den Pelz, haben wir das nötig?«

Und er hatte leise geantwortet: »Ich möchte ja nur, daß sie sicher dahin kommt, wohin sie will.«

Wohin aber wollte sie?

Abspringen in der Taiga, hatte sie gesagt. Irgendwo. Die Welt ist groß. Es wird darin einen Platz geben, wo man ruhig leben kann.

Wo kam sie her? Aus Swerdlowsk? Dort hatte sie lauernd auf dem Bahnsteig gestanden und war den Zug angesprungen wie eine Wildkatze. Sie sah nicht aus, als habe sie in der großen Stadt Swerdlowsk gewohnt. Was trieb einen Menschen wie Milda, sich ausgerechnet im Transsibirien-Expreß zu verkriechen?

»Sie sieht gar nicht aus wie eine Hure.«

Das sagte Karsanow plötzlich, und es war ein Satz, der Forster wie ein Faustschlag traf. »Ja, das ist es! Trotz Schminke und Hinternwackeln ... sie sieht nicht so aus! Und mir ist das gleich aufgefallen.«

»Haben Sie eine solch große Praxis im Umgang mit Dirnen?« fragte Forster anzüglich.

»Sie werden mich nicht mehr provozieren, Werner Antonowitsch! Selbst ein Mann wie ich, der seiner Ehefrau treu ist und solche Weiber verachtet, hat einen angeborenen Blick dafür!«

»Vielleicht, weil Milda gerade erst anfängt? Es ist ihre erste Fahrt! In zwei Jahren wird sie anders aussehen! Dann schnalzen Sie mit Finger und Zunge!«

»Nein, nein! «

Karsanow schüttelte den Kopf. Bedächtig zerdrückte er den kleinen Rest der Zigarette am Rand des Aschenbechers unter dem Abteilfenster.

»Wie sie bei Ihnen hockte, wie sie sich an Sie schmiegte, wie sie fast in Sie hineinkroch – das war anders! Warum hatte sie Angst? Hätte Klaschka Angst gehabt vor der Miliz? Selbst wenn sie den halben Zug beklaut hätte? – Aber Ihr Vögelchen – nehmen wir einmal an, es sei wirklich unschuldig im Sinne des Diebstahls – schrumpft vor Angst zusammen, wenn es eine Uniform sieht.«

»Es gibt Menschen, die vor einer Uniform eine fast heilige Scheu haben. Ich hatte eine Tante in Gelsenkirchen, die selbst den Gasmann wie einen General behandelte, nur weil er eine Dienstmütze der Stadtwerke auf dem Kopf trug!«

»Lenken Sie nicht mit Ihrer Tante ab, Werner Antonowitsch!«

Karsanow betrachtete die tiefverschneiten Bäume und den weiten hellblauen Himmel darüber. Das Land war hügelig, grenzenlos und einsam.

»Wie sieht eine Dirne aus? Herausfordernd, aufreizend, vor allem in der Kleidung. Und Milda ist ein Mädchen in bäuerlichen Kleidern, derben Stiefeln, dicken Strümpfen, Stepprock und Wattejacke. Ein Kopftuch aus dem vorigen Jahrhundert dazu, alt und ausgebleicht ... Geht man so auf Kundenfang, selbst als Anfängerin?« Er beugte sich nach vorn. Sein listiges Gesicht wurde noch fuchsähnlicher. »Man will uns täuschen, das ist es! Wissen Sie. was ich machen werde, wenn Ihre Milda wiederkommt? Ich werde sie in ein strenges Verhör nehmen!«

»Sie vergessen – Milda ist mein Gast!« Ein durchaus nicht dummer Mensch, dachte Forster. Ich habe ihn unterschätzt. Er wird Milda so in die Zange nehmen, daß sie die Nerven verliert.

»Sie haben kein Recht, das Mädchen zu verhören!« fuhr Forster scharf fort.

Aber Karsanow nickte mehrmals.

»Jeder Sowjetbürger ist verpflichtet, gospodin, einzugreifen, wenn dem Volke der Werktätigen Schaden zugefügt wird! Ist diese Milda kein Schaden? Ein Geschwür am Körper unseres Staates? Wir werden es sehen! Lenin hat uns aufgefordert, immer mit wachen Augen durchs Leben zu gehen ...«

Durch den Gang kam der General. Er trug eine Uniform, hatte aber die oberen Knöpfe geöffnet.

Es war heiß und stickig im Zug, die Ventilation war zwar eingestellt, aber auf dem Dach schienen die Austrittsöffnungen eingefroren zu sein. Der Frost in der Taiga war mörderisch.

An der Abteiltür stutzte der General, besann sich kurz und schob sie dann auf.

Karsanow sprang sofort auf, während Forster die Beine übereinanderschlug. Pal Viktorowitsch beobachtete es mit gerunzelten Augenbrauen.

»Ist der singende Idiot hier vorbeigekommen?« fragte der General. Er schien auf der Jagd zu sein, um den Tenor endlich zu beseitigen.

Karsanow nickte eifrig. »Vor einer Viertelstunde etwa, Genosse General. Er sang ...«

»Was sonst?« Der General kam ins Abteil und setzte sich neben Forster auf die Polsterbank. »Wir sollten eine Interessengemeinschaft bilden, Genossen. Nur so erreichen wir, daß er in Irkutsk den Zug verlassen muß! Wenn wir uns alle einig sind, daß sein ewiges Singen unsere Nerven zerstört, kann er im Interesse der Zuggemeinschaft entfernt werden.«

Er sah Forster an, der aus seiner Aktentasche eine kleine Flasche Kognak holte, sie aufschraubte und sich in einem Becher aus Plexiglas einen Schluck eingoß.

Erst jetzt spürte Werner Forster, daß auch ihn die Aufregung gepackt hatte. Solange Milda bei ihm gewesen war, hatte er keine Zeit gehabt, Angst zu haben. Seine Nerven waren auf Kampf eingestellt gewesen.

Aber jetzt lösten sich die Spannungen, und er ahnte, wie nahe sie alle vor einer Katastrophe gestanden hatten.

»Zum Wohl, Genosse!« sagte der General, als Forster den Kognak hinunterkippte.

»Er ist ein Deutscher!« sagte Karsanow, und es klang, als habe er gesagt: Dort, auf der schönen Polsterbank, liegt ein Misthaufen!

Der General betrachtete Forster genauer. »Und wie gefällt Ihnen die Sowjetunion?«

»Sie ist ein imponierendes Land!«

»Sie reisen nach Hause?«

»Ja. Über Wladiwostok und Japan. Diese Reise ist für mich ein wahr gewordener Kindheitstraum! Nur schade, daß es immer und überall Menschen gibt, die Pfeffer auf ein Zuckerbrot streuen ...«

Die Anspielung war klar, und Karsanow verstand sie auch. Er schnaufte durch die Nase und setzte sich stumm.

Der General verstand die Bemerkung anders.

»Der Tenor!« rief er, beinahe erfreut. »Sie haben recht, gospodin! Hören Sie ihn auch? Morgens um sieben Uhr fängt er an. ›Wie eiskalt ist dies Händchen ...‹ Heute fing er erst um acht an! Dann liege ich seit sieben Uhr wach und warte darauf, daß der Hund zu singen anfängt! Ein Sadist dazu, meine Herren! Als ich anfange, nervös zu werden: Warum singt er nicht – ist er etwa krank – heiser – ist ihm etwas anderes zugestoßen? – jault er los! Aber nicht ›Boheme‹, nein, diesmal ›Undine‹, der Kerl! ›Vater, Mutter, Schwestern, Brüder ...‹«

»Wir haben es gehört«, bestätigte Forster. »Einen Kognak, Herr General?«

»Gern. Grusinischer?«

»Nein. Spanischer!«

»Spanischer? Ein Kognak aus einem Land mit einer Diktatur? Wie schmeckt er? Nach Stahl und Eisen?«

»Probieren Sie! Weich wie eine zärtliche Frauenhand ...«

»Er muß es wissen!« fuhr Karsanow giftig dazwischen. »Da kennt er sich aus, der gospodin aus Deutschland! Was halten Sie davon, Genosse General? Ich schlafe ahnungslos, und in dieser Zeit holt er sich eine Dirne in unser Abteil!«

»Es ist unverzeihlich, daß Sie geschlafen haben!« Der General lachte, nahm den Plexiglasbecher, schnupperte an dem Kognak und trank ihn dann mit kleinen, genußvollen Schlucken.

Ein Mann, mit dem man reden kann, dachte Forster befreit. Es wird Karsanow nicht gelingen, den General für Milda zu interessieren.

»Erstaunlich!« Der General setzte den Becher ab. »Diese Spanier. Aber unser grusinischer Kognak ist besser.«

»Natürlich! «

Forster nickte höflich und schraubte die Reiseflasche wieder zu. Karsanow, der keinen Alkohol trank, schlürfte den Rest seiner aufgetauten Milch aus der gewachsten Tüte.

»Ich nehme an, Herr General, Sie gehen durch den Zug und sammeln Unterschriften gegen den Tenor?«

»So ist es!«

Der General griff in den Uniformrock und holte ein gefaltetes Papier hervor.

»Früher war das einfacher! Da genügte ein Befehl – hupp, war der Kerl draußen! Aber heute? Alles zu lasch geworden, zu liberal, verweichlicht, die ganze Menschheit! Was antwortet mir dieser Schaffner Mulanow, als ich verlange, er solle diesen Tenor zur Ordnung rufen? ›Genosse General, Kostja Abramowitsch Worobjew hat eine gültige Fahrkarte wie Sie und bis Chabarowsk gebucht. Da kann man gar nichts machen!‹ Das sagt dieser Kretin zu mir, meine Herren. Kostja Abramowitsch Worobjew heißt also die singende Kanaille!«

»Ein bekannter Sänger!«

Karsanow beging den unverzeihlichen Fehler, das zu sagen. Als er seinen Mißgriff erkannte, war es zu spät Er mußte den Satz vollenden, auch wenn der General erstarrte.

»In Moskau, im Bolschoi-Theater, habe ich ihn als ›Troubadour‹ gehört. Die Leute haben gejubelt und getrampelt . . .«

»Ich juble nicht!« rief der General erbost. Er faltete sein Papier auseinander und streckte es Karsanow unter die Nase. »Unterschreiben Sie, Genosse?«

»Selbstverständlich!«

Pal Viktorowitsch beeilte sich, aus dem Rock einen Kugelschreiber zu reißen und seinen Namen unter die Resolution zu setzen. Dann hielt er den Stift Forster hin.

Der General winkte ab.

»Unser deutscher Gast soll nicht mit internen sowjetischen Problemen belastet werden«, sagte er. »Er soll ungestört reisen. Wenn Sie sich allerdings auch belästigt fühlen, gospodin . . .«

»Nicht von dem Tenor«, sagte Forster. »Es gibt andere Dinge . . .«

»Sie haben eine Beschwerde, gospodin?« Der General faltete das Papier zusammen und steckte es in den Uniformrock zurück.

Karsanow war es, als sträubten sich ihm die Haare.

»Werner Antonowitsch meint die Eier im Speisewagen. Zu hart! Und der Kaffee – zu dünn! Und das Brot, na, man kennt das ja . . .«

»Alles zu lasch geworden, ich sage es ja immer, meine Herren!« Der General erhob sich. »Es hat mich gefreut, Sie kennenzulernen! Vielleicht spielen wir mal eine Partie Schach miteinander?«

Er grüßte und verließ das Abteil.

Karsanow streckte seine Beine aus und starrte Forster böse an. »Sie wollten mich in Verlegenheit bringen, nicht wahr?« fragte er heiser. »Aber das gelingt Ihnen nicht! Auch unter Generälen gibt es Trottel, wie Sie sehen. Uniform schützt nicht vor Verkalkung. Sie sind ein hinterlistiger Mensch, Werner Antonowitsch!«

»Wir könnten die besten Freunde sein, wenn Sie Milda in Ruhe ließen.«

»Und wenn nicht?«

»Spiele ich mit dem General Schach.«

»Sie können ja gar kein Schach!«

»Genau! Ich werde sagen, daß Sie mich so nervös machen, daß ich alle Logik verliere.«

»Gemein! Hundsmäßig gemein!« Karsanow starrte aus dem Fenster. Wald, Wald – unendlicher, im Frost erstarrter Wald.

»Das wird eine schöne Reise werden!«

»Sie ist es schon.«

Dann schwiegen beide.

Sie blickten durchs Fenster, sie taten so, als sei jeder allein im Abteil. Aber sie wußten beide, daß es nur eine Atempause war. Ihr kleiner, zäher Privatkrieg würde weitergehen . . .

IV

Milda hatte bei Mulanow ihre angeblichen Prozente abgegeben, das Geld, das Forster ihr geschenkt hatte. Damit hatte sie ihre Legitimation erhalten, in diesem Zug ›arbeiten‹ zu dürfen.

Jetzt saß sie bei Klaschka im Abteil.

Das ältere Ehepaar frühstückte noch im Speisewagen, das junge, etwas verschüchterte Mädchen, das Klaschkas nächtliche Tätigkeit miterleben mußte, hockte am Fenster und kaute an einem dicken Apfel.

»Wer bist du?« fragte Klaschka leise. Sie hatte sich wieder geschminkt und trug heute ein Kleid mit einem ungeheuer tiefen Ausschnitt, der selbst für eine Person ihres Standes etwas zu gewagt war.

Mulanow hatte fasziniert auf den Ansatz der üppigen Brust gestarrt und gesagt: »Mein Täubchen, bedenke, daß auch Kinder im Zug sind. Laß es nicht so weit kommen, daß dich die Eltern verprügeln.«

»Du weißt doch, wer ich bin«, antwortete Milda auf Klaschkas Frage. Sie hatte sich in die Ecke gedrückt, und ihr schmales blasses Gesicht mußte bei jedem, der nicht einen Stein in der Brust trug, tiefstes Mitleid erzeugen.

»Ich kenne wohl deinen Namen, aber ob er stimmt, weiß

ich nicht. Glaube mir, ich habe mir viel Gedanken darüber gemacht. Bist du auf der Flucht?«

»Auf der Flucht?« Es war, als kröche Milda noch mehr in sich zusammen. »Wovor sollte ich flüchten?«

»Weiß ich es? Man fährt doch nicht heimlich mit dem Transsib, um irgendwo eine alte Tante zu besuchen ...«

»Wenn man kein Geld hat ...«

»Dann hat man auch keine alte Tante, die weit weg wohnt! Man vergißt sie.«

Klaschka begann sich die Fingernägel zu lackieren. Der süßliche, beizende Geruch des Nagellacks erfüllte schnell das heiße Abteil. Es war ein leuchtend roter Lack mit Perlmutt-Effekt.

»Willst du mir nicht sagen, was mit dir los ist?«

»Nein, Klaschka.« Milda Tichonowna begann leise zu weinen. »Nimm es mir nicht übel, Klaschka, es ist besser so! Auch besser für dich ...«

Mulanow blickte kurz ins Abteil. Er kam vom Zugführer und hatte erfahren, daß in den Wagen eins und zwei die Untersuchungen in vollem Gange waren.

Vitali und Wladlen hatten einen schweren Stand. Wo sie auftauchten und um das Öffnen der Koffer baten, stießen sie auf Widerstand. Jeder war beleidigt, verdächtigt zu werden, und das mit Recht.

Hatte man es nötig, die neuen Schuhe dieses Herrn Skamejkin zu stehlen? Und einen Ohrring? Was sollte man wohl mit einem Ohrring? Wenn schon, dann alle zwei! Der Mensch hat doch nicht nur ein Ohr!

Skamejkin, dem ein Mitreisender voller Mitgefühl ein Paar Pantoffel geliehen hatte, in denen er jetzt Vitali und Wladlen begleitete, war anderer Ansicht. Jedem erzählte er von seinen Fünfzehn-Rubel-Schuhen, und daß sich mit seiner Seife der Genosse Leonid Breschnew die Hände wasche ...

»Sie sind hier im Zug!« rief er in jedem Abteil. »Genossen, verhindert nicht die Gerechtigkeit! Niemand wird verdächtigt, aber man muß doch suchen, nicht wahr?«

Erschütternd war es, als er im Wagen zwei, Abteil vier, mit der bestohlenen Generalswitwe Olga Fedorowna Platkina zusammentraf. Sie umarmten sich, weinten gemeinsam und verfluchten dann lautstark den Dieb.

»Ich muß die hinteren Wagen durchsuchen«, sagte Mulanow mit Bitterkeit. »Welch ein Ansinnen! Die erste Klasse! Zugegeben, wir leben in einer klassenlosen Gesellschaft – aber bei einem Diebstahl sollte man doch unterscheiden, wer so etwas nötig hat und wer nicht!« Er betrachtete Milda, der Klaschka gerade die Fingernägelchen lackierte.

»Paßt auf Karsanow auf«, riet der Schaffner. »Er sitzt herum, als habe er Salzsäure getrunken. Ein unheimlicher Mensch. Ich habe die Telefonistin gefragt – von Beamtem zu Beamtin, da bleibt ja das Dienstgeheimnis gewahrt – , er hat mit Moskau telefoniert! Und mit wem? Mit dem Innenministerium! Nachts! Ein Professor der Agrarwissenschaft! Unterhält man sich nachts über die Aufzucht von Bohnen? Ein Mensch wie ein Reibeisen!«

Er schob die Tür zu und rannte weiter.

»Ich habe Angst, Klaschka«, sagte Milda leise.

»Werner Antonowitsch wird dich beschützen.«

»Was kann er tun? Ich hätte nicht diesen Zug nehmen sollen.«

»Diese Einsicht kommt zu spät.«

Klaschka war mit dem Lackieren fertig, ergriff Mildas Hände und schüttelte sie in der Luft, damit der Lack schneller trocknete.

Milda ließ alles mit sich geschehen, sie tat, als sei sie nur eine Puppe.

»Ist er nicht ein schöner Mann?« fragte Klaschka plötzlich.

»Wer?«

»Werner Antonowitsch.« Und als Milda schwieg, fuhr Klaschka fort: »Du hast dich in ihn verliebt.« Sie sagte es im Ton einer Verschwörung.

»Das ist nicht wahr!« Mit einem Ruck zog Milda ihre Hände aus Klaschkas Fingern.

»Auch lügen kannst du nicht!« Klaschka lachte leise. »Aber er liebt dich!«

»Unmöglich.«

»Man sollte es fast glauben, wenn man dich so ansieht. Er will dich bis Wladiwostok mitnehmen?«

»Ja«

»Und warum wohl, du kleine Idiotin?«

»Er ist ein gütiger Mensch ...«

»Es gibt keinen Mann, der einem Mädchen etwas schenkt, ohne eine Gegengabe zu erwarten. Merk dir das!« Klaschka schloß ihre Schminktasche und warf sie in das Gepäcknetz. »Sieh dir seine Augen an! Sie sind sich alle gleich! Sie glotzen wie die Kälber, und man weiß genau, was sie denken ...«

»Werner Antonowitsch ist anders!«

Milda sprang auf. Plötzlich hatte ihr kleines Gesicht Farbe bekommen, und ihre dunklen Augen blitzten sogar zornig.

»Du kennst eben nur eine bestimmte Sorte Männer ...«

»Sie liebt ihn!« Klaschka lachte und schlug sich auf die prallen Schenkel. »Ha, sie liebt ihn wirklich! Sie wird ja ein Teufelchen, wenn man Werner Antonowitsch nur kitzelt ...«

Mit einem Ruck riß Milda die Augen auf und rannte hinaus. Das dunkle Lachen Klaschkas verfolgte sie, als sie den Gang hinunterlief.

Sie ist widerlich, dachte Milda, gemein und widerlich! Warum mußte sie das aussprechen? Welch einen Sinn hat es denn,

Werner Antonowitsch zu lieben? In sechs Tagen wird er das Schiff nach Japan besteigen, und ich werde ihn nie wiedersehen. Nie wieder ...!

Sie blieb stehen und drückte das Gesicht gegen die kalte Scheibe des Gangfensters.

Draußen war die Taiga ganz nahe an den Schienenstrang herangerückt – ein vom Schnee erstickter Wald aus der Uhrzeit.

Nie wieder ... Man begegnet einem Menschen und weiß, daß es ihn nach sechs Tagen nicht mehr geben wird.

Milda schloß die Augen und atmete tief durch. Das Herz tat ihr weh. Es war ein Schmerz, den sie nicht überwinden konnte.

Es gibt Menschen, die es wert sind, ins Gesicht geschlagen zu werden, überall, wo sie auftauchen. Man kennt das: Da kommt so ein Subjekt daher, bei dessen erstem Anblick man weiß: O je! Er hätte nicht geboren werden dürfen!

So einer war auch Oleg Tichonowitsch. Ein widerlicher Bursche, stark wie ein Bulle, Muskeln überall – selbst im Gehirn –, und eben, weil er so stark war, allen überlegen, selbstherrlich, mit dem Gemüt einer Dampfwalze.

Er war Brückenbauer von Beruf, so einer, der ganze Stahlträger zusammenschweißt, ein ehrlicher, guter, qualifizierter Beruf – aber in jedem Beruf gibt es Menschen, die den ganzen Stand in Verruf bringen können.

Oleg Tichonowitsch war, seit er in den Transsib gestiegen war, nur auf der Jagd nach Frauen gewesen.

Welch ein Ekel er war, bewies, daß selbst Klaschka seine Rubel verschmäht und ihn geohrfeigt hatte. Sie konnte sich das leisten. Fast alle Männer im Zug beschützten sie, und so hatte Oleg es aufgegeben, Klaschka mit seinen Anträgen zu verfolgen.

Nun aber traf er auf Milda, und das in einer Stunde, in der er wütend war über eine frauenlos verbrachte Nacht!

Er sah sie schon von weitem am Gangfenster stehen und schnalzte mit der Zunge.

Das muß sie sein, dachte er, Klaschka hat einen Lehrling im Zug, das hatte sich schon überall herumgesprochen.

Keiner wußte so recht, wer es aufgebracht hatte; und Mulanow, den Oleg Tichonowitsch gefragt hatte, gab zwar keine Antwort, dementierte das Gerücht aber auch nicht.

Und nun stand sie leibhaftig da ... mit rotlackierten Fingernägeln und einem geschminkten Gesichtchen, äußerlich zwar ein Bauerntrampel, aber wer durch den groben Stoff zu blicken verstand, ahnte die Schönheit dieses Weibchens.

Heran, Oleg Tichonowitsch!

Er setzte sich in Bewegung, pfiff durch die Zähne und beschleunigte seinen Schritt, als sich Milda vom Fenster löste.

Sie blickte sich um, sah Olegs breites, grinsendes Gesicht und erkannte sofort die Gefahr, die ihr drohte.

Da warf sie sich herum und rannte fort. Oleg Tichonowitsch stieß einen gellenden Pfiff aus, hieb mit der Faust gegen die Wagenwand und brüllte ihr nach: »Stehenbleiben, Luderchen! Kommst du wohl her?«

Milda reagierte nicht. Im Gegenteil, sie hetzte durch den Gang und riß die Tür zum nächsten Waggon auf. Sie rannte weiter, aber Oleg folgte ihr mit weit ausgreifenden Schritten.

Er streckte seinen dicken Kopf vor und bekam dadurch etwas Tierisches: Der nackte Instinkt nach einem Weib war wach geworden.

Es war eine regelrechte Jagd, die nun begann, eine gnadenlose Jagd, und – für Milda – eine aussichtslose Sache.

Denn es hatte wenig Sinn, vor Oleg Tichonowitsch davonzulaufen. Zwar war Milda flink wie ein Wieselchen, aber es blieb ihr keine Auswahl an Fluchtwegen.

Es gab nur eine Richtung, den Gang entlang, von Waggon zu Waggon, und spätestens am Ende des Zuges hatte Oleg sie erreicht, wenn ihn bis dahin keiner der Mitreisenden aufgehalten hatte. Außerdem machte Oleg einen Schritt, wo Milda drei brauchte – das verringerte die Entfernung zwischen ihnen immer mehr.

Eine aussichtslose Flucht!

Als nur noch ein paar Meter zwischen ihnen lagen, begann Milda zu schreien.

Ihre kleine helle Stimme überschlug sich, und während sie wie um ihr Leben rannte, blickte sie in die Abteile und wartete, daß jemand aufsprang und sich Oleg in den Weg stellte.

Ein paar beherzte Männer taten es auch, erhoben sich aus den Polstern und rissen die Abteiltüren auf.

Aber als sie sahen, wer da heranwalzte, als sie Olegs riesige Gestalt erkannten, verschwanden sie schnell wieder und zogen die Türen zu.

Drei Männer, die aus dem Speisewagen kamen, wurden einfach zur Seite geschleudert, ehe sie protestieren konnten, und auch Mulanow, durch Mildas Geschrei alarmiert, bekam einen so heftigen Stoß vor die Brust, daß er fast über den Boden kugelte.

Der wütende Riese trat ihm zu allem Überfluß auch noch in die Seite, und Mulanow hielt es für das Beste, sich zunächst an die Wand zu kauern und abzuwarten.

Erst als Oleg im nächsten Waggon verschwunden war, schrie der Schaffner mit gewaltiger Stimme: »Sitzen hier nur Feiglinge? Bleiben in den Polstern hocken und sehen gleichgültig zu, wie ein Mädchen gejagt wird! Alle Männer zu mir!«

Ein paar Türen öffneten sich wieder. Verlegene Gesichter starrten ihn an.

Ein kleiner, dicker Mensch mit einer großen Brille drängte

sich an den anderen vorbei und tupfte sich mit einem Taschentuch den Schweiß von der Stirn.

»Ich bin Awdej Iwanowitsch Lukratin«, sagte er. »Rechtsanwalt. Ich stelle fest, daß wir Reisende und keine Menschenfänger sind! Geschehen in einer Staatsbahn Unregelmäßigkeiten, so ist es die Pflicht der Beamten, für Ordnung zu sorgen, nicht die der Reisenden! Das ist eine völlig logische juristische Feststellung.«

»Bravo, Lukratin!« rief einer aus dem Hintergrund. »Wir haben eine Fahrkarte gekauft, aber keinen Anrechtsschein auf ein Krankenhaus!«

»Das ist eine Ausnahmesituation!« brüllte Mulanow. »Jeder sowjetische Bürger ist nach dem Gesetz . . .«

»Das Gesetz kenne ich besser!« rief der kleine, dicke Rechtsanwalt dazwischen. »Nirgendwo steht, daß man sich freiwillig zum Krüppel schlagen lassen muß . . .«

»Im Krieg . . .«, schrie Mulanow.

»Haben wir Krieg, Genosse?« rief Lukratin zurück. »Ist der Transsib ein Krisenherd wie der Vordere Orient? Geht es um Staatsinteressen?«

»Es geht um einen Menschen, Awdej Iwanowitsch!«

»Juristisch gesehen eine Privatsache, Schaffner Mulanow. Ich werde mich über Sie beschweren, daß Sie die Reisenden mit läppischen Dingen belästigen! Ein Mann läuft einem Mädchen nach – das kommt täglich tausendfach vor! Setzen wir uns wieder, Genossen! Schaffner Mulanow, diese Reise wird Folgen für Sie haben!«

»Er hat mich zu Boden gerissen und getreten!« schrie Mulanow außer sich. »Ein wildes Tier!«

»Dann machen Sie den Kerl kraft Ihres Amtes unschädlich!« Lukratin ging würdevoll zu seinem Abteil zurück. »Eine wahrhaft traurige Beamtenschaft, die sich nicht zu wehren weiß! Und wir wollen ein fortschrittliches Land sein . . .«

Die Türen knallten zu. Mulanow stand allein da und zitterte vor Wut.

Er wartete noch, ob nicht doch ein paar beherzte Männer zu ihm stießen, aber sie saßen alle auf ihren Herzen und blickten aus dem Fenster auf die vom Schnee erstickte Taiga.

Dann warf er sich herum und rannte Oleg Tichonowitsch todesmutig nach. Von weitem hörte er Mildas herzerschütterndes Schreien.

»Hilfe! Hilfe! Helft mir doch!«

Auch Werner Forster hörte es, ohne zu ahnen, wer da schrie.

Er blickte Karsanow an, der in einem Buch über die Oktoberrevolution las. Sie hatten bisher kein Wort miteinander gesprochen.

»Da schreit jemand!« sagte Forster. »Hören Sie? Hilfe! Eine Frau . . .«

Karsanow klappte das Buch zu und hob den Kopf.

»Tatsächlich! Das ist etwas Neues im Transsib! In Bauernzügen ist das anders, da verprügeln sich manchmal die Ehepaare, aber man gibt nicht viel darum. Es sind herrische Menschen, die Sibirier.«

Das Schreien kam näher, und jetzt erkannte Forster die Stimme.

Er sprang auf und trat auf den Gang.

Hinten flog die Waggontür auf, und Milda stürzte in den Wagen, mit fliegendem Haar, den langen Stepprock mit beiden Händen gerafft, um schneller vorwärtszukommen.

Hinter ihr tauchte Oleg Tichonowitsch auf – gleich einem rasenden Bullen.

»Milda!« rief Forster und stieß die Schiebetür ganz zu. »Hier herein!«

Des Mädchens schreckgeweitete Augen raubten Forster den klaren Verstand.

Sie verstummte, als sie ihn erkannte, stolperte ein paar Meter bis zu seinem Abteil, schnellte beinahe ihren schmalen Körper vorwärts und ließ sich auf die Polsterbank fallen.

Karsanow starrte sie entgeistert an und versenkte die rechte Hand in seine Hosentasche.

Oleg Tichonowitsch ballte die Fäuste und streckte sie noch im Laufen vor.

»Aus dem Weg, du Gerippe!« schrie er Forster an. Seine Augen waren blutunterlaufen, er blähte die breite Brust auf und zog den Kopf zwischen die Schultern, als er sich auf Werner Forster stürzte.

Der Zusammenprall war fürchterlich. Der Deutsche wurde gegen die Wand gedrückt, aber bevor Oleg zuschlagen konnte, geschah etwas Merkwürdiges. Oleg verlor den Boden unter den Füßen, seine Beine rutschten weg, er glitt aus und fiel nach hinten.

Mit einem tierischen Gebrüll sprang er wieder auf, seine Faust hieb wie ein Dampfhammer zu, aber auch hier kam sie nicht bis zum Ziel, sondern wurde in der Luft von Forsters Unterarm aufgehalten.

Es krachte dumpf, Forster verzog schmerzhaft das Gesicht, aber dann griff er zu, packte den Arm, machte einen Ruck und eine halbe Körperdrehung, und der Riese Oleg Tichonowitsch flog durch den Gang und prallte mit dem dicken Kopf gegen die Wand.

Benommen taumelte er auf die Füße, aber er gab nicht auf. Nach zwei tiefen Atemzügen war sein Bewußtsein zurückgekehrt, er drehte sich um und stürmte wieder auf Forster ein.

Plötzlich stand Karsanow neben Forster, in Hemdsärmeln und völlig ruhig.

»Ich wußte, daß Sie zu üblen Tricks neigen!« sagte er zu seinem Reisegefährten. »Judo! Ein anständiger Mensch verteidigt sich anders.«

Er wartete, bis Oleg Tichonowitsch, plötzlich zwei Gegner vor sich sehend, von neuem zum Schlag ausholte. Da fuhr Karsanows Arm hoch. Etwas Schwarzes hielt er in der Hand, und dieser schwarze Gegenstand krachte mit einem dumpfen Laut auf Olegs ungeheuren Schädel.

Der Riese blieb stehen, starrte Karsanow ungläubig an, verdrehte dann die Augen und sank, wie vom Blitz getroffen, in sich zusammen.

Es war, als hätten sich seine Knochen aufgelöst. Er krachte mit dem Oberkörper in das Abteil; und Milda, die auf der Bank kauerte, schrie noch einmal hell auf.

»Bitte«, sagte Karsanow ganz ruhig und zeigte auf den Ohnmächtigen. »So macht man das, gospodin!«

Forster blickte auf Karsanows Hand. Der schwarze Gegenstand war eine Pistole, und der Russe hatte mit dem Griff zugeschlagen.

»Sie tragen eine Pistole bei sich, Pal Viktorowitsch?« fragte Forster nachdenklich.

»Wie Sie sehen, Werner Antonowitsch.«

Karsanow stieg über den Liegenden und setzte sich ans Fenster, als sei nichts geschehen. Milda, die Beine noch immer an das Kinn gezogen, weinte lautlos in ihre Hände, mit denen sie ihr Gesicht bedeckt hatte.

»Zunächst haben Sie mich verpflichtet, Ihnen zu danken.« Werner Forster blickte sich um.

Aus den anderen Abteilen traten jetzt die Reisenden, unter ihnen auch der General und der Tenor. Da sie nur den Unterkörper Olegs sahen und noch nicht die zitternde Milda, wußten sie nicht, was das alles zu bedeuten hatte.

»Sicherlich ein Genosse«, sagte der General spottend zu dem Sänger, »den die Schönheit Ihres Gesanges um den Verstand gebracht hat!«

»Es wird ein musischer Mensch sein, den meine Stimme in

Trance versetzte«, antwortete der Tenor. »Wir werden hören.«

»Reisen Sie immer mit einer Waffe?« fragte Forster seinen russischen Reisegefährten.

Er setzte sich neben Milda, drückte sie an sich und legte dann den Arm um ihre zitternden Schultern.

»Weine nicht«, sagte er zart, »hier bist du sicher. Hier bist du ganz sicher. Ich werde jetzt immer bei dir bleiben.«

»Das kostet aber eine Menge Rubel«, meinte Karsanow gehässig. »Sie macht doch nichts umsonst.«

Jetzt erschien auch Mulanow auf dem Gang. Er schrie schon an der Tür: »Haltet ihn auf! Haltet . . .«

Dann bemerkte er die Ansammlung vor dem Staatsabteil, warf die Arme in die Luft und faßte dann an seinen Kopf. »Welch ein Mistzug diesmal!« stöhnte er. »Ich habe es geahnt.«

Er lief weiter, drängte die anderen Reisenden zur Seite und stolperte fast über Olegs ausgestreckte Füße.

»Ha! Das ist gut!« rief der Schaffner aus. »Es gibt also doch noch mutige Männer! Noch sind sie nicht ausgestorben wie die Mammuts!«

Er grüßte den General, stieg über Oleg Tichonowitsch hinweg und setzte sich neben Karsanow. »Sie geben mir den Glauben an Menschenmut zurück, gospodin«, wandte er sich an Forster.

Der Deutsche schüttelte den Kopf und zeigte auf Karsanow. »Pal Viktorowitsch war's! Ihm mißfiel, daß ich Judo anwandte. Trotz Judo wäre es aber ein aussichtsloser Kampf gewesen, denn der Kerl hat die Stärke eines Bergrutsches.«

»Sie?« Mulanow starrte Karsanow an.

Wie ist das möglich? dachte er. Sieht aus wie eine Backpflaume und kann einen solchen Riesen umhauen? Welchen

Trick hat er dabei benutzt? Man muß ihn danach fragen, wenn man allein ist.

»Bitte, begeben Sie sich wieder in Ihre Abteile, Genossen!« sagte Mulanow und winkte allen zu. »Dieser niedergeschlagene Mensch hatte es auf Milda Tichonowna abgesehen. Aber auch ein Mädchen wie sie hat das Recht, sich die Männer auszuwählen! Bitte, gehen Sie doch in Ihre Abteile. Hindern Sie nicht eine Amtshandlung; der Bursche wird seine gerechte Strafe bekommen!«

Jetzt erschienen auch Vitali Diogenowitsch, der Zugführer, und der zweite Schaffner Wladlen Ifanowitsch. Er trug Handschellen mit sich, die der Milizionär ihm gegeben hatte, falls man den Zugdieb erwischen sollte.

Ein Schaffner hat zwar kein Recht, jemanden zu verhaften, aber hier lag ein Notstand vor: Man konnte es verantworten.

Die Leute drängten sich noch immer an der Abteiltür, als Wladlen und Mulanow dem ohnmächtigen Oleg die Arme nach vorn rissen und die Handschellen zuschnappen ließen.

»Ich spreche allen Beteiligten mein Lob aus!« sagte der General würdevoll, während er sich zurückzog. »Ich werde an höherer Stelle berichten. Boris Fedorowitsch, gibt es auch Schlösser für tenorale Mäuler?«

»Noch nicht erfunden, Genosse General!« sagte Mulanow mit saurem Lächeln. Nun ging es schon wieder los mit den beiden!

»Ein Jammer!« rief der Tenor mit Heldenstimme. »Man sollte für alle höheren Offiziere einen Pflichtbesuch der Oper einführen . . .«

Dann zerstreuten sich die Neugierigen. Der Expreß fuhr weiter durch die eisige Taiga.

Die meisten Reisenden hatten keinen Blick für die Landschaft. Sie lasen, dösten, spielten Schach oder Karten, diskutierten über neue Jahrespläne, erzählten sich ihre Schicksale, rauchten oder tranken Tee. Ein paarmal tauchten tiefverschneite Dörfer auf, Häuser, bei denen der Schnee bis zum Dach geweht war. Nur noch der gemauerte Kamin schaute aus einem weißen Hügel.

Und manche Leute dachten: Wie kann man hier leben? Wovon leben hier die Menschen?

Na ja, der Wald ernährt sie. Die Tiere springen einem ja fast in die Pfanne, in den Flüssen wimmeln die Fische, und wenn der Boden auftaut, wachsen auch Gemüse, Beeren und Kartoffeln. Man kann Felle verkaufen, überall gibt es die staatlichen Sammelstellen, zu den abgelegenen Siedlungen fliegen sogar kleine Transportflugzeuge ... Aber ist das ein Leben?

Sibirien ... das jungfräuliche Land, noch immer ein Land voller Geheimnisse. Noch immer belastet von dem Stöhnen der Verbannten, auch wenn heute Tausende freiwillig in diese Unendlichkeit ziehen, um das Neuland zu erobern.

Wie schön ist es, im warmen Zug zu sitzen und die Kälte und Einsamkeit draußen an sich vorbeiziehen zu lassen!

In diesem Land zählt man keine Entfernungen mehr. Es heißt nicht, von Nowo Sansky bis Platschonowski sind es vierhundert Werst ... Man sagt: Es sind drei Schlittentage ...

Zu dritt richteten sie Oleg Tichonowitsch auf und lehnten ihn gegen die zugeschobene Tür.

Er saß da, mit hängendem Kopf, und kam langsam wieder zu sich. Sein erster klarer Gedanke war aufzuspringen, aber da hieb ihm der Zugführer Vitali Diogenowitsch, ebenfalls ein kräftiger Mann, auf die Schulter.

Das machte den Riesen völlig wach. Er stierte um sich und begriff, daß er gefesselt war.

Er blieb sitzen, was von einiger Klugheit zeugte, und beschränkte sich aufs Schimpfen. Die Ausdrücke, die er gebrauchte, waren nicht nur gemein, sie waren so unflätig, daß es sogar Mulanow peinlich war.

»Soweit sind wir also in Rußland ...«, schrie er beispielsweise, »daß man schon gefesselt wird, wenn man einer Hure das Geld nachträgt! Niedergeschlagen wird man wie ein kläffender Hund!« Er zerrte an den Handschellen und trat nach Wladlen, der in seiner Nähe stand. »Ich bin Oleg Tichonowitsch Dagorski! Ein qualifizierter Facharbeiter! Ha!«

Er hatte Milda entdeckt, die sich immer noch hinter Forster verkrochen hielt.

»Da ist sie ja! Bin ich ihr nicht fein genug? Nimmt sie nur die Rubel von der ersten Klasse an? Von geschniegelten Genossen, von hochnäsigen Rotznasen?«

»Das hätten Sie nicht sagen dürfen, Oleg Tichonowitsch!« Karsanow beugte sich etwas vor. »Das klingt nach Mißachtung der Angehörigen des Arbeiter- und Bauernstaates!«

»Ich bitte darum – «, schrie Oleg außer sich, »daß mich alle hier Anwesenden am Arsch lecken!«

»Das werden wir nicht tun.« Karsanows Stimme blieb so ruhig, daß allein ihr Ton die aufbrausenden Schaffner besänftigte. »Aber wir werden uns um Sie kümmern, Oleg Tichonowitsch! Haben Sie ein besonderes Interesse an Schuhen, Genosse?«

»Genial!« stotterte Mulanow. »Genial, wie Sie das erkennen, Pal Viktorowitsch. Er war es, natürlich! Nur dieser Lump kann es gewesen sein.«

»Und Milda wollte er bestimmt mit einem Ohrring bezahlen!« fuhr Wladlen Ifanowitsch dazwischen. »Das Erbstück einer armen Generalswitwe ...«

»Schuhe? Ein Ohrring?« Oleg zerrte an den Handschellen. Auch sein zweiter Versuch, vom Boden aufzustehen, scheiterte durch die Schulterschläge Vitalis.

»Ist das ein Sondertransport von Wahnsinnigen? Wenn Sie mich loslassen, Genossen, stürze ich mich aus dem Zug! Lieber in der Taiga leben, als mit Ihnen bis Chabarowsk zu fahren!«

»Er kann trotzdem nicht der Dieb sein«, sagte Mulanow, nachdem er Olegs Füße betrachtet hatte. Sie waren mindestens vier Nummern größer als diejenigen von Skamejkin. »Der Kerl hat die Schuhnummer eines Elefanten! Skamejkin aber ist ein normal gebauter Mensch.«

»Er wird sie eintauschen wollen! Neue Schuhe! Und so ein Ohrring mit Brillanten ist ein wahres Kapital!« Wladlen Ifanowitsch zitterte vor Erregung. »Wer Frauen überfällt, klaut auch!«

Das war eine sehr krumme Logik, aber sie kam in dieser Situation gerade richtig.

»Nehmen wir an, dieser Dagorski ist der Dieb«, sagte jetzt Karsanow, den die lauten Proteste Olegs doch etwas beeindruckt hatten. »Wo versteckt man solche Dinge? Die Schuhe im Gepäck, den Ring irgendwo am Leib! Los, untersucht ihn! Nehmt ihn mit in den Dienstraum und entkleidet ihn bis auf die Haut!«

»Eine blendende Idee!« Der Zugführer Vitali riß Oleg hoch. »Hinaus mit dir, du Klotz! Und wage keine Gegenwehr! Wir sind zu dritt!«

Sie stießen Oleg Tichonowitsch aus dem Wagen und führten den laut Schimpfenden weg. Noch lange hörte man seine dröhnende Stimme: »Sie wollen mich entkleiden! Sie vergewaltigen einen harmlosen Reisenden! Seht meine Fesseln! So behandelt man einen Genossen, der eine gültige Fahrkarte nach Chabarowsk gekauft hat ...«

»Nun sind wir wieder allein«, sagte Karsanow zufrieden und schob die Abteiltür zu. »Natürlich ist dieser Oleg kein Dieb. Aber anders konnte ich ihn und die Schaffner nicht loswerden! Es kommt mir darauf an, jetzt mit Ihnen, Werner Antonowitsch, und mit diesem Frauenzimmer allein zu sein. Ich habe viele Fragen.«

V

Es war Klaschka, die Milda noch einmal rettete.

Zwischen Forster und Karsanow hatte sich so etwas wie eine Front aufgebaut.

Sie saßen sich gegenüber, wie man sich früher in den Schützengräben gegenübergehockt hatte, bereit, aufeinander loszuschlagen, mitleidlos, bis zur völligen Vernichtung.

Die bisher nur notdürftig vorgehaltenen Masken waren heruntergerissen. Man wußte nicht zu erklären, wie es kam, aber man haßte sich plötzlich.

Daß Pal Viktorowitsch Karsanow mit einer Pistole in der Tasche reiste, war für Forster der letzte Beweis, daß der Russe nicht der war, als den er sich ausgab.

Läuft ein biederer Agrarprofessor mit einer Schußwaffe herum?

Und mit welcher Ruhe und Sicherheit er zugeschlagen und sich sogar noch die Zeit genommen hatte, eine abfällige Bemerkung über Judo zu machen . . .

Das war eine Kaltblütigkeit, die man nicht lernte, wenn man sich mit Fünfjahresplänen beschäftigte oder mit der Zucht neuer Tomatensorten in Kasachstan.

Klaschka Iwanowna erschien also gerade zur rechten Zeit, stürzte in das Abteil und riß Milda an sich wie eine Mutter, die ein entlaufenes Kind endlich wiedergefunden hat.

Dann sah sie Karsanow herausfordernd an.

Pal Viktorowitsch verzog sein Gesicht, als flöße ihm allein der Parfümgeruch Klaschkas tiefsten Ekel ein.

Die Hure des Transsib hatte ihre Arme wie ein Polyp um Milda geschlungen.

»Was höre ich?« sagte sie mit ihrer wirklich ordinären Stimme. »Sie haben mein armes Vögelchen beschützt? Ausgerechnet Sie? Das ist ja, als wenn sich plötzlich die Erde verkehrt herum um die Sonne dreht!«

»Irrtum!« Karsanow schäumte vor Zorn. Sein Überrumpelungseffekt war verpufft, die Ausgangslage für ein Verhör zerstört.

»Ich habe eingegriffen, weil Werner Antonowitsch in Gefahr war. Für eine Hure zittere ich nicht einmal mit der Wimper! Außerdem mißfiel mir, daß sich ein Deutscher mit Judogriffen an einem sowjetischen Bürger vergreift!«

»Wie dem auch sei, ich muß Ihnen danken«, sagte Klaschka.

»Das müssen Sie nicht. Und wenn Sie etwas Gutes tun wollen, dann verlassen Sie sofort dieses Abteil!«

»Bleib hier!« stammelte Milda unter Schluchzen. »Bleib hier, ich bitte dich!«

Sie blickte Forster an, und ihre großen Augen waren ein einziger Angstschrei.

»Warum läßt man mich nicht in Ruhe?« schrie sie plötzlich auf. »Warum quälen mich alle? Warum kann ich nicht wie jeder andere Mensch in einem Zug reisen? Was wollt ihr denn alle von mir? Genügt es nicht, daß ich Milda Tichonowna Lipski heiße? Soll ich mir meinen Lebenslauf wie ein Schild um den Hals hängen? Soll ich mich ausziehen und euch zeigen, daß ich nur ein Mädchen wie Millionen andere auch bin? Und nichts anderes? Was wollt ihr denn von mir wissen, was denn und warum denn? Laßt mich doch in Ruhe . . . in Ruhe . . . in Ruhe . . .!«

Sie weinte herzzerbrechend auf, und Klaschka preßte Mildas zuckenden Kopf gegen ihre gewaltige Brust.

Der plötzliche Ausbruch des Mädchens prasselte wie Schläge auf die drei Menschen hinunter, und an ihrer Reaktion merkten alle, daß auch ihre Nerven bis zum Zerreißen gespannt waren.

»Da hört ihr es!« sagte Klaschka leise und mit völlig veränderter Stimme. Ein Ton mütterlicher Anklage schwang in ihr. »Ihr tötet ihre Seele . . .«

Karsanow fing sich als erster. Er lehnte sich zurück und trommelte mit dem Zeigefinger auf den kleinen Klapptisch vor dem Fenster.

Die ausgetrunkene Milchtüte hüpfte dabei auf und ab.

»Es ist erstaunlich«, sagte Karsanow. »Sie stellt genau die Fragen, die ich auf der Zunge habe. Natürlich reist sie nicht wie jeder andere Mensch in diesem Zug. Wie kann sie das behaupten? Läßt sich durch Sibirien fahren und hat kein Billett!«

»Sie hat eine Fahrkarte, Pal Viktorowitsch!« rief Forster erregt.

»Jetzt ja, durch Sie! Aber als sie einstieg?«

»Man kann Fahrkarten erarbeiten!« meinte Klaschka.

»Natürlich! So machen Sie es, was? Von Station zu Station ein Kunde!«

»Wenigstens verdiene ich gut dabei!« Klaschka lachte den wütenden Karsanow an. »Wir sind Werktätige wie Sie, wollen Sie das bezweifeln? Und unsere Arbeit ist körperlich anstrengender als die Ihre! Das wollen wir doch hier feststellen!«

»Wenigstens wissen wir jetzt, daß sie Lipski heißt; ein Fortschritt!« fuhr Karsanow unbeirrt fort. »Gebt euch keine Mühe, ihr alle, mich zu täuschen! Milda Tichonowna ist keine Zugdirne . . .«

»Ich bin eine!«

Milda fuhr herum. Die Angst trieb sie zu Handlungen, an die sie früher nie gedacht hätte.

»Ich will mich ausziehen und mich dem zweifelnden Herrn auf den Schoß setzen!«

»Ein guter Vorschlag!« Forster stand auf und griff nach seiner Reisetasche. »Darf man die Szene fotografieren?«

»Unterstehen Sie sich!« schrie Karsanow und sprang auf.

»Ich weiß, es ist in Rußland verboten, militärische Objekte zu fotografieren! Sind Sie ein militärisches Objekt, Pal Viktorowitsch? Sind Sie ein sowjetisches Geheimnis?«

Karsanow kam in Verlegenheit. Er knirschte mit den Zähnen und überlegte eine vernünftige Antwort.

Er hat mich tatsächlich in den Hinterhalt getrieben, dachte er wütend. In eine verdammte Zange! Was soll man da nur antworten?

Um die Verlegenheit noch zu vertiefen, fügte Forster fast genüßlich hinzu: »Ich nehme nicht an, daß jeder, der eine Pistole trägt, unter das militärische Geheimnis fällt . . .«

»Er hat eine Pistole?« hakte Klaschka sofort ein. »Er hat wirklich eine Pistole bei sich?«

»In der Hosentasche –«, sagte Milda.

»Schießen Sie damit Samen in die Erde, Agrarprofessorchen?« rief Klaschka hohnlachend.

Es war deutlich: sie hatten Karsanow den ganzen Plan zerstört.

Der Russe starrte voller Haß auf Forster und hieb dann auf den kleinen Klapptisch.

»Ruhe!« Er sprang auf und schob dabei die Schultern etwas nach vorn. »Machen wir es kurz: Sie sagen mir, woher Sie kommen, Milda Tichonowna. Ist das zuviel verlangt?«

»Aus Swerdlowsk!« antwortete Forster sofort. »Ich habe beobachtet, wie sie zugestiegen ist.«

Milda und Klaschka flüsterten miteinander, ein paarmal schüttelte Milda den Kopf, aber Klaschka redete unentwegt auf sie ein.

»Das ist nicht wahr!« sagte Karsanow.

»Haben Sie es gesehen, Pal Viktorowitsch? Sie lagen im Bett und haben geschnarcht wie ein Bernhardiner!«

»Ich kenne mich mit Bernhardinern nicht aus!« konterte Karsanow. »Aber Sie waren wach, was? Saßen am Fenster und beobachteten die Nacht! Wem wollen Sie das erzählen?«

»Ihnen und jedem, der es hören will. Ja, ich habe sogar am Fenster gestanden, als wir uns Swerdlowsk näherten. Ich wollte diese Stadt sehen, diese Gegend, in der Tausende von deutschen Kriegsgefangenen verreckt sind ...«

»Was sagen Sie da, Werner Antonowitsch?«

Karsanows Stimme wurde gefährlich leise, lauernd. Er streckte den Kopf vor wie ein Adler, der zuhacken will.

»Wiederholen Sie das.«

»Wenn es Ihnen so gut im Ohr klingt! Ich habe auf Swerdlowsk gewartet, weil dort mein Vater in einem Lager saß. Sechseinhalb Jahre! Zuerst zum Tode verurteilt, dann zu lebenslanger Haft begnadigt, dann zu fünfzehn Jahren ...«

»Ein Kriegsverbrecher!«

»Sein Verbrechen war, als Kommandant einer deutschen Versorgungseinheit die Truppe mit Nachschub versorgt zu haben. Begründung des sowjetischen Militärgerichts: Der Hauptmann Leo Forster hat dadurch in hohem Maße bei der Vernichtung der Sowjetunion mitgeholfen ...«

»Ein klarer Spruch!« brüllte Karsanow.

»Nach dieser Terminologie wäre jeder Soldat ein Verbrecher!«

»Jeder deutsche Soldat – selbstverständlich! Und deshalb standen Sie am Fenster?«

»Mein Vater kam aus Swerdlowsk als Wrack heim. Er hat sich nie wieder erholt. Er hat mir erzählt, daß in den sechseinhalb Jahren über ...«

»Keine Zahlen, Werner Antonowitsch! Keine maßlosen Lügen! Oh, ich erkenne Sie jetzt! Sie gehören jener verfluchten Generation an, die von ihren Vätern zum Revanchismus angestiftet worden ist! Zum Chauvinismus gegenüber einer friedfertigen Sowjetunion!«

»Wenn mein Vater über Rußland sprach, hat er nie gelogen. Dazu saß dieses Rußland zu tief in seiner Seele. Er ist daran zerbrochen, aber irgendwie liebte er es doch! Warum, das konnte er selbst nicht erklären. Was er in Swerdlowsk erlebt hat, ist nie aus seinen Träumen gewichen, bis zu seinem Tode nicht. In jeder Stunde seines kurzen Lebens danach wurde er von diesen sechseinhalb Jahren umklammert . . . Ist das kein Grund, nachts am Fenster zu stehen und auf Swerdlowsk zu blicken?«

»Wir hatten über siebzehn Millionen Tote«, sagte Karsanow dumpf. »Wir Russen dürften danach überhaupt nicht mehr schlafen! Aber wir schlafen! Es ist immer nur der deutsche Geist, der Unruhe verbreitet.«

»Vielleicht kommt es daher, daß Menschenopfer in Rußland zum Alltag gehörten? Hier rechnet man mit Menschen einfach . . . in anderen Dimensionen!«

»Das hätten Sie nicht sagen dürfen, Werner Antonowitsch!« erwiderte Karsanow schwer atmend. »Das hebt praktisch Ihren Status als Gast der Sowjetunion auf. Sie verhöhnen, bespucken und beleidigen mein Vaterland! Menschenopfer? Sind wir Kannibalen? Kein Land der Erde hat nach dem Krieg solche Leistungen vollbracht wie die Sowjetunion! Unsere Schulen sind vorbildlich, der industrielle Aufbau gleicht einer Explosion, wir haben die besten Ärzte und Wissenschaftler. Unsere Universitäten sind führend in der Kybernetik und Mathematik! Wir sind der unabhängigste Staat der Welt, und wir waren die ersten im Weltraum! Und da kommt so ein kleiner deutscher Ingenieur daher und will uns bespucken! Das werden Sie zu verantworten haben, Werner Antonowitsch!«

»Ich sprach von dem Rußland, das mein Vater erlebte, Karsanow.«

»Er kam als Eroberer, als Zerstörer! Und dieser Geist lebt auch in Ihnen!«

Karsanows Finger stießen wie Speerspitzen gegen Forster. »Wir haben in Irkutsk Aufenthalt. Ich werde dafür sorgen, daß man Ihre Äußerungen protokolliert!«

Plötzlich erstarrte Karsanow, und sein Mund blieb offenstehen. »Was ist denn das?« stotterte er, völlig außer Fassung. »Was soll diese Verrücktheit? Das ist ja unerhört!«

Klaschka hatte mit sichtbarem Genuß begonnen, sich auszuziehen.Sie hatte ihre Bluse schon über den Kopf gestreift, und ihre großen Brüste lagen fast frei, nur notdürftig bedeckt und gehalten von einem viel zu kleinen Büstenhalter.

Milda tat es ihr nach, nur zögernder. Sie hatte den Stepprock aufgeknöpft und ließ ihn, schamhaft noch, zu Boden fallen. Darunter trug sie lange wollene Strümpfe und eine derbe Hose aus ungebleichtem Nessel. Trotz der Häßlichkeit dieser Kleidung wirkte sie schön ... Nichts konnte ihre schlanken Beine, die schmalen Hüften und das Ebenmaß ihres Körpers zerstören, nicht einmal diese abscheulichen Kleidungsstücke.

»Die Hose runter, Milda, mein Täubchen!« sagte Klaschka mit Genuß. »Zeig dem Genossen einen weißen zarten Mädchenhintern! Er scheint mir ein Augenmensch zu sein – er muß sehen, was er glauben soll! Erdrücken wir ihn mit unserer Weiblichkeit!«

»Einhalten!« schrie Karsanow. »Das ist widerlich! Wo ist der Schaffner? Mulanow muß her! Ich lasse Sie beide verhaften! Das ist eine glatte Schweinerei! Wo ist Boris Fedorowitsch?«

Er wollte an Forster und den beiden Mädchen vorbei auf den Gang, aber Klaschka hielt ihn fest, stemmte ihre Brüste gegen seine Schultern und drängte ihn damit zurück.

»Loslassen!« schrie Karsanow.

»Wenn Sie mich anfassen, werde ich jubeln, Genosse!« sagte Klaschka. »Ich werde losjaulen, daß alle Reisenden aus den Abteilen stürzen! Was wird der Genosse General sagen, wenn er den ehrwürdigen Genossen Karsanow mit seinen Händen an den Brüsten von Klaschka Iwanowna spielen sieht ...«

»Ich schlage dir ins Gesicht!« brüllte Karsanow, kaum noch Herr seiner Sinne.

»Zwei nackte Weiberchen bei Karsanow, und das am hellen Tag! Das wird sich herumsprechen von Moskau bis Irkutsk!« jubelte Klaschka.

»Sie können auch die Notbremse ziehen, Pal Viktorowitsch«, meinte Forster gemütlich und setzte sich. »Aber was Sie auch tun werden ... Ich kann bezeugen, daß Sie den Damen fünfzig Rubel versprochen haben, jeder, versteht sich, jeder von ihnen fünfzig Rubelchen, das ist klar, wenn sie sich vor Ihnen ausziehen! Ich kann es beschwören!«

»Keiner wird es glauben!«

»Wir schwören mit!« sagte Klaschka lächelnd.

»Zwei Huren und ein Deutscher! Das ist die richtige Mischung!«

»Und Sie werden diesen wundervollen Cocktail austrinken, Karsanow ...« Forster sah Milda an.

Sie stand ohne Rock, in ihrer lächerlichen Unterkleidung, blaß vor Scham, an der Tür und wagte nicht, es Klaschka nachzumachen, die bereits ihren Büstenhalter entfernt hatte.

»Was wollen Sie damit erreichen?« schnaubte Karsanow und trat einen Schritt von Klaschkas Üppigkeit zurück.

Die Hure folgte ihm sofort, um sich von neuem an ihn zu

werfen und ihn heiß zu umklammern, für den Fall, daß jemand in das Abteil käme.

»Nichts erreichen Sie damit! Ich habe Zeit, Zeit bis Irkutsk! Die Weiber können nicht bis Irkutsk nackt im Abteil herumstehen ...«

»Sie wissen nicht, was wir alles können, Genosse!« sagte Klaschka. »Sie sind ein armer Mensch ohne jegliche erotische Phantasie ...«

»Wie Sie wollen!«

Karsanows Erregung fiel plötzlich von ihm ab.

Dafür schien er zu erstarren, etwas Eisiges strömte von ihm aus.

Klaschka spürte sofort die Veränderung und hielt mit dem Aufknöpfen ihres engen Rockes inne. Sie witterte die Gefahr mit dem Instinkt einer ständig Gehetzten.

Karsanow griff nun in die Rocktasche und holte ein ledernes Etui heraus. »Es wird nötig, das Schauspiel abzukürzen.« Er wandte sich halb zu Forster: »Mein Name ist Pal Viktorowitsch Karsanow ...«

»Das weiß ich jetzt bis zum Erbrechen ...«

Karsanow klappte das Etui auf.

Klaschka ließ die Arme sinken, und Milda wich zurück und duckte sich, als habe man sie mit einer Peitsche geschlagen.

»Kennen Sie diesen Ausweis?« fragte Karsanow hart.

Forster zuckte mit den Schultern.

»Bedaure – nein.«

Karsanow hielt das Etui nahe an Forsters Augen.

»Dann sehen Sie ihn sich genau an, Werner Antonowitsch. Ich bin Oberst Karsanow vom KGB.«

Der sowjetische Geheimdienst!

Forster spürte, wie eisige Kälte in ihm aufstieg. Es war, als ob der sibirische Frost die Wände des Waggons durchbräche.

Klaschka Iwanowna war die erste, die ihre Sprache wiederfand. Sie hob Mildas Rock vom Boden auf und warf ihn ihr zu. Sie selbst ergriff ihre Bluse und klemmte sie sich unter die rechte Achsel.

»Keine Angst vor ihm!« sagte sie mit ihrer ordinären lauten Stimme. »Was kann er uns antun? Er ist zuständig für die politischen Idioten, nicht für uns Huren! Pal Viktorowitsch, warum haben Sie das nicht gleich gesagt? Ich hätte mir das Ausziehen sparen können!«

Sie setzte sich auf die Polsterbank und spreizte die Beine wie ein Marktweib, das hinter einem Kohlkorb sitzt. Ihre gewaltigen Brüste hoben und senkten sich schneller als zuvor, der einzige Beweis, daß sie innerlich nicht ganz so ruhig war wie nach außen.

Karsanow steckte das schmale lederne Etui mit seinem Ausweis wieder in die Tasche und setzte sich auf seinen Fensterplatz.

Sein zerknittertes Alltagsgesicht, dieses etwas onkelhafte, biederbürgerliche Aussehen hatte sich gründlich verändert.

Wer ihm jetzt in die Augen blickte, empfing Kälte – Kälte, die keinen persönlichen Kontakt mehr zuließ.

»Hier, in diesem Abteil, hat sich etwas Ungeheuerliches zugetragen!« sagte Karsanow jetzt hart. »Die Sowjetunion ist beleidigt, unsere glorreiche Armee beschimpft worden, man hat uns des Mordes an Tausenden von deutschen Kriegsgefangenen bezichtigt, man hat uns jegliche Humanität abgesprochen! Ist es so, Werner Antonowitsch?«

»Nein!« antwortete Forster ebenso laut und hart.

»Nein? Ich habe Zeugen!«

»Wir waren vollauf mit dem Ausziehen beschäftigt, Genosse«, erwiderte Klaschka mit einem breiten Lächeln. »Ausziehen ist eine Kunst, vor allem bei uns! Der Kunde bezahlt es mit . . .«

»Es gibt Mittel, euer Gedächtnis aufzufrischen!« Karsanow räkelte sich fast wohlig in den dicken roten Polstern.

Draußen hatte es zu schneien begonnen, dicke Flocken, so eng beieinander, daß sie wie ein gehäkelter weißer Vorhang wirkten.

Der unendliche Wald dahinter, über Hügel kletternd und in Senken verschwindend, verschwamm und löste sich auf. Es gab keine Formen mehr, nur noch den wehenden Schnee-Vorhang.

Der Transsib fuhr jetzt etwas langsamer, auf den Schienen bildeten sich Schneeberge, die von den an der Lokomotive herausragenden stählernen Schneeschiebern zur Seite gedrückt werden mußten.

Es schien zu stimmen, was man sich erzählte: daß sogar der Transsibirien-Expreß trotz seiner gewaltigen elektrischen oder dieselgetriebenen Loks ab und zu steckenblieb und sich dann wie ein Rammbock durch die erstarrten Schneemassen hindurchstemmen mußte.

»Jetzt drohen Sie auch noch«, sagte Forster mit belegter Stimme. »Ich stelle hier in aller Deutlichkeit fest: Ich bin Gast Ihres Landes! Ich bin von Ihrer Regierung eingeladen worden; ich fahre mit diesem Expreß, weil ich im Besitz einer Sondererlaubnis bin. Ich werde von nun an überall, wo sich die Möglichkeit bietet, eine Beschwerde nach Moskau schicken und in Deutschland im Rahmen einer Pressekonferenz über meine Behandlung in der Sowjetunion berichten.«

»Das habe ich erwartet. Genau das! Das ist der Stil der Revanchisten! Glauben Sie, das schüchtert mich ein, Werner Antonowitsch?« Karsanow streckte die Hand aus. »Geben Sie mir noch eine Zigarette von Ihrer Marke!«

»Aus dem dekadenten Westen? Eine amerikanische?«

Forster warf Karsanow die ganze Packung in den Schoß. Der Russe zog hastig eine Zigarette heraus und steckte sie mit einem Streichholz an.

Neben der Tür zog Milda ihren Stepprock wieder an. Sie zitterte dabei so heftig, daß sie die Knöpfe nicht schließen konnte.

Klaschka half ihr und streifte dann selbst ihre Bluse über.

»Erzähl ihm, wer du bist!« sagte sie dabei. »Hab keine Angst, Mildenka. Er frißt dich nicht. Er ist bloß neugierig, wieso ein so junges hübsches Mädchen wie du zur Dirne wird. Verklemmte Vatergefühle, weiter nichts! Das Interesse eines ältlichen Onkels, der gerne möchte, aber nicht kann. Erzähl ihm dein Leben, dann ist er zufrieden.«

»Für Ihr Mundwerk werden Sie noch zahlen!« knurrte Karsanow giftig, genoß aber den Zigarettenrauch sichtlich. »Sie wissen, daß öffentliche Prostitution verboten ist.«

»Weise sie mir nach, Väterchen«, antwortete Klaschka gleichgültig. »Ich reise wie alle hier im Zug. Ich habe eine Fahrkarte. Kann ich mich wehren, wenn die Männer wie Böcke hinter der Ziege her sind? Außerdem habe ich es gern ... Will das KGB nun auch die Liebe verbieten?«

»Gegen Geld – ja.«

»Ich nehme kein Geld.« Klaschka grinste breit. »Es wird unmöglich sein, im ganzen Zug auch nur einen Mann zu finden, der gesteht, mich bezahlt zu haben. Wer wird so etwas sagen? Etwa der Genosse Parteisekretär im Wagen drei? Oder der Vorsitzende der Sowchose ›Gorkij‹ aus Tjumen? Oder der Hauptmann der Roten Armee im Wagen sieben? Oder ...«

»Der auch?« fragte Karsanow erschüttert. »Zum Teufel, sie verseucht den ganzen Zug!« Er blickte aus dem Fenster und überlegte, was zu tun war.

Eines war sicher: Niemand im Transsib würde ihm helfen. Er war allein, ein Einzelkämpfer sozusagen, nicht einmal das Zugpersonal würde ihm Sympathie entgegenbringen, wenn man erfuhr, daß er Oberst des KGB war.

Furcht vor allem hatte er zu erwarten, verdoppelte Wachsamkeit und den stillen Aufbau einer Abwehrfront vom ersten bis zum letzten Wagen ... aber Hilfe? Nie!

Selbst der verkalkte General mit seinem Tenorproblem würde zwar höflich, aber sehr reserviert sein. Es gab keinen, den Karsanow als seinen Bundesgenossen ansehen konnte.

Nur Irkutsk blieb übrig, der große Eisenbahnknotenpunkt am Baikalsee.

In der Zeit, in der man dort die Lok wechselte und neue Wagen für die fernöstlichen Bahnhöfe angehängt wurden, konnte man sofort das örtliche KGB-Büro anrufen und seine Macht beweisen.

Milda Tichonowna hatte sich angezogen und starrte Karsanow an wie einen Henker, der schon das Beil erhoben hatte.

Werner Forster zog sie an sich; sie sträubte sich zuerst, aber dann kuschelte sie sich in seinen Arm wie eine kleine nasse Katze, die Schutz und Wärme sucht. Karsanow betrachtete das Bild von Zärtlichkeit als eine Provokation. Er zog erregt an der amerikanischen Zigarette und bekam einen unbändigen Durst.

Aber die aufgetaute Milchpackung war leer, Forsters Kognak wollte er nicht, auch nicht Tee aus der Thermosflasche, die sich der Deutsche jeden Morgen von Fedja, dem Speisewagenkellner, neu füllen ließ und in die er einen Schuß Alkohol kippte.

Überhaupt – dieser Morgentee! Drei Tage lang kam die Zugküche durcheinander, weil die deutsche Thermosflasche nicht eingeplant war, vor allem nicht während des Frühstücks.

Es war, wie immer bei Nach- oder Sonderbestellungen, wie etwa bei einem zweiten mittelweich gekochten Ei oder zwei Scheiben Weißbrot-Toast – nicht zu hell, nicht zu dunkel, sondern goldbraun –: Zunächst bemächtigte sich ehrliche Verzweiflung der Küche. Man fluchte über die degenerierten

Ausländer und tat zunächst etwas typisch Russisches: Man vergaß die Bestellung völlig.

Wenn dann der Gast nach zwei Stunden Wartezeit immer noch auf seinem ausgefallenen Wunsch beharrte, mußte irgendein Ausweg gefunden werden ...

Forster gelang es mit fünf Rubel heimlichem Trinkgeld, Fedja von dem vierten Tag an zum selbständigen Denken zu erziehen: Er gab frühmorgens seine Thermosflasche an der Küchentür ab, und kam Forster aus dem Speisewagen zurück, so stand seine Flasche wie zufällig auf einem kleinen Klapptisch. Er nahm sie an sich, und alles war erledigt.

Mit diesem Trick überrundete Forster sogar den General, der jeden Morgen herumbrüllte und drohte, in Irkutsk einen Chemiker in den Zug zu holen, damit endlich untersucht würde, ob man vielleicht Spülwasser als Kaffee ausgab.

Karsanow überlegte, ob er das Abteil verlassen solle, um sich etwas zum Trinken zu besorgen. Er wußte aber, daß dann Klaschka und Milda verschwinden würden.

Die im Augenblick zu seinem Vorteil so hochexplosiv geladene Atmosphäre im Abteil würde sich abschwächen, auflösen, und es würde schwer sein, wiederum jenen starken inneren Druck auf seine Mitreisenden aufzubauen.

Jetzt lag Angst in der Luft – eine sehr gute Grundlage für ein weiteres Gespräch.

»Fangen wir also an!« sagte Karsanow streng. »Wo kommen Sie her, Milda Tichonowna? Werner Antonowitsch, unterbrechen Sie mich nicht wieder oder versuchen Sie nicht, durch irgendwelche Bemerkungen Mildas Bericht zu verharmlosen. Ich kann selbst sehr gut unterscheiden, was wahr ist oder gelogen! Milda, warum haben Sie eigentlich Angst?«

»Sie ist neu in der Branche!« fuhr Klaschka sofort dazwischen. »Und dann gleich ein Oberst vom KGB! Da rutscht das Herz in die Hosen, Genossen!«

»Verschwinden Sie!« schrie Karsanow und wurde zornrot »Hinaus! Das ist ein Befehl!«

Klaschka erhob sich, zwinkerte Milda und Forster zu und verließ das Abteil.

Es war klar, daß sie sofort Mulanow alarmierte und sich etwas ausdachte, um das gefährliche Verhör zu stören.

Milda starrte Karsanow an. Ihr schmaler bleicher Mund zuckte, aber sie bekam kein Wort über die Lippen.

»Sie sehen doch, daß sie völlig verwirrt ist«, sagte Forster rauh.

»Das soll sie auch!« Karsanow beugte sich vor. Sein scharfer Blick stieß wie eine Lanze in Milda hinein. »Woher kommen Sie?«

»Aus Perm, Genosse Oberst ...«, antwortete Milda kaum hörbar.

»Aha! Aus Perm! Und schleichen sich in Swerdlowsk in den Transsib? Wie paßt das zusammen? Der Zug hielt doch auch in Perm!«

»Es soll vorkommen, daß Reisende in den D-Zug Hamburg-München einsteigen«, sagte Forster laut, »und wohnen selbst in Bochum ...«

»Lassen Sie Ihre unangebrachten westlichen Vergleiche, Werner Antonowitsch!« rief Karsanow erregt.

»Ich bin mit einem Mann von Perm nach Swerdlowsk gefahren«, sagte Milda, und die Zunge schien ihr zu versagen.

Die Scham, jetzt weiterzusprechen, solche Dinge der Öffentlichkeit preiszugeben, brachte sie fast um.

»Aha!« warf Karsanow bloß ein. »Weiter!«

»Er war Ingenieur für Mineralogie. Er hatte einen Wolgawagen. Wir übernachteten in einem kleinen Gasthaus in Sarancinskij. Er ... er war mein erster Kunde ...«

Sie warf den Kopf herum, drückte ihr kleines Gesicht an Forsters Brust und weinte laut wie ein Kind.

Forster streichelte ihr Haar und küßte ihren zuckenden Nacken.

»Sie Sadist!« sagte er gepreßt. »Wollen Sie ihre Seele völlig zerstören? Hören Sie doch endlich auf!«

»Oh, ich fange erst an, Werner Antonowitsch. Eine Seele! Soll ich mich biegen vor Lachen? Seit wann hat eine Dirne eine Seele? Wo andere Menschen so etwas Ähnliches haben könnten, klingeln bei ihr die Rubelstücke! Milda Tichonowna, flüchten Sie sich nicht ins Heulen, das hilft Ihnen gar nichts! Sie haben mit einem Mann übernachtet, gut! Dann hatten Sie auch Geld! Warum sprangen Sie also als blinder Passagier auf diesen Zug?«

»Ich hatte kein Geld!« schrie Milda gegen Forsters Brust »Er hat mich betrogen . . .«

»Betrogen? Wieso?«

Milda drehte sich wieder um. Ihr Gesicht war tränenüberströmt, die Schminke, die ihr Klaschka aufgeschmiert hatte, war verlaufen. Ein kleiner trauriger Clown lehnte da, von aller Welt verlassen, ausgesetzt und hilflos . . .

»Als ich am Morgen aufwachte, war sein Bett leer, der Wagen weg, nicht einen Rubel hatte er dagelassen. Auch seinen Namen kenne ich nicht. Er nannte sich Wadim. Nur Wadim!«

»Ich denke, ihr arbeitet nur gegen Vorauszahlung?« fragte Karsanow giftig.

»Sie ist eben eine Anfängerin!« rief Forster befreit. »Da haben Sie es! Glauben Sie es nun endlich?«

»Sehr rätselhaft! Sehr, sehr rätselhaft.«

Karsanow blickte wieder aus dem Fenster.

Der Zug schlich jetzt nur noch durch die Taiga, der Schneesturm rüttelte an den Fenstern, der vorher wie gehäkelt aussehende weiße Vorhang war zu einer weißen Wand geworden.

Man konnte nichts mehr erkennen, nur noch Massen von

Schnee, die der Sturm mit ungeheurer Gewalt gegen den Zug schleuderte.

»Und was dann?«

»Ich bin mit einem Bauernfuhrwerk nach Swerdlowsk gefahren. Dort habe ich gewartet, bis der Transsib kam. Man hat mir erzählt, daß man hier viel Geld verdienen kann.«

»Und in Perm gab es keine Arbeit? Keine vernünftige Arbeit? Was haben Sie eigentlich gelernt, Milda Tichonowna? Sie sind doch nicht als Dirne zur Welt gekommen? Wo ist Ihr Vater? Was macht Ihre Mutter? Haben Sie keine ehrbaren Geschwister?«

»Mein Vater ist mit einem Kranwagen verunglückt. Meine Mutter ist darüber trübsinnig geworden und lebt in einer Anstalt in Perm. Mein älterer Bruder ist Maschinenschlosser. Er ist verheiratet, hat seine eigene Familie, eine kleine Wohnung . . . ich bin ganz allein . . .«

»In unserem Staat ist niemand ganz allein, der nicht ganz allein sein will! Fassen wir zusammen: Sie gehören zu jenen Jugendlichen, die herumstreunen, die unseren Aufbau sabotieren, indem sie ihm ihre wertvolle Arbeitskraft entziehen. Jugendliche, die nach westlichem Muster herumlungern und hoffen, daß die fleißigen Werktätigen sie mit ernähren. Schmarotzer also! Dreckig und verkommen, in der Gosse zu Hause oder – wie Sie – in den Betten fremder Männer! Ich möchte diesem unbekannten Wadim die Hand drücken, daß er Sie um Ihren Lohn gebracht hat.«

»Sind Sie fertig mit Ihrer Arie?« fragte Werner Forster provozierend. Er steckte zwei Zigaretten an und schob eine zwischen Mildas schmale Lippen.

Sie hustete nach dem ersten Zug, krümmte sich nach vorn und spuckte die Zigarette auf den Boden.

»Und was wissen Sie nun, Pal Viktorowitsch? Sind Sie klüger als vorher?«

»Allerdings!« Karsanow zeigte erneut sein böses Lächeln. »Ich weiß jetzt, daß sie lügt ...«

Es war wieder einer jener Augenblicke, in denen es eiskalt durch Forsters Körper rann. Auch er wußte, daß Milda gelogen hatte ...

Gerade zur rechten Zeit tauchte Mulanow, der Schaffner, auf. Klaschka hatte ihm alles erzählt und ihn angefleht, Milda beizustehen, so gut das noch möglich war.

»Sieh an, sieh an, ein Oberst des KGB!« hatte Mulanow mit düsterem Blick gesagt. »So ein Bursche ist er also. Deshalb telefoniert er nachts mit Moskau, und keiner nimmt es ihm übel. Man muß vorsichtig sein, Klaschka, sehr vorsichtig! Wir haben noch sechs Tage vor uns bis Wladiwostok! Eine kritische Situation. Man sollte Milda in Irkutsk aus dem Zug schaffen, ehe der Genosse Karsanow uns Schwierigkeiten macht. Wie verhält sich der Deutsche?«

»Einwandfrei, Boris Fedorowitsch. Karsanow kann ihm nichts anhaben, er ist Ehrengast des Kreml! In sieben Tagen hat er die Sowjetunion verlassen, das ist besser, als aus ihm einen politischen Märtyrer zu machen. Das weiß auch Pal Viktorowitsch. Aber unser Vögelchen Milda will er rupfen.«

Sie hatte einen Schluck aus Mulanows Teetasse genommen und sich dann die Nase gepudert.

»Was hat sie dir erzählt, woher sie kommt?«

»Sie kommt aus Asbest.«

»Zu Karsanow sagte sie, sie käme aus Perm!«

Die beiden hatten sich daraufhin nachdenklich angesehen und gewußt, daß etwas geschehen mußte.

Mulanow hatte sich überwunden und geseufzt. »Man muß ihn ablenken«, hatte er gesagt. Aber wie kann man einen so schnüffelnden Hund wie Karsanow sieben Tage lang ablenken? Das ist eine fast undurchführbare Kunst!

»Was geschieht schon in einem Zug? Die Diebstähle, nun

ja ... Aber darum kümmert sich kein KGB! Man müßte versuchen, Skamejkins verschwundene Schuhe und Olga Fedorownas geklauten Ohrring auf die politische Ebene zu heben. Machen wir Oleg Tichonowitsch Dagorski zu einem Saboteur!«

»Ein schlechter Plan, Boris Fedorowitsch«, hatte Klaschka gesagt.

»Hast du einen besseren unterm Rock?«

Sie hatte keinen.

Und so erschien also jetzt Mulanow im Abteil, für Forster und Milda einem Engel gleich, und wischte sich theatralisch mit beiden Händen über die Stirn. Die Mütze hatte er weit in den Nacken geschoben. »Die Sorgen reißen nicht ab«, sagte er voller Verbitterung. »Wir werden uns in Irkutsk den KGB in den Zug holen müssen.«

Karsanow, der seinen letzten Satz nachwirken lassen wollte wie ein rasch wirkendes Gift, griff Mulanows Bemerkung mit einer wahren Wollust auf.

»Was haben Sie bemerkt, mein lieber Boris Fedorowitsch?« fragte er mit heuchlerischer Freundlichkeit. »Schnell! Zögern Sie nicht, teilen Sie mir Ihre Beobachtungen mit!«

»Das ist so, Genosse«, begann der Schaffner umständlich. »Wir haben Oleg Tichonowitsch in ein scharfes Verhör genommen – und was kommt dabei heraus? Sie ahnen es nicht!«

»Wer ist Oleg Tichonowitsch?« fragte Karsanow etwas verwirrt.

»Sie müßten ihn doch am besten kennen! Sie haben ihn doch mit einer Pistole niedergeschlagen, diesen Saboteur!«

»Wer redet denn von ihm?« rief Karsanow aufgebracht.

»Ich! Wir alle! Der ganze Zug! Dieser Dagorski ist ein Saboteur!«

»Lassen Sie mich mit diesem Bullen in Ruhe!« schrie Karsanow. »Hier geht es um ganz andere Probleme!«

»Ich habe noch nie gehört, daß man in der Sowjetunion einen Saboteur nicht beachtet!« sagte Mulanow, nun fast beleidigt.

»Genosse, da ist ein Kerl, der gestanden hat, Rußlands schönsten Zug zu terrorisieren! Im Packwagen mußten wir ihn einsperren! Und was macht er, dieser Hengst Dagorski? Er tritt die hölzerne Zwischenwand ein, spielt mit den Paketen Fußball und wirft dem Genossen Postschaffner die Briefsäcke an den Kopf! Kurz, er benimmt sich wie eine Sau im Morast. Mit vier Mann haben wir ihn wieder fesseln müssen! Nun liegt er da und spuckt jeden an, der ihm zu nahe kommt.«

Mulanow kümmerte sich nicht darum, daß Karsanow dauernd versuchte, ihn zu unterbrechen.

»Sie sind ein kluger Mann, Genosse, ein gelehrter Mann! Ein studierter Kopf! Ein Professor sogar! Sie sollten Dagorski belehren, daß es besser ist, wenn er sich still verhält. Ich war schon bei dem Genossen General, aber der ist beschäftigt. Er diskutiert mit dem Tenor über Richard Wagner.«

Endlich kam Karsanow zu Wort. Er zeigte mit ausgestrecktem Arm auf Milda und rief:

»Hier sitzt auch ein unklarer Fall! Sie ist eine permanente Lügnerin, Schaffner Mulanow!«

Boris Fedorowitsch straffte sich im Sitzen. »Genosse Professor?«

Karsanow griff in seine Tasche.

Jetzt kommt es, dachte Mulanow, jetzt zeigt er mir seinen KGB-Ausweis. Damit ist zunächst die erste Runde verloren.

Aber ein Boxkampf, mein Freundchen, dauert zehn oder fünfzehn Runden, und wir werden mit allen Tricks kämpfen ... bis Wladiwostok ...

Karsanow zückte seine schmale Ledermappe.

»KGB!« sagte Mulanow ehrfurchtsvoll. »Ich habe es geahnt, Genosse Oberst. Ihre Haltung, Ihre Sprache ... Was befehlen Sie, Genosse Oberst?«

Karsanow kam aber nicht mehr dazu, etwas zu befehlen.

Der Zug machte einen gewaltigen Ruck und hielt so plötzlich, daß alle nach vorn geschleudert wurden.

Vom Gepäcknetz fiel Karsanows Tasche herunter, genau ihm in den Nacken. Er sank auf die Knie, verdrehte die Augen und stand dann ächzend auf.

»Da haben Sie es!« schrie Mulanow und sprang hoch. »Festgefahren! Im Schneesturm festgefahren! Wann ist das zum letztenmal vorgekommen? Vor Jahren, Genosse Oberst, vor Jahren! In grauer Vorzeit! Aber jetzt sitzen Sie fest! Eine Katastrophe, sage ich, eine echte Katastrophe!«

Er riß die Schiebetür auf und stürzte auf den Gang. Überall kamen die Menschen aus den Abteilen und verstopften die Gänge.

»Keine Panik, Genossen!« rief Mulanow und kämpfte sich durch die Wagen nach vorn zum Zugführer. »Es wird bald weitergehen! Setzen Sie sich hin! Wir haben für einen solch außergewöhnlichen Fall unsere genauen Instruktionen ...«

Es war wirklich so: Der Transsibirien-Expreß saß fest.

Riesige Schneeberge hatten die Schienen zugeweht und waren dort zu Eisklötzen erstarrt. Die stählernen Schneepflüge vor der Lok schafften es nicht mehr, die Eismassen beiseite zu räumen.

Die Gefahr, daß der ganze Zug aus den Schienen sprang, war zu groß, um mit gröbster Gewalt gegen die Schneehalden anzufahren.

Vorn saßen die beiden Lokführer in ihren heißen Kabinen und legten die Hände in den Schoß.

Zugführer Vitali Diogenowitsch telefonierte drahtlos mit der nächsten größeren Station.

Es war Irkutsk, einhundertsiebzig Werst entfernt; für sibirische Verhältnisse ein Spaziergang, aber jetzt, in diesem mörderischen Schneesturm, ein Ort, so weit weg wie ein Stern.

»Sie schicken einen Räumzug –«, sagte Vitali zwischendurch, während er, den Hörer am Ohr, auf den nächsten zuständigen Beamten wartete.

Der ganze guttrainierte Behördenapparat lief jetzt an, eine riesige Maschinerie mit vielen Rädern, die jetzt alle in eine Richtung gedreht werden mußten ... Und das war die große Schwierigkeit!

Es gab eine kleine Armee zuständiger Beamter und eine noch größere Armee nicht zuständiger Beamter, und jeder hatte etwas anderes zu sagen.

Der Transsib hängt fest? In einer gewaltigen Schneeverwehung?

Man blätterte in den Statistiken. In den letzten zwanzig Jahren gab es keinen solchen Fall.

»Man weiß es nicht«, sagte Vitali ins Telefon, nachdem sich ein hoher Beamter in Irkutsk gemeldet hatte.

»Wir haben zwar einen unangenehmen Burschen im Zug, einen Oleg Tichonowitsch Dagorski. Wir haben aber auch einen Oberst des KGB, den ehrenwerten Pal Viktorowitsch Karsanow. Soll er die Untersuchungen übernehmen?«

Armer Dagorski!

Aber es war dennoch eine hervorragende Idee, und Mulanow klopfte Vitali anerkennend auf die Schulter.

»Bitten Sie den Oberst ans Telefon«, sagte die Stimme im fernen Irkutsk. »Wir werden alles unternehmen, um den Zug so schnell wie möglich freizubekommen!«

Mulanow trabte von neuem los und fand Karsanow vor, der, mit dem Rücken zu Forster, auf den Polstern kniete und sein Hemd ausgezogen hatte.

Die herunterstürzende Reisetasche hatte mit dem Schloß seinen Nacken getroffen und eine Platzwunde gerissen.

Man hatte sie erst bemerkt, als es Karsanow warm in den Kragen rieselte.

Jetzt waren Milda und Forster dabei, die Wunde mit Mull abzutupfen, mit Jod zu bepinseln und einen Verband anzulegen.

Karsanow zuckte zusammen, weil das Jod in der Wunde höllisch brannte. Er krallte seine Finger in die Polster.

»Reisen Sie immer mit einer Sanitätstasche?« fragte er und knirschte mit den Zähnen.

»Grundsätzlich! Sie sehen, es macht sich bezahlt. Den Kopf mehr nach vorn, Pal Viktorowitsch ... Milda ist gleich fertig!«

»Sie säubert die Wunde?«

»Ja! Und sie macht es sehr geschickt. Ich werde Sie verbinden.« Forster lachte leise. »Sie brauchen keine Angst zu haben, Karsanow, daß ich Sie dabei stranguliere ...«

»Ich würde mich auch wehren!« Karsanow hielt still, beugte den Kopf tiefer und spürte Mildas kalte Finger an seinem Nacken. Auch das rettet sie nicht, dachte er. Damit kauft sie sich nicht frei.

Sie trägt ein Geheimnis mit sich herum – und das will ich wissen!

»Reist mit einem Sanitätskasten!« sagte er von neuem spöttisch. »Was ist eigentlich alles drin?«

»Alles, was man braucht, sogar Morphium und eine kleine Flasche mit Äther. Außerdem Kreislauftabletten, Antibiotika, Medikamente gegen Durchfall und Malaria, Krämpfe und Bronchitis, Fieber und Nervenschmerzen ...«

»Eine Anmaßung!« Karsanow schnaubte durch die Nase. »Haben Sie gedacht, Sie kommen in ein Land, wo man noch mit Kuhmist heilt? Unsere Medizin ist die höchstentwickelte der ganzen Welt! Aber nein, Sie schleppen eine Apotheke mit sich herum! Diese westliche Frechheit, immer das Beste haben zu wollen!«

»Was würden Sie jetzt tun ohne meinen Medizinkasten, Pal Viktorowitsch?«

»Hier im Zug gibt es eine Sanitätsstation! Jeder Schaffner ist in Erster Hilfe ausgebildet! Sind das Ihre Bahnbeamten etwa, he? Ich habe Sie nur nicht beleidigen wollen, darum nahm ich Ihr Angebot an! Ich bin nun mal ein höflicher Mensch.«

In diesem Augenblick betrat Mulanow das Abteil. Er keuchte vom schnellen Lauf.

Draußen hieb der Sturm gegen die Wagenwände. Ein fahles Licht drang durch die Fenster, ein Licht, wie man es sich vorstellen würde, wenn der Weltuntergang bevorstünde.

»Oberst Karsanow wird am Telefon verlangt!« meldete Mulanow stramm. Karsanow hob den Kopf, aber Forster drückte ihn wieder nach unten.

»Soll warten!« brummte der Oberst. »Wer ist es denn?«

»Eine Behörde in Irkutsk.«

»Ich bin verletzt, das sehen Sie doch!« Er legte den Kopf etwas schräg, aber er konnte Milda und Forster dennoch nicht sehen. »Wie lange dauert es noch? Mulanow, helfen Sie mit! Werner Antonowitsch hat zwar einen wunderbaren Sanitätskasten bei sich, aber von der Anwendung seines Inhalts scheint er wenig Ahnung zu haben.«

»Nicht einen blassen Schimmer!«

Forster legte gerade eine dicke Lage Mull auf die gereinigte, nur noch wenig blutende Wunde.

»Ich habe nur drei Semester Medizin studiert, ehe ich zum Ingenieur umsattelte.«

»Berufswechsel wegen Unfähigkeit, was?« sagte Karsanow voller Wonne.

»Nein! Mein Vater wurde Invalide, wir hatten kein Geld mehr, und ich mußte mir einen praktischen Beruf suchen, in dem man schnell etwas verdient.«

Forster begann den Verband anzulegen und umwickelte Karsanows Hals. »Mein Vater wurde Invalide als Folge der russischen Gefangenschaft . . .«

»Mein Vater ist bei Orel erschossen worden!« schrie jetzt Karsanow unbeherrscht.

»Ja, es war Krieg, Pal Viktorowitsch!«

»Dann hören Sie doch endlich mit Ihren Hetzreden auf! Sie haben es gehört, Mulanow; sogar bei der Versorgung eines Verletzten träufelt er politisches Gift in die Wunde!«

»Der Genosse in Irkutsk wartet am Telefon . . .«, antwortete Mulanow stur. »Er hat einen Auftrag für Sie.«

»Mir kann keiner einen Auftrag geben!« bellte Karsanow. »Man kann mich nur bitten! Meine Dienststelle ist ausschließlich Moskau!«

Das Verbinden ging jetzt schnell. Nachdem sein Hals umwickelt war, zog Karsanow sein Hemd wieder an, mußte aber den Kragen offen lassen und auf seine Krawatte verzichten.

»Danke, Werner Antonowitsch«, sagte er steif und warf einen Blick in den aufgeklappten Sanitätskasten. »Eine Tablette gegen Schmerzen hole ich mir aus der Zugapotheke. Wir haben wirksamere Schmerzmittel als Sie!«

Er winkte Mulanow und verließ das Abteil. Er drängte sich an den Leuten vorbei, die noch auf den Gängen standen und heftig die Lage diskutierten.

Niemand wußte, wo der Zug festsaß, aber es mußte eine verflucht einsame Gegend sein; eines jener Gebiete, wo die Wölfe Triefaugen bekamen, weil sie ständig weinten . . .

Werner Forster schob die Abteiltür zu, packte die blutigen Mulltupfer in eine Tüte und knüllte diese zusammen.

Milda schraubte die Jodflasche zu und strich dann mit den Fingerspitzen über eine kleine braune Flasche in einer Kunststoffhülle.

»Das ist Äther ...«, murmelte sie.

»Ja, das ist Äther.« Forster nahm ihre kalte Hand und schob sie weg.

Dann klappte er den Deckel des Sanitätskastens zu.

Er ahnte, was Milda dachte ... Die Verzweiflung ist oft die Mutter der grausamsten Phantasie.

»Es ist keine Lösung deines Problems«, sagte er bestimmt.

»Der Weg bis Wladiwostok ist weit, Werner Antonowitsch.« Milda trat an das Fenster.

Man konnte nicht mehr hinaussehen, der Schnee klebte dick an der Scheibe.

Um den Zug heulte es wie aus hundert Sirenen, der Sturm verfing sich in jeder Fuge, jeder Ecke. In den Lüftungsdauben der Waggons, im Stahlgewirr der Räder, überall, wo er auftraf, schrie er mit seiner hellen Stimme, und die Taiga antwortete dem Sturm mit dem Dröhnen und dem Rauschen ihrer Millionen Baumwipfel.

»Jetzt wäre es möglich ...«, sagte Milda und drückte die Stirn wie sehnsuchtsvoll gegen das eisige Glas.

»Was?«

»Der Zug steht ... ich könnte hinaus!«

»Bei diesem Schneesturm? Das wäre Wahnsinn!«

»Keiner würde mich sehen, keiner würde mich verfolgen ...«

»Der Sturm würde dich wegreißen, Milda!«

Forster zog sie an sich und drehte sie zu sich herum. Ihre großen schönen Augen waren leer, ihr Blick war so weit weg wie ihre Gedanken, und diese Gedanken hießen: Freiheit! Endlich Freiheit! Leben dürfen ... irgendwo ... dort draußen im unbekannten Wald ... nur ein kleines Tier unter Tieren ... aber leben in Freiheit ...

»Milda!« rief Forster und schüttelte sie. »Milda, du würdest da draußen keine Stunde überstehen!«

»Wir haben gelernt, mit Schnee und Sturm zu leben, Werner Antonowitsch.«

Sie sah ihn voll an, ihr Blick kehrte zurück, aber er versank in Traurigkeit.

»Ich bin aufgewachsen in einer Hütte, die im Winter immer zugeschneit war, und ich habe von Kind an mit der Schaufel gegen den Schnee gekämpft. Ich weiß genau, wie man sich im Eissturm verhält . . .«

»Ich lasse dich nicht raus!« sagte Forster fest.

Eine wahnsinnige Angst überfiel ihn plötzlich, daß der Zug auch die Nacht über stehenbleiben könnte und irgendwann, in diesen langen Stunden des Wartens, Milda doch Gelegenheit haben würde, hinauszuspringen und in der Weite der Taiga zu verschwinden.

»Wenn es sein muß, binde ich dich hier fest!«

»Du wirst mich damit töten, Werner Antonowitsch«, sagte sie stockend.

»Nein! Draußen die Taiga wird dich töten!«

»Die Taiga ist meine Freundin. Sie ist gnädiger als Karsanow!«

»Ich werde dich vor ihm beschützen!«

»Das kannst du nicht mehr. Du glaubst, weil du ein Gast der Regierung bist, wärst du unangreifbar. Was kümmert das Karsanow? Das KGB hat eigene Ansichten, und es setzt sie durch. Überall, wo es will, Werner Antonowitsch! Bitte, laß mich aus dem Zug springen! Diese Gelegenheit kommt nie wieder. Ich bin weit genug gefahren.«

»Du sollst nicht leben wie ein Tier!«

Er legte beide Arme um sie und preßte sie an sich. Er spürte ihre kleinen festen Brüste durch sein Hemd, und ihr Haar duftete nach Heu.

»Wir werden Wladiwostok erreichen, und dort suchen wir uns ein japanisches Schiff, das dich mitnimmt ... auch ohne Paß! Und dann wirst du frei sein und keine Angst mehr haben. Und du wirst ein Leben kennenlernen, in dem es keine Karsanows gibt und ...«

»Was für ein schönes Märchen«, sagte Milda leise.

»Es ist die Wahrheit, Milda!«

»Nicht für mich.« Sie lehnte ihren Kopf an seine Schulter und vermied es so, ihn weiter anzusehen.

»Warum das alles. Werner Antonowitsch? Ich bin eine Ratte, weißt du das? Kyrill Michailowitsch hat es gesagt. Nur eine Ratte! Du kennst Kyrill Michailowitsch nicht, und du wirst ihn nie kennenlernen. Er ist jetzt weit weg. Aber irgendwie hat er immer noch recht: Ich bin wirklich nur eine Ratte. Laß mich zu den anderen Ratten, bitte ...«

»Du bist das schönste Mädchen, das es für mich gibt«, sagte Forster heiser. Sein Herz klopfte wild, und jeder Atemzug war eine Schwerarbeit.

»Milda ... du darfst jetzt nicht aus diesem Zug springen und für immer verschwinden! Du darfst es einfach nicht. Ich liebe dich doch ...«

»Werner Antonowitsch!« Sie hob wieder den Kopf. »Das ist schlimmer als jeder Schneesturm ...«

»Hast du nicht gesagt, du wärst mit Sturm und Schnee aufgewachsen? Ich werde es auch lernen, Milda.«

»Nie, Werja, nie ...«

Plötzlich warf sie die Arme um seinen Nacken, hob sich auf die Zehenspitzen und küßte ihn.

Es war ein verzweifelter Kuß, ein Schrei von kalten Lippen, der in ihn überfloß ... Es war ein Kuß mit der ganzen Inbrunst einer zerrissenen Seele.

VI

Zur gleichen Zeit beendete Karsanow sein Funkgespräch mit Irkutsk. Es mußte doch noch einen Mann geben, der Pal Viktorowitsch etwas zu sagen hatte.

»Also, fangen wir an!« sagte er danach ernst und blickte die um ihn versammelten Schaffner an. »Holen Sie die kräftigsten Männer aus der zweiten Klasse und versammeln Sie sie im Postwagen. Haben wir Schaufeln genug? Es wäre doch eine Blamage, wenn wir mit dem Transsibirien-Expreß nicht durch einen Schneesturm kämen! Genossen, das ist jetzt eine vaterländische Arbeit! Wir stehen wieder an der Front!«

»Ich werde mit Jurij sprechen«, sagte Mulanow zu Vitali, dem Zugführer, als sie zur zweiten Klasse gingen, um die starken Männer herauszuholen.

Jurij war der oberste Lokführer und verantwortlich für die gesamte Fahrt.

»Vielleicht ergibt sich eine Möglichkeit, diesen widerlichen Karsanow zurückzulassen, wenn es wieder losgeht. Es ist alles nur eine Frage der Organisation . . .«

Es zeigte sich, daß im Transsib mehr Kranke als Gesunde saßen. Erschreckend war es festzustellen, wie viele Krankheiten – die meisten unsichtbar und versteckt – in diesem Zug mitreisten.

Als Mulanow, Vitali und Wladlen durch die Wagen gingen und alle kräftigen Männer aufriefen, die Schneeverwehungen zu beseitigen und vorn im Gepäckwagen Schaufeln in Empfang zu nehmen, lagen plötzlich einige hundert Invaliden auf den Bänken, verdrehten die Augen und berichteten mit heiseren Stimmen, der Arzt habe festgestellt, daß jede schwere körperliche Arbeit ihr Leben um Jahre verkürzen würde.

Nur der etwas senile General, Karsanow, die Zugbesatzung, drei Ingenieure, zwei Kaufleute, der Tenor und natürlich Werner Forster meldeten sich im Gepäckwagen.

Der Tenor erklärte sich sogar bereit, trotz des eiskalten Windes zur Aufmunterung beim Schneeschippen ein paar Liedchen zu singen.

»Genossen! Stopft ihm das Maul mit Schnee!« schrie darauf der General. »Was dieser Kerl an mir begeht, ist schleichender Mord!«

Karsanow überblickte die kleine Schar der Freiwilligen und schämte sich – vor allem vor dem Deutschen.

»Ist das alles?« fragte er, heiser vor innerer Erregung. »Zwanzig Mann aus einem ganzen Zug?«

»Und dabei sind die Russen ein so gesundes Volk!« meinte Forster leichthin.

»Es ist ein gesundes Volk, Werner Antonowitsch!« schrie Karsanow. Sein Gesicht wurde tiefdunkel wie eine rote Rübe. »Ich werde es Ihnen beweisen. Ich habe alle Vollmachten aus Irkutsk!«

»Das ist immer gut.« Forster nickte verständig. »Mit Vollmachten kann man zaubern!«

»Gehen wir!«

Karsanow winkte Mulanow und dem Zugführer Vitali Diogenowitsch. Diese hoben den Blick zur gewölbten Waggondecke und ahnten die kommenden schweren Komplikationen. Aber sie wußten noch nicht, was in dem väterlich-gütig wirkenden Karsanow an Tatkraft und Gemeinheit saß.

Schon beim ersten Wagen der zweiten Klasse fing es an. Dort hockten eng zusammen Bauern und kleine Handwerker, Arbeiter und Kolchos-Genossen, die durch Sibirien fuhren, um sich von den Haltestellen aus sternförmig über das riesige jungfräuliche Land zu verteilen.

Jeder auf einen Posten, auf dem er bis zu seinem Lebensende bleiben würde – Pionier einer neuen Zeit!

Vor allem aber frei!

Frei wie diese Taiga, nicht mehr eingeengt in eine Einzimmerwohnung an einem langen Flur, in einem Häuserblock aus Betonfertigteilen, wo man sich das Klosett mit zehn Familien teilen mußte und wo die Hausgemeinschaft Badekarten ausgab, damit jeder einmal in der Woche in die Wanne hüpfen konnte. Eine halbe Stunde, Genosse, und dann raus! Die anderen warten schon! Der letzte Mieter war kurz nach Mitternacht an der Reihe ... aber man konnte baden! Wer sich's leisten konnte, sogar mit einem duftenden Badesalz. Ist das keine soziale Tat, Genossen?

Nun hockten sie also in den Waggons des Transsib, umgeben von allen Gerüchen, zu denen ein Mensch nur fähig ist. Zu allem Überfluß vermischten sie sich noch mit dem Geruch aus den Bauernkörben in den Gepäckablagen.

Wer hat es schon erlebt, wenn sibirische Bauern verreisen? Ein Abenteuer ist das, sage ich euch!

Da gackern in den Körben Hühner und schnattern Enten, da duften Zwiebeln und saure Gurken, da kommt es sogar vor, daß ein Ferkelchen vergnügt in einem Korb grunzt und die unter ihm sitzenden Genossen ab und zu näßt.

Karsanow riß die Abteiltür auf.

Da man ahnte, was da herankam, und da vor allem Mulanow und Vitali im Gefolge sichtbar wurden, bekamen die Gesichter der Reisenden den Ausdruck tiefsten Leides.

Pal Viktorowitsch überblickte kurz die Sitzbänke, dann umfaßte er mit einer Handbewegung alle Männer.

»Aufstehen und nach vorn zum Gepäckwagen!« kommandierte er. »Auch die Kranken. Sie werden untersucht. Wir haben vier Ärzte im Zug!«

Das war gelogen, aber wer kann das nachprüfen?

Trotzdem rührte sich niemand im Abteil, nur die Frauen begannen erbärmlich zu schluchzen, als wolle man ihre Männer gleich zum Galgen führen.

Draußen heulte der Schneesturm und türmte die weißen Massen noch höher an den Zugwänden empor. Es war fast aussichtslos, in diesem Unwetter mit Schaufeln gegen den Schnee zu arbeiten. Aber Irkutsk hatte es befohlen, und welcher Russe denkt über einen ›prikass‹ nach?

»Alles Invaliden?« brüllte Karsanow und bebte vor Wut. »Genossen, ich habe ein Allheilmittel in der Tasche, das jedes Gebrechen sofort heilt! Achtung!«

Er griff in den Rock, holte seinen KGB-Ausweis hervor und hielt ihn hoch.

Man redet so viel von Wunderheilungen, von den Wundern von Lourdes oder Fatima . . . aber all das ist eine lahme Angelegenheit gegen die Wirkung eines solchen Ausweises. Sein Anblick schenkt jedem Russen ungeahnte Kraftreserven.

So sprangen denn auch alle Männer von den Sitzen, ganz gleich, ob sie auch vorhin nahe dem Sterben waren, und drängten durch den Gang nach vorn zum Gepäckraum.

Selbst das Schluchzen der Frauen hörte auf. Sie starrten nur noch mit großen Augen auf Karsanow und bekreuzigten sich schnell, als er sich abwandte und zum nächsten Abteil ging.

Von da an hielt sich Karsanow nicht mehr mit langen Vorreden auf. Er zeigte den KGB-Ausweis, schnauzte: »Nach vorn zum Gepäckwagen!«, und es gab niemanden, der ihm widersprach.

Nur ein Bauer im Wagen drei, Abteil fünf, blieb sitzen und lächelte Karsanow an.

»Sind Sie taub?« brüllte Pal Viktorowitsch. »Sind Sie blind? Worauf warten Sie noch?«

»Auf meine Beine, Genosse«, sagte der Bauer ruhig. Er

beugte sich vor, hob beide Hosenbeine hoch und nickte. Unter dem Stoff kamen zwei Holzbeine zum Vorschein, an die man, fast naturgetreu, zwei Füße in derben Schuhen genagelt hatte. »Die richtigen liegen bei Wjasma, Genosse. Auf die künstlichen Beine warte ich seit dreißig Jahren.«

Karsanow winkte ab und verließ schnell das Abteil. »Der Mann ist befreit«, sagte er zu Mulanow. »Kümmern Sie sich nachher um ihn. Name, Adresse – und welches Krankenhaus zuständig ist. Ich will wissen, warum er noch keine Prothesen bekommen hat. Begreifen Sie das, Boris Fedorowitsch?«

»Nein«, antwortete Mulanow artig. »Unterschlagen kann man sie doch nicht haben. Wer hängt sich schon Prothesen an die Wand?«

»Sie sind ein ausgesprochen dämlicher Mensch!« fauchte Karsanow und ging weiter.

Der Schaffner zuckte mit den Schultern und schwieg.

Warte es ab, dachte er grimmig. Noch ist dieser Tag nicht zu Ende! Noch haben wir nicht angefangen mit dem Schneeschaufeln! Es soll vorkommen, daß Menschen im Schnee erfrieren . . .

Nach einer halben Stunde waren die beiden Gepäckwagen und der Postwagen voller Männer. Wie die Sardinen standen sie, eng zusammengepreßt, und warteten auf weitere Anweisungen.

Der Leiter des Postwagens, ein kleiner, dicker Beamter, der Lumeneff hieß, lief erregt im Gang des Waggons eins hin und her und wartete auf Karsanows Rückkehr.

»Wer garantiert mir, daß keiner ein Paket klaut?« schrie Lumeneff schon von weitem, als er Karsanow erblickte. »Und auf den Briefsäcken sitzen sie, zerquetschen die Briefe, stinken sie voll, Genosse Oberst! Ich lehne jede Verantwortung für diese Postsendungen ab! Ein Postwagen darf nur von den dazu autorisierten Beamten betreten werden! Aber was geschieht hier? He, was passiert hier? Auf fremder Leute Briefgeheimnissen sitzen sie mit ihren dreckigen Hintern!«

Karsanow brachte ihn mit einer Handbewegung zum Schweigen. Bei seinem Erscheinen hatte sich plötzlich Stille über alle Männer gelegt.

Hunderte von Augen starrten ihn erwartungsvoll, aber auch mit hintergründiger Giftigkeit an. Jedoch das war es nicht, das Pal Viktorowitsch zusammenzucken ließ.

Aus dem Packwagen Nummer eins, ganz vorn, drang durch die offenen Türen und über alle Köpfe hinweg Gesang.

Der Tenor! Er sang wieder. Diesmal »Leise rieselt der Schnee ...«! Dazwischen war das Gebrüll des Generals zu hören, der nach einer Stange oder sonst einem Instrument rief, um den Tenor zu erschlagen ...

»Genossen!« sagte Karsanow fast feierlich. »Wir müssen den Zug freibekommen! Wie, das ist gleichgültig. Aber er muß wieder fahren! Wir sind Russen, das ist ein russischer Zug, er steht auf russischer Erde, und russischer Schnee hält ihn auf. Das genügt, um als Russe mit Herz und Seele dabeizusein! Ich erwarte, daß jeder bei jeder Schaufel Schnee, die er wegschafft, an das Vaterland denkt! Aussteigen!«

Das war zwar leicht befohlen, aber schwer getan. Denn kaum hatte man die Tür geöffnet, fuhr der Sturm in den Waggon und trieb eine Wolke Schnee über alle hinweg.

Die ersten Männer sprangen heraus und versanken sofort in den Verwehungen.

Die nächsten wollten zögern, aber man drängte in den hinteren Reihen nach; Männer stürzten in den Schnee und überschlugen sich. Einhundertneunundzwanzig Männer verließen auf diese und ähnliche Weise den Zug, fielen in den Schnee, purzelten übereinander, schlugen um sich, brüllten und schimpften, fluchten und traten die Nebenmänner.

Es war ein Chaos.

Die ersten Verletzten meldeten sich mit blutenden Nasen und aufgeschürfter Haut. Da Frost in einer Wunde immer zu großen Komplikationen führt, kletterten sie sofort wieder zurück in den Zug und flüchteten in die warmen Abteile.

»Ein Heer von Läusen ist diszipliniertér!« schrie Karsanow. Er sah Werner Forster grinsend neben der Lok stehen, eine Schaufel in der Hand.

Daneben wartete der Tenor, um den Hals einen dicken Wollschal geschlungen.

Der General diskutierte mit Jurij, dem Oberlokführer. Einen ähnlichen Fall hatte man bei der Belagerung von Leningrad gehabt. Da hatte man die Gleise mit Flammenwerfern freigemacht. Warum nahm man keine Flammenwerfer mit, wenn man durch Sibirien fuhr? Der General war empört.

Karsanow stampfte durch den fast hüfthohen Schnee hinüber zu Forster.

Es sah grotesk aus, wie er bei jedem Schritt hochhüpfte und dann wieder in den weißen Bergen versank – aber er schaffte es, eine Spur zu treten.

Der Tenor schlug gerade vor, zur Hebung der Arbeitsmoral gemeinsam den Chor der Gefangenen aus Verdis »Nabucco« zu singen: »Teure Heimat, wann sehn wir dich wieder . . .«

»Grinsen Sie nicht so dämlich!« fuhr Karsanow den Deutschen unhöflich an. »Jeder Mensch, auch ein Russe, muß sich an Ausnahmezustände erst gewöhnen!«

»Natürlich.« Forster stützte sich auf seinen Schaufelstiel. »Ich habe vorhin vergessen, Sie etwas zu fragen. Als ich Sie verband, kam Mulanow und rief Sie ans Telefon. Er hatte ein Gespräch für Oberst Jarsanow . . .«

»Na und?« fragte Karsanow verschlossen zurück.

»Wie soll ich Sie nun anreden: Jarsanow oder Karsanow?«

»Sagen Sie weiter Pal Viktorowitsch, das stimmt immer!«

Karsanow wandte sich brüsk ab. »Alle Mann zur Lok!« brüllte er über den Menschenhaufen hinweg.

Der Wind fegte seine Worte weg.

Wie Peitschenhiebe schlug der Schnee auf sie herunter.

Die Menschen waren im Nu mit einer weißen Schicht überkrustet und sahen aus wie Geisterwesen.

In der Tür zum Packwagen eins standen Vitali und Wladlen und warfen Schaufeln, Spaten und Latten hinaus. Es müssen nicht immer Flammenwerfer sein ...

Sie schaufelten vier Stunden, in sechs Gruppen, denn anders war die mörderische Arbeit nicht auszuhalten.

Nach einer halben Stunde war man am ganzen Körper wie vereist, die Gesichter hatten sich mit einer Schicht aus gefrorenen Schweißtropfen überzogen, die Kleidung war erstarrt, und man hatte Mühe, zurück in den warmen Zug zu klettern.

Im Speisewagen wurde ununterbrochen Tee gekocht. Fedja, der Kellner, und seine beiden Gehilfen verteilten das dampfende Getränk in Pappbechern oder Kunststofftassen.

Aber dabei blieb es nicht. Aus den Abteilen wanderten ganze Batterien von Wodkaflaschen zu den Schaufelkolonnen, und der mit Wodka gewürzte Tee trug dazu bei, daß selbst die weniger kräftigen Männer durchhielten.

»Glauben Sie bloß nicht, Rußland sei ein Volk von Säufern!« schnaufte Karsanow neben Werner Forster. »Aber wer durch Sibirien fährt, hat immer einen kleinen Vorrat bei sich, gewissermaßen als Medizin!«

Trotz vieler Rückschläge – beispielsweise mußte Karsanow nach zwei Stunden von neuem mit seinem KGB-Ausweis durch den Zug laufen und alle hinausjagen, die sich inzwischen heimlich verdrückt hatten – ging die Arbeit gut voran.

Unmögliches schien wahr zu werden: Man schaufelte schneller, als der Wind neuen Schnee herantrieb. Von einem

Entlastungs- oder Materialzug aber war nichts zu sehen und zu hören.

»Ich werde Irkutsk ins Gesicht spucken!« schrie Karsanow nach drei Stunden unbeherrscht. »Versprechungen, nur Versprechungen! Und was tun sie wirklich? Halten ihren eigenen Hintern an den warmen Ofen! Ich werde in Moskau eine Beschwerde loslassen, daß sich alle Verantwortlichen vor Angst in die Socken pinkeln!«

Bei der vierten Kolonne arbeiteten auch Klaschka und Milda Tichonowna. Sie schaufelten wie die Männer, dick vermummt, um die Beine zwei zerschnittene Decken gewickelt und mit Bindfäden verschnürt.

Ein paarmal blickte Milda zu Werner Forster hinüber und lächelte ihm zu. Dann stieß sie weiter die Schaufel in den Schneeberg und warf die gefrorenen Klumpen zur Seite.

»Ich nehme an, Sie revidieren Ihre Meinung über Milda, mein lieber Pal Viktorowitsch«, sagte Forster, als sie eine Pause machten und die nächste Kolonne anrückte.

Die Abgelösten schwankten zum Zug zurück und stürzten sich wie Raubtiere auf die dampfenden Teebecher.

Die ganze Umgebung roch stark nach Schnaps. Es stank, als sei eine Wodkafabrik explodiert.

»Aus welchem Anlaß?« fragte Karsanow steif zurück.

»Sie schaufelt wie ein Mann, genau wie Klaschka, nun schon zwei Schichten hintereinander. Die beiden leisten mehr als die Männer!«

»Ich bin ja nicht blind, Werner Antonowitsch. Erstaunlich, wirklich erstaunlich! Bei Klaschka kann man es voraussetzen – das Weibsstück hat Kraft. Es strotzt geradezu vor Gesundheit. Aber Ihre Milda? Dieses zarte Püppchen? Und dann diese Ausdauer, diese Zähigkeit? Das verstärkt nur ihr Rätsel. Wäre sie eine Hure in der Lehrzeit, wie sie angibt, hielte sie das nicht durch! Das ist gekonnt, das ist gelernt, das ist geübt!

Da gibt es keinen Leerlauf, keine Kraftverschwendung. Wenn man sie ansieht, muß man denken, sie täte ihr Leben lang nichts anderes als schaufeln . . .«

»Sie ist mit Schnee aufgewachsen, sagt sie.«

»Ich auch! Welcher Russe – abgesehen vom Süden – nicht? Trotzdem, sie arbeitet nicht zum ersten Mal mit der Schaufel. Werner Antonowitsch, Ihre Milda belügt uns beide. Wenn der Zug wieder rollt, setze ich das Verhör fort.«

»Was haben Sie davon?« Forster lehnte sich gegen ein freigeschaufeltes Schneeschild der Lok. »Ich will Ihnen etwas gestehen, Pal Viktorowitsch. Ich liebe Milda . . .«

»So schnell geht das?«

»Es gibt seelische Explosionen, Pal Viktorowitsch. Haben Sie nie davon gehört?«

»Ich halte solche Formulierungen für Blödsinn! Was soll diese Liebe? Sie ist Russin, Sie sind Deutscher. Für ein paar Tage in einem Zug . . . gut! Und dann? Milda kann Rußland nicht verlassen, Sie dagegen müssen es, denn Ihr Visum läuft ab. Ob Sie jemals wieder nach Rußland hineindürfen, ist zweifelhaft. Gut, es gibt einen Papierkrieg, die Botschaften werden sich mit diesem Fall beschäftigen, und vielleicht darf Milda eines Tages wirklich ausreisen . . . aber das braucht Geduld, Werner Antonowitsch, und Zeit! Eine Zeit, in der Sie zehn andere hübsche Mädchen kennengelernt und mit ihnen geschlafen haben!«

»Das glaube ich nicht. Ich werde Milda nie aufgeben, Pal Viktorowitsch!«

»Ein käufliches Mädchen!«

»Gehen wir von Ihrer Annahme aus, sie sei es nicht . . .«

»Noch fauler! Auf Dirnen kann Rußland verzichten, auf gute Arbeitskräfte aber nicht!« Karsanow nahm einen Becher mit Tee in Empfang, den ihm Mulanow brachte.

Der Tenor, der seine Freischicht hatte, sang im Wagen fünf

»Durch die Wälder, durch die Auen ...« aus dem »Freischütz«.

Der General saß bei Jurij im Maschinenraum der Lok und diskutierte über die gesetzliche Regelung zur Mitführung von Flammenwerfern in sibirischen Zügen.

»Ich glaube, sie ist ein entflohener Sträfling«, sagte Karsanow plötzlich.

»Unmöglich! Was kann ein Mädchen wie Milda für ein Verbrechen begangen haben?«

»Jedes!« antwortete Karsanow grob. »Ein Engelsgesicht, ein schöner Körper, ein paar zärtliche Hände, kußfreudige Lippen ... sind das Argumente für Harmlosigkeit? Von Mord bis Sabotage ist alles drin, Werner Antonowitsch!«

»Sie sind besessen, Pal Viktorowitsch!« rief Forster wütend. »Ihre KGB-Tätigkeit läßt Sie überall Verbrechen sehen! Sie sind krank, Genosse Oberst, Sie sind ein Hypochonder!«

»Warten Sie es ab!« sagte Karsanow giftig. »Die Zeit des Versteckspielens ist bald endgültig vorbei.«

»Was willst du tun, Mildaschka?« fragte Klaschka, als sie sich einen Augenblick ausruhten und heißen Tee mit Wodka tranken. »Willst du bei Werner Antonowitsch bleiben? Liebst du ihn?«

»Ja.« Milda sagte es so einfach, als sei es so selbstverständlich wie Essen und Trinken.

»Er muß in Wladiwostok Rußland verlassen. Was tust du dann?«

»Ich weiß es nicht, Klaschka ...«

»Wollt ihr heiraten?«

»Wir haben nie darüber gesprochen. Nach den paar Tagen ...« Milda lächelte traurig. »Es ist alles so weit, so unfaßbar ... man verläuft sich in sich selbst, Klaschka, wie in der weiten Taiga.«

»Am besten ist es, du bekommst ein Kind von ihm.«

Klaschka schlürfte den Tee und rollte den Schluck erst in ihrem Mund herum, ehe sie ihn hinunterschluckte.

»Ein Kind überzeugt! Vor einem dicken Bauch werden auch Beamte weich. Sie werden dich ausreisen lassen zu Werner Antonowitsch ...«

»Mich nie! Nie, Klaschka!«

»Und warum?«

»Sie suchen mich ...«

»Habe ich es nicht geahnt?« Klaschka stellte den Pappbecher ab. »Und da hast du dir eingebildet: Los, fahr in die Taiga, verkriech dich in Sibirien. Das Land ist so grenzenlos wie der Himmel. Dort sucht dich keiner, dort bist du frei wie ein Wiesel oder ein Fuchs ... Und wen triffst du? Einen Oberst des KGB und einen Deutschen, der dein Herz einfach auffrißt! Ein Mistleben ist das, nicht wahr, Milda Tichonowna?«

»Bis Wladiwostok ist es noch weit ...«

»Noch fünf Tage. Was sind fünf Tage, Mildaschka? In fünf Tagen hat dich Karsanow fertiggemacht, ich kenne die Methoden des KGB! Ein Eisenhaken, an dem man sich aufhängen kann, hat mehr Herz als dieser Pal Viktorowitsch. Auch Werner kommt gegen ihn nicht an. Was bedeutet Mut beim KGB? Er ist ein Krümel, den man vom Tisch bläst ...«

Da sie zwei Schichten hintereinander gearbeitet hatten, nahm niemand daran Anstoß, daß sie zum Zug zurückgingen und in einen Wagen kletterten.

Fedja, der Speisewagenkellner, empfing sie mit einem belegten Brot. Er, seine beiden Gehilfen und die beiden Köche des Transsib waren die am meisten beneideten Menschen im Zug, sie brauchten nicht Schnee zu schippen.

»Du brauchst mir gar nicht zu erzählen, was du ausgefressen hast«, sagte Klaschka später, als sie mit Milda in ihrem Abteil saß.

Sie waren allein. Die Männer arbeiteten draußen, die Frauen standen an den Fenstern und sahen zu.

»Ich will's jetzt nicht mehr wissen. Du hast keinen Rubel?«

»Nein.«

»Was willst du ohne Geld in der Taiga?«

»Ich werde irgendwo arbeiten. Ich will bloß leben, weiter nichts.«

»Du wolltest es. Aber jetzt ist Werner Antonowitsch in dich hineingekrochen. Was nun? Kannst du ihn verlassen?«

»Nein, Klaschka.«

Milda lehnte den Kopf nach hinten an die Polster. Plötzlich weinte sie, leise, lautlos fast, ihre Lippen zitterten dabei, und die Tränen zogen Rillen durch das noch vom Schnee bestäubte Gesicht.

»Ich liebe ihn. Jetzt mehr als mein Leben.«

»Das ist die übliche dumme Rederei! Du mußt dich von ihm trennen, in Irkutsk, spätestens in Tschita. Da hast du noch eine Chance, in Sibirien unterzutauchen. Heul den Mond an, Mildaschka, beiß in die Rinde der Bäume, schrei deinen Kummer in die Taiga ... nur trenne dich von Werner Antonowitsch und lauf weg, weit weg, wie du es geplant hattest.«

Klaschka beugte sich vor und umfaßte mit beiden Händen Mildas Gesicht.

»Ich will dir helfen, mein Kleines«, sagte die ordinäre Klaschka jetzt mit der Zärtlichkeit einer Mutter. »Oh, ich kenne diese Schmerzen der Seele, ich bin nicht aus Holz, und ich bestehe nicht nur aus Unterleib. Ich habe auch geliebt, richtig geliebt! Ohne Rubel dafür zu nehmen! Aber was ist daraus geworden? Der eine ist unter einen Kranwagen gekommen, der andere wurde verurteilt und verbannt; man sagt, nach Magadan. Und nur, weil er Studentenlieder gesungen hat von Freiheit und von Menschenwürde. Ich hätte mich zweimal umbringen können, so geliebt habe ich ... Und was bin ich dann geworden? Die Hure vom Dienst im Transsib! Kein gutes Beispiel, ich weiß, kein Vorbild. Aber das Leben geht immer irgendwie weiter, auch ohne Werner Antonowitsch!«

Sie lehnte sich zurück, spreizte die Beine weit auseinander und schob den Rock hoch. Zwischen ihren Schenkeln hing an einem starken Lederband eine flache Tasche.

Milda starrte Klaschka entgeistert an.

»Da staunst du, was?« Klaschka lachte in ihrer grobschlächtigen Art. »Das beste Versteck! Wer mir da drangeht, kann's nicht heimlich tun! In diesem Winkel verdiene ich mein Geld, und hier warten auch die Rubelchen, bis sie zur Bank kommen! Milda . . .«

Sie klappte die Ledertasche auf, die mit lauter Geldscheinen gefüllt war. Ein kleines Vermögen, ehrlich erarbeitet, um bei Klaschkas Auffassung zu bleiben. »Wenn du zu mir sagst: ›Bei der nächsten Station steige ich aus‹, schenke ich dir als Anfangskapital fünfhundert Rubel. Ja, das tue ich! Überleg es dir, Milda. Es ist nicht wegen Werner Antonowitsch – es ist wegen Karsanow. Er ist ein Teufel . . . ich rieche so etwas . . .«

Nach viereinhalb Stunden war die Strecke frei.

Jurij, der Oberlokführer, machte einen Versuch, ließ den Zug anfahren und überwand mit Gepolter die breite, vereiste Verwehung.

Man klatschte in die Hände, schwenkte die Arme, wie bei einem Stapellauf, küßte sich sogar gegenseitig und – als Höhepunkt – gab der General dem Tenor die Hand und sagte lachend: »Ich wünsche mir, daß Sie ab heute abend heiser sind!«

Karsanow ging herum und tat so stolz, als sei das alles allein sein Werk.

»Organisation ist das halbe Leben!« sagte er zu Forster. »Manchmal sogar das ganze Leben! Meinen Glückwunsch!

Sie haben sich tapfer geschlagen, Werner Antonowitsch! Nicht müde?«

»Sie wissen nicht, daß ich mein Praktikum als Hauer unter Tage gemacht habe. Das liegt mir noch immer in den Knochen.«

Werner Forster warf seine Schaufel durch die Tür in den Packwagen.

Mulanow saß erschöpft auf einem Hocker, schwitzte fürchterlich und war am Ende seiner Kräfte. Schließlich ist man Beamter, dachte er, und kein schaufelnder Roboter. Und ich heiße Mulanow und nicht Stachanow! Was uns beide verbindet, ist lediglich das -ow am Ende!

Aber ich habe es gleich geahnt, als ich in Moskau zustieg. Diese Fahrt wird eine Sauerei! Man spürt so etwas nach langen Dienstjahren. Irgendwie schwitzen die Wagen den Geruch der Gefahr im voraus aus ... man muß es bloß riechen können. Ich kann's, zum Teufel, ja!

Überall kletterten jetzt die Männer wieder in den Zug und wurden von ihren Frauen wie Helden empfangen.

Die Unbeweibten drängten zum Speisewagen und brachten Fedja und seine Mannschaft völlig durcheinander. Ein solcher Ansturm war nicht programmiert – die Zugküche brach zusammen.

Als dann noch der General einen Kurier schickte und ein Schnitzel in sein Abteil bestellte, war man dem Weinen nahe.

Aber der Zug fuhr wieder. Er ratterte durch den Schneesturm, schob alle Hindernisse wieder vor sich her oder zur Seite und trotzte allen Naturgewalten.

Vitali telefonierte mit Irkutsk und meldete die glückliche Weiterfahrt. Dabei erfuhr er, daß man gerade den Entlastungszug zusammenstellte.

»Nicht mehr nötig, Genossen!« rief Vitali bissig in den

Hörer. »Wir haben alle außerplanmäßig in die Hände gespuckt! Sogar der Genosse General!«

Es war eine Meldung, die bei den maßgebenden Leuten in Irkutsk keine helle Freude erzeugte.

In zehn Stunden traf der Transsib ein ... Vier hohe Irkutsker Beamte legten sich deshalb vorsorglich mit hohem Fieber ins Bett und waren ab sofort unerreichbar.

Anders Dementi Michailowitsch Skamejkin ...

Wir erinnern uns – der Seifenfabrikant, dem man die neuen Schuhe im Zug gestohlen hatte. Mit dessen Seife sich Breschnew die Hände wäscht! Also, dieser Skamejkin hatte ebenfalls mitgeschaufelt, in einem Paar zu großer Stiefel steckend, die ihm Jurij, der Oberlokführer, geliehen hatte. Jetzt juckten zwei Zehen, und Skamejkin nahm mit Recht an, daß sie angefroren waren.

»Wer bezahlt das?« schrie er die Schaffner an, die sich in seinem Abteil versammelt hatten, seine Füße betrachteten, die Zehen massierten und ebenfalls feststellten, daß Erfrierungen zweiten Grades vorhanden waren.

»Wenn die Zehen amputiert werden müssen! Zum Krüppel hat man mich gemacht! Die sowjetische Eisenbahn hat mich zum Invaliden gemacht! In einem ihrer Züge sind meine Schuhe gestohlen worden! In meinen eigenen Schuhen wären meine Zehen nicht erfroren. Aber in Stiefeln, zwei Nummern zu groß, hui, da pfeift der Wind hinein und sägt mir die Zehen ab! Ich armer Mensch! Aber ich werde es Breschnew schreiben! Man hat einen lebenden Menschen verstümmelt, man hat den Genossen verstümmelt, der Breschnews Seife herstellt ...«

»Das wird ein schwerer juristischer Fall«, sagte später Vitali, der Zugführer, zu Mulanow, dem Schaffner. »Man sollte vorsorgen. Wir haben noch immer Dagorski in Gewahrsam. Ihm sollten wir die erfrorenen Zehen andrehen ...«

»Er wird alles abstreiten.« Mulanow wiegte den Kopf.

»Sieht er aus wie ein brutaler Mensch? Ja! Benimmt er sich wie ein gestochener Stier? Ja! Hat er Milda durch den Zug gejagt? Ja! Und wer hat die Männer zusammengeschlagen, ehe es gelang, ihn zu fesseln? Dagorski! Wer wird jedem, der ihn beschuldigt, ins Gesicht spucken? Dagorski! Fassen wir also zusammen: Er hat keinerlei Chancen, als unschuldig zu gelten! Er ist einfach der Typ, den man verurteilen muß!«

Sie gingen nach vorn, um mit Dagorski zu sprechen und ihm die bittere Sache mit Skamejkins erfrorenen Zehen zu berichten. Aber im Gepäckwagen zwei erlebten Vitali und Mulanow einen heftigen Schock, der sie auf eine Holzbank warf.

»Dagorski?« fragte der Gepäckschaffner entgeistert, als die beiden erschienen waren und nach Dagorski fragten. Dieser Schaffner hieß Amorfskij und sah auch so aus. Er war magenkrank und trank immer nur Pfefferminztee.

»Dagorski? Wieso Dagorski? Er hat mitgeholfen, Schnee zu schaufeln ...«

»Was hat er?« schrien Vitali und Mulanow wie aus einem Munde. »Amorfskij, wo steckt der Schuft jetzt?«

»Vielleicht in seinem Abteil, vielleicht auf dem Lokus – vielleicht rennt er auch wieder einem Weiberrock nach ... weiß ich es? Oberst Karsanow hat kommandiert: ›Alle Männer raus!‹ Das allein galt! Sollte ich mich mit dem KGB anlegen? Verrückt, Genossen! Wendet euch doch an den Oberst ...«

Nach einer halben Stunde, in der man den ganzen Zug absuchte, wußte man es: Oleg Tichonowitsch Dagorski, dieser Bulle von Mann, war zurückgeblieben.

Während alle einstiegen und der Zug abfuhr, hatte er sich in den Schnee gelegt. Er hatte mit hämischem Lachen den Transsib an sich vorbeirattern lassen.

Jetzt war Dagorski frei, und niemand konnte ihn wieder einfangen; es sei denn, ein geradezu wunderbarer Zufall trieb ihn in die Arme der Miliz.

So jedenfalls meldete es Schaffner Mulanow in strammer Haltung dem Oberst Karsanow.

»Wer denkt denn an so etwas?« sagte er ergänzend. »Bleibt der Kerl im Schnee liegen, im Sturm, in völliger Einsamkeit. Wenn das kein Beweis seiner Schuld ist!«

»Für ein Paar gestohlener Schuhe freiwillig Sibirien?« Karsanow schüttelte den Kopf. »So idiotisch ist keiner.«

»Kennen wir alle seine Untaten, Genosse?« fragte Mulanow dramatisch. »Der Ohrring der Generalswitwe Olga Fedorowna Platkina steht auch noch auf seinem Sündenkonto!«

»Auch das ist kein Grund, in der Taiga zu bleiben!« Karsanow blickte aus dem Fenster.

Immer noch versank draußen die Welt im Schnee. Der Oberst zog schaudernd die Schultern zusammen. Der Abend kroch durch das Grauweiß des Schneesturms, in einer halben Stunde war es dunkel.

Was macht ein Mensch allein in einer solchen Nacht in der Taiga?

»Er hatte einfach Angst«, sagte Forster, als könne er Karsanows Gedanken lesen. »Nichts als Angst! Da tut man vieles, was sinnlos ist. Man verläßt Züge ... oder man springt auf Züge ...«

Karsanow wandte sich um. Er sah in diesem Augenblick nicht mehr väterlich aus.

»Ich bin zu müde, um mich weiter mit Ihnen zu streiten«, sagte er. »Ich gebe Ihnen eine Atempause bis morgen. In der Frühe beginne ich mit dem strengen Verhör, es sei denn ...« Er nickte versonnen und starrte hinaus in die beginnende Dunkelheit, in das Toben des Sturmes. »... Ihre süße Milda macht es dem Dagorski nach.«

»Das werden Sie nie erleben, Pal Viktorowitsch. Nicht, solange ich hier sitze.«

»Das beruhigt mich ungemein.« Karsanow stand auf.

Mulanow begann, die Sitze umzuklappen, sie in Betten zu verwandeln und das Bettzeug zu ordnen.

»Es ist peinlich, zwei Verhaftete zu verlieren. Betrachten Sie immerhin Milda schon jetzt als verhaftet ...«

Eine Stunde später kam Milda ins Abteil. Die Nacht war vollkommen, das Geheul des Sturmes klang unheimlich durch die Fenster.

Karsanow, der bereits im Bett lag und las, richtete sich halb auf.

»Das ist die Höhe!« bellte er. »Kommt hier völlig selbstverständlich herein! Werner Antonowitsch, wollen Sie etwa vor meinen Augen und Ohren mit ihr schlafen?«

»Sie sind ein Schwein, Karsanow!« entgegnete Forster ruhig. »Legen Sie sich wieder hin. Wenn Sie sich etwas erhoffen – Sie werden enttäuscht sein! Milda bleibt hier, ja ... aber als Gast!«

»Unter Ihrer Decke.«

»Auf meiner Decke.«

»Wir wollen sehen.«

»Sie werden gar nichts sehen. Leider ...«

Milda setzte sich zaghaft und blickte den wütenden Karsanow an, der sich wieder auf den Rücken warf und in seinem Buch weiterlas.

»Wo soll ich hin?« fragte sie leise. »Bei Klaschka kann ich nicht bleiben. Sie hat ihre Arbeit aufgenommen. Ich kann doch nicht daneben sitzen ...«

»Du gehörst hierher, und wenn es hundert Karsanows gäbe!« sagte Forster provozierend laut. »Leg dich hin, Milda, und schlafe ...«

»Und du, Werja?«

»Ich finde immer einen Platz.«

»Oben drauf!« fauchte Karsanow.

»Ich bin nicht müde –«, sagte Milda kläglich. Dabei zitterte sie nach diesem schweren Tag vor Erschöpfung. »Ich kann gut sitzen . . .«

»Du legst dich hin!«

Forster drückte sie an den Schultern auf das Bett, deckte sie zu und küßte sie auf die geschlossenen Augen.

Sie hob ihre kleine Hand, strich leicht über seinen Nacken und lächelte schwach. Dann streckte sie sich und schlief fast übergangslos ein.

Werner Forster richtete sich auf und rückte ans Fenster. Neben Mildas Beinen war Platz genug, um im Sitzen zu schlafen.

Karsanow blickte aus den Augenwinkeln zu ihm hin.

»Tatsächlich! Die Liebe ist doch eine Himmelsmacht!« sagte er halblaut. »Werner Antonowitsch, Sie haben die Seele eines Russen, aber die Dummheit aller Deutschen. Machen wir das Licht aus. Das Buch ist langweilig, und – Sie immer anzusehen macht ebenfalls müde!«

Dann war nur noch eine fahle Dunkelheit um sie, auf dem Gang brannte die Notbeleuchtung und verwischte mit ihrem trüben Licht alle Konturen.

Forster wartete, bis Karsanow, wie jede Nacht, laut zu schnarchen begann, beugte sich dann noch einmal über Milda und küßte ihre zusammengepreßten Lippen.

»Ich hole dich doch hier heraus!« sagte er leise und zog die Decke bis zu ihrem Kinn herauf. »Ich schwöre es dir – ich habe noch nie ein Mädchen so geliebt wie dich!«

Mitten in der Nacht schreckten sie alle auf.

Mulanow, der Schaffner, riß die Abteiltür auf und stürzte in den Raum.

Forster knipste das Licht an, Karsanow zuckte hoch und stieß mit dem Kopf gegen die Waggonwand. Milda kroch in sich zusammen wie ein getretener Wurm.

Mulanow war bleich und so schwach auf den Beinen, daß er sich am Türrahmen festklammern mußte.

»Wachen Sie auf, Genossen!« stammelte er. »Beim heiligen Stephanus . . . wachen Sie auf! Etwas Furchtbares ist passiert! Man hat Klaschka Iwanowna ermordet . . .«

VII

Sprachlosigkeit ist ein Ausdruck, den man gern verwendet, wenn man zeigen will, daß ein Mensch in einer außergewöhnlichen Situation zunächst einmal tief Atem holen muß, um mit der Wirklichkeit fertig zu werden. Es sind jene Augenblicke im menschlichen Leben, wo das Geschehen schneller ist, als das Hirn denken kann – oder in denen das Schicksal den Menschen einfach überrollt.

Man hat dann Mühe, sich in der Gegenwart zurechtzufinden – und genau das versuchte Pal Viktorowitsch Karsanow in diesen Minuten.

Mulanows Schreckensruf hatte ihn aufgescheucht, er war aus dem tiefsten Schlaf und einem angenehmen Traum herausgerissen worden, hatte sich beim Hochzucken den Kopf angeschlagen und spürte nun die Nackenwunde wieder stärker, die ihm der heruntergefallene Koffer beigebracht hatte.

Vor dem Schlafen hatte Forster sie noch einmal verbunden und Heilsalbe darüber gestrichen. Es war sowjetische Salbe, aus dem Sanitätskasten des Transsibirien-Expreß, die schon ein wenig gelb geworden war, anscheinend vom langen Liegen; und es war zweifelhaft, ob die antibakterielle Wirkung des Präparats noch voll wirksam war.

Milda Tichonowna hatte sich mit einem spitzen Schrei an Werner Forster geklammert.

Auch er war von der Nachricht so betroffen, daß er nichts anderes tun konnte, als Mildas Rücken zu streicheln. Einen Beruhigungseffekt hatte das kaum.

Mulanow sank auf das Bett von Forster, wischte sich über das Gesicht und zitterte heftig.

»Noch weiß es keiner –«, stotterte er. »Nur der Genosse Iwan Iwanowitsch Lakterian. Er will auf den Abort, sein gutes Recht, Genossen, macht die Tür auf, will seine Hose herunterlassen . . . und wen sieht er da in der Ecke liegen? Ein Häufchen aus Fleisch und Blut: Klaschka! Ihm ist die Lust zu seinem Geschäft vergangen, sag' ich euch! Die Hose hoch und zu mir. Weiß wie eine gekalkte Wand steht er da, bebt am ganzen Körper und stammelt: ›Genosse Schaffner, im Abort fünf liegt Klaschka. Ich glaube, es ist ihr etwas passiert. Sehen Sie doch mal nach!‹ Ich sofort hin . . . und da liegt sie tatsächlich! Blutüberströmt, mit offenen starren Augen. Genossen, mir ist der Schrecken in den Darm geschlagen. Ich mußte mich erst auf den Abort setzen . . .«

»Ungeheuerlich!«

Karsanow fand seine Sprache wieder. Er saß im Bett in seinem gestreiften Schlafanzug und bemühte sich, ganz Amtsperson zu sein.

»Hockt sich der Kerl neben die Leiche hin . . .! Haben Sie wenigstens nach Irkutsk funken lassen?«

»Noch nicht, Genosse Oberst! Ich bin sofort hierhergekommen. Diese Panik im Zug, wenn man erführe, daß ein Mörder herumschleicht! Erst die Diebstähle, dann bringt man sogar harmlose Huren um! In welcher Zeit leben wir? Aber ich habe es schon bei der Abfahrt gesagt, ich habe es im Gefühl gehabt: Dieser Zug ist anders als andere Züge. In diesem Zug bekommen wir Ärger! Mein Gefühl . . .«

»Jammern Sie nicht, Sie zerrissenes Hemd!« brüllte Karsanow und schob die Beine auf den Boden.

Es zeigte sich, daß er keine schönen Beine hatte: Krampfadern und dünne Waden wurden sichtbar. Am Strand von Sotschi blickten ihm die hübschen Mädchen bestimmt nicht nach. Vielleicht war er deshalb gallenkrank und so unleidlich ...

»Haben Sie sich die Tote genau angesehen?«

»Angesehen? Mir hat es den Magen umgedreht!« Mulanow lehnte sich erschöpft gegen die Wand. »Überall Blut! Auf dem Fußboden, an den Wänden!«

»Waren Sie Soldat, Kerl?« schrie Karsanow.

»Jawohl, Genosse Oberst, Sergeant bei der Ersten Weißrussischen Front ...«

»Und können kein Blut sehen?«

»Ich habe zuviel davon gesehen, Genosse ...«

Das war ein akzeptables Argument.

Karsanow zog seine Zivilhose über die gestreifte Pyjamahose, knöpfte den Kragen der Jacke zu, was ihm sogleich etwas Dienstliches verlieh, und blickte hinüber zu Werner Forster.

»Ich bedauere, daß gerade Sie so etwas in einem sowjetischen Zug erleben müssen«, sagte er steif. »Morde sind nicht die Norm in unseren Expreßzügen, falls Sie in Deutschland darüber berichten sollten.«

»Morde gibt es überall.«

Forster küßte Milda auf die zitternden Lippen und hüllte das Mädchen in seine Decke ein.

»Bei uns werden die Ermordeten sogar aus den Zügen geworfen – das ist leider ein paarmal vorgekommen.«

»Kommen Sie mit?« Karsanow machte sich bereit, das Abteil zu verlassen.

Mulanow suchte nach einer Zigarette und war dankbar, als Forster ihm seine Packung in den Schoß warf.

Milda kroch in die äußerste Ecke des Bettes und zog die Decke bis an ihr Kinn. Ihre Augen waren weit vor Entsetzen.

»Klaschka ...«, stammelte sie. »Arme Klaschka. Gott segne sie ...«

»Unterlassen Sie solche defaitistischen Bemerkungen!« bellte Karsanow. »Gott kann hier gar nichts ausrichten. Aber es sollte Ihnen eine Warnung sein, Milda Tichonowna! So enden Ihre ... Kolleginnen! Erst durch die Gosse, dann in der Gosse ... mit durchgeschnittener Kehle!«

»Woher wissen Sie, daß man Klaschka die Kehle durchgeschnitten hat?« fragte Forster sofort.

Karsanow starrte ihn verblüfft an.

»Das ist so eine Redensart, Werner Antonowitsch – Schaffner!«

»Genosse Oberst?« Mulanow zuckte hoch.

»Benachrichtigen Sie Irkutsk! Und den Zugführer zu Abort fünf! Sorgen Sie ferner dafür, daß der Gang des Wagens fünf gesperrt wird! Kein Wort zu den anderen Reisenden! Der Fall muß mit größter Vorsicht behandelt werden. Auch wenn Sie ein Rindvieh sind, Boris Fedorowitsch, in einem haben Sie recht: Keine Panik! Kein Aufsehen! – Wann sind wir in Irkutsk?«

»In zwei Stunden, Genosse Oberst.«

»Kann man die Leiche unbemerkt aus dem Zug bringen?«

»Kaum! – Es sei denn, wir machen ein Paket aus Klaschka und tragen sie weg mit der Post für Irkutsk ...«

»Solch einen Vorschlag können auch nur Sie machen!« sagte Karsanow bitter. »Wie herrlich leer wäre die Welt, wenn man alle dummen Menschen ausrottete! Keine Ernährungsprobleme mehr! – Gehen wir, Werner Antonowitsch?«

»Ich bin bereit«, entgegnete Forster.

»Laßt mich nicht allein!« jammerte Milda. Sie zitterte, als

läge sie auf einem Eisklotz. »Bitte, laßt mich nicht allein! Ich habe solche Angst . . .«

»Es wird Ihnen nichts geschehen! Der Mörder hat jetzt genug zu tun, um alle Spuren zu verwischen. Sie sind uninteressant!« Karsanow riß Mulanow die Zigarette aus dem Mund und zertrat sie.

»Hängen Sie hier nicht herum wie eine Altweiberhose!« brüllte er. »Bis wir in Irkutsk ankommen, müssen wir uns ein klares Bild über die Vorgänge, die zu Klaschkas Tod führten, gemacht haben! Vielleicht haben wir dann schon den Mörder . . .«

Er trat hinaus auf den Gang, blickte nach rechts und nach links – aber alle Abteiltüren waren geschlossen und die Vorhänge zugezogen. Man schlief.

Karsanow stieß den Schaffner Mulanow in den Rücken.

»Wie spät ist es?«

»Genau drei Uhr neunzehn, Genosse Oberst.«

»Gehen wir . . .«

Sie tappten die von der Notbeleuchtung geisterhaft erhellten Gänge entlang, gelangten in den Wagen fünf und blieben vor der Toilettentür stehen. Mulanow wischte sich den kalten Schweiß aus dem Gesicht.

»Ich habe abgeschlossen«, sagte er.

»Wenigstens soviel Gehirn hatten Sie? Enorm!« Karsanow nickte zur Tür hin. »Aufschließen!«

Mulanow holte den Vierkantschlüssel, mit dem man alle Türen zu- und aufsperren konnte, aus der Tasche und schloß auf.

Im Innern der Toilette fünf brannte volles Licht – man sah den Schimmer unter der Tür.

»Ich laufe und hole den Zugführer Vitali Diogenowitsch«, stotterte Mulanow.

Übelkeit würgte ihn, wenn er daran dachte, daß hinter

dieser Tür das Mädchen Klaschka auf dem Boden lag, eingeklemmt zwischen Wand und Waschbecken – und überall Blut!

Wen wunderte das? dachte Mulanow blitzartig. So ein prächtiges, dralles Weib wie Klaschka mußte ja auch mehr Blut haben als andere Menschen ...

»Tun Sie das!« sagte Karsanow, als kommandiere er eine Kompanie. »Wir werden fürs erste allein hier fertig.«

Der Schaffner rannte davon. Er legte eine Geschwindigkeit an den Tag, als hetze der Mörder leibhaftig hinter ihm her.

Karsanow drückte langsam die Türklinke herunter; dabei blickte er Werner Forster an.

»Machen Sie sich nicht auch noch die Hose voll!« sagte er, aber seine Stimme war plötzlich rostig geworden.

Auch für einen KGB-Offizier ist der Anblick eines Ermordeten nicht gerade ein Vergnügen – vor allem für Karsanow nicht!

Er konnte sich nicht daran gewöhnen, Tote anzuschauen. Es kam ab und zu vor, daß sich Verhaftete in den Zellen des Lubljanka-Gefängnisses erhängten ... aber immer hatte Karsanow ein dumpfes Gefühl im Magen, wenn er in Ausübung seines Dienstes dann den Erhängten besichtigen mußte.

In jedem Beruf, Genossen, gibt es Schattenseiten. »Ich habe einmal nach einem schlagenden Wetter aus einer Ruhrzeche neunzehn Verschüttete herausgeholt –«, berichtete Werner Forster.

Dann legte er seine Hand fest auf Karsanows Hand und drückte die Klinke herunter.

Die Tür schwang auf. Was sie zuerst sahen, war nur das Blut auf dem Kachelboden ... dann erst fiel ihr Blick auf Klaschka. Sie sah wirklich so aus, daß es einem Mann auf den Darm schlagen konnte.

Karsanow schluckte. »Bestialisch ...«, stammelte er schließlich.

Über den Gang kam Vitali Diogenowitsch gelaufen. Da er dienstfrei hatte, trug er auch einen gestreiften Schlafanzug. Er hatte keine Zivilhose darübergezogen wie Karsanow, er hatte sich auch die Haare nicht gekämmt. Trotzdem – für einen dienstfreien Menschen war er durchaus korrekt angezogen.

»Das ist doch nicht möglich!« stotterte auch er. »Das ist doch nicht möglich! In meinem Zug! Ich armer geschlagener Mensch!«

Er warf einen Blick in die Toilette, verfärbte sich grünlich und taumelte gegen die Wand des Ganges.

Karsanow verzog den Mund zu einem bitteren, bösen Grinsen. Auch ihm war der Anblick tief ins Herz gefahren, er fühlte sich frostig bis unter die Hirnschale.

Die Toten im Krieg – man hatte sich damals daran gewöhnt und nahm die Verwundungen gar nicht mehr tragisch. Die Toten in den Zellen – sie sahen wenigstens noch menschlich aus.

Aber was hier lag und Klaschka Iwanowna Pletjewa sein sollte, das überstieg selbst die Stärke eines Karsanow.

Hier mußte ein wildes Tier in Menschengestalt gewütet haben, oder ein Mann in einem wahren Blutrausch, der immer und immer wieder zugestochen und dabei seine Befriedigung gefunden hatte.

»Wir sollten nichts berühren, bis Ihre Spezialisten in den Zug kommen«, sagte Forster heiser.

»Natürlich nicht!« Karsanow starrte auf das leblose Bündel Mensch, das einmal die schöne Klaschka gewesen war.

»Wer kann bloß so etwas tun?«

»Das fragt man sich oft, Pal Viktorowitsch.«

»Werden Sie nicht gleich wieder politisch!«

»Ihr Russen mit eurer Empfindsamkeit! Habe ich so etwas angedeutet?«

»Ihr Unterton, Werner Antonowitsch! Immer anklagend!« Karsanow blickte den Gang hinunter.

Mulanow war zurückgekommen. Er hatte sich etwas beruhigt, während Vitali noch einige Zeit brauchte, um den grauenhaften Anblick der Erstochenen zu verkraften.

»Irkutsk ist benachrichtigt«, meldete Mulanow. »Mein Kollege Wladlen Ifanowitsch sitzt noch im Funkabteil und hält Verbindung zur Miliz. Sie wollen uns entgegenkommen und zusteigen. Wenn der Zug erst in Irkutsk einläuft und Reisende aussteigen, ist keine Kontrolle mehr möglich. Dann kann auch der Mörder weg sein!«

»Sehr klug!« Karsanow warf noch einen Blick auf Klaschka. Der Mörder hatte ihr das Kleid bis zum Hals hochgerissen und immer wieder mit einem Messer auf sie eingestochen.

Man würde untersuchen müssen, wie es geschehen war, man würde den Vorgang, so gut es ging, zu rekonstruieren versuchen. Logisch war zunächst die Annahme, daß Klaschka in Ausübung ihres Gewerbes einen Kunden auf der Toilette empfangen hatte und dabei an eine Bestie geraten war.

Karsanow warf die Tür zu und winkte den Zugführer energisch heran.

»Verriegeln! Und ein Schild malen: Wegen Reparaturarbeiten gesperrt!«

»Sofort, Genosse Oberst!« stammelte Vitali, stieß sich von der Wand ab und rannte davon.

Nur weg von hier, dachte er.

Klaschka, unser liebes Täubchen, so witzig und so kameradschaftlich, ohne Arg, immer ein freundlicher Mensch, ein Sonnenschein ... wenn man so sagen darf ... Und wie sie jetzt daliegt! Aufgeschlitzt! Konnte so etwas nicht dem widerlichen Karsanow passieren? Das Schicksal ist ungerecht ...

»Ich habe eine Idee«, sagte Karsanow mittlerweile zu Forster. »Der Mörder ist im Zug, er kann ja nicht weg. Er würde sich bei diesem Tempo den Hals brechen, wenn er während der Fahrt absprānge. Er liegt also friedlich in einem Abteil auf seinem Bett, gemeinsam mit den anderen Genossen, er trinkt vielleicht einen Schluck Tee, er liest ein wenig oder plaudert mit anderen, die auch nicht schlafen können, über das Wetter oder den Fünfjahresplan! Keiner sieht ihm an, daß er eine Bestie ist! Keiner?« Karsanow wedelte mit der Hand durch die Luft. »Bei soviel Blut, wie Klaschka verloren hat, muß der Mörder auch mit Blut bespritzt sein! An seinen Schuhsohlen muß es kleben ... Haben Sie gesehen, daß der ganze Toilettenboden rot war? Das wird ihn verraten!«

»Wollen Sie jetzt von Abteil zu Abteil gehen und jeden durchsuchen? Dann haben Sie die Panik, die Sie vermeiden wollen.« Forster schüttelte den Kopf. »Wir werden in Irkutsk noch genug Aufregung bekommen.«

»Wir machen es eleganter!« Karsanow überzeugte sich, daß die Toilettentür auch wirklich verriegelt war. »Wir schlendern von Abteil zu Abteil und werden uns jedesmal entschuldigen. Wir tun so, als suchten wir jemanden. Sagen wir – ein Freund hat uns eine Partie Schach versprochen und ist nicht gekommen.«

»Um vier Uhr morgens?«

»Ein Russe spielt immer Schach. Ihn kümmert dabei die Uhrzeit nicht!«

»Und was wollen Sie finden, Pal Viktorowitsch? Der Mörder hat sich längst gewaschen.«

»Die blutigen Schuhsohlen? So gründlich kann er sie nicht

säubern! Meistens bleibt etwas hängen in der Stufe zwischen Sohle und Absatz. Das ist eine alte Erfahrung!«

»Halten Sie den Mörder für einen Idioten?«

»Nein! Für einen Triebtäter! Und solche Menschen übersehen meistens etwas. Wenn sie aus ihrem Rausch aufwachen, wenn sie wieder normal sind – dann vergessen sie Kleinigkeiten! Das kann Ihnen jeder Kriminalist bestätigen.«

»Aber Sie sind kein Kriminalist, Pal Viktorowitsch. Sie sind ein politischer Fänger.«

»Fangen Sie schon wieder an? Diese Deutschen! Kaum stehen ein Russe und ein Deutscher zusammen, schon schlägt man sich die Politik um die Ohren!«

Karsanow setzte sich in Bewegung.

Vom Schaffnerabteil kam Vitali Diogenowitsch.

Er hatte das Schild gemalt und heftete es nun mit zwei Nägeln an die Toilettentür. Dazu mußte er hämmern, und die Hammerschläge dröhnten laut durch die nächtliche Stille des Transsib. *Wegen Reparaturarbeiten gesperrt!* »Nur Schwachköpfe!« meinte Karsanow fast traurig. »Nur Schwachköpfe donnern Nägel in eine Tür, wo man das Schild auch ankleben könnte! Kommen Sie, Werner Antonowitsch, mir läuft die Galle über!«

Sie gingen zu ihrem Wagen zurück, und Mulanow folgte ihnen wie ein treuer Hund.

Natürlich weckte das Hämmern einige Reisende, aber der Schaffner beruhigte sie und erklärte, daß die Toilette fünf gerade gesperrt würde: Etwas mit der Wasserspülung klappe nicht. In Irkutsk würde es bestimmt repariert . . .

Die Reisenden waren zufrieden, schoben die Abteiltüren zu und schliefen weiter.

Milda hockte noch immer in ihrer Ecke, als Forster und Karsanow das Abteil betraten.

Mulanow blieb vor der Tür stehen, als wäre er als Ehrenwache abkommandiert.

»Ist … ist sie wirklich tot?« stammelte Milda. Ihre Stimme war piepsend wie ein junges Vögelchen.

»Toter geht es gar nicht«, antwortete Karsanow ungerührt-sarkastisch. »Es war eine gründliche Arbeit.«

»Nehmen Sie bitte ein wenig Rücksicht auf Milda!« sagte Forster tadelnd.

»Rücksicht! Da wird ein Mensch im wahrsten Sinne des Wortes abgeschlachtet, und man soll sich noch die Zunge mit Samt belegen! Werner Antonowitsch, man sollte Ihrer Milda die Tote zeigen!«

Karsanow setzte sich schwer. Das Bett knirschte, als bräche man Knochen.

Forster zuckte zusammen. Die Nerven! Man hat keine Stahlseile im Körper, bestimmt nicht! Irgendwo ist die Grenze der Belastung …

Auch Karsanow schien ziemlich am Ende zu sein. Er schielte neidisch nach dem Deutschen, der sich eine Zigarette anzündete.

»Auch eine?« fragte Forster.

»Gern!«

»Aus einer westlich-dekadenten Fabrik!«

»Sie sind ein Ekel, Werner Antonowitsch!« Karsanow rauchte in hastigen, tiefen Zügen und inhalierte den für ihn zu süßlichen Tabak. »Wann ziehen wir los?«

»Das überlasse ich Ihnen. Ich verspreche mir sowieso nichts davon.«

»Wir könnten Glück haben.«

»Der Mörder wird sich wehren.«

»Natürlich!«

Karsanow erhob sich, holte seine Aktentasche aus der Gepäckablage und entnahm ihr einen länglichen Gegenstand. Er sah aus wie ein dicker Füllfederhalter, hatte sogar einen Klipp, um ihn sich in die Jackentasche zu klemmen, schimmerte matt verchromt und besaß nur den Nachteil, die Tasche, in die man ihn steckte, auszubeulen. Forster beobachtete Karsanow interessiert.

»Ich glaube kaum«, sagte er sarkastisch, »daß sich unser Mörder ergibt, wenn Sie ihn mit Tinte bespritzen.«

»Fragen Sie nicht soviel, Werner Antonowitsch.« Karsanow steckte den angeblichen Füllfederhalter in die äußere Brusttasche seiner Jacke. »Sie werden zur rechten Zeit informiert.«

Werner Forster starrte auf das verchromte Ding, und alles, was er einmal von sowjetischen Agenten gehört hatte, kam ihm ins Gedächtnis. Begriffe purzelten durch seinen Kopf; Bilder, die er in den Zeitungen und Illustrierten gesehen hatte; Liquidationen unbequemer Exilrussen und Polen, Kroaten oder Tschechen.

War das die höllische Erfindung der Geheimdienste, lautlos, schnell und gründlich einen Menschen zu beseitigen?

Und dieser Karsanow saß so ruhig da, mit dem ›Füllfederhalter‹ in der Jacke ... Das war nur schwer zu begreifen.

»Ich weiß jetzt, was es ist –«, sagte Forster stockend. »Kein Füllfederhalter, sondern die berühmte Blausäure-Pistole! Ein Teufelsding ...«

Karsanow schien sich nicht im geringsten darüber aufzuregen. Er schüttelte nur den Kopf.

»Mit Ihrer Phantasie hätten Sie nicht Bergwerksingenieur, sondern Märchenerzähler werden sollen«, sagte er ruhig. »Natürlich ist es ein Füllfederhalter.«

»Auf der einen Seite! Daneben aber ist der Lauf mit der Blausäuremine. Der Klipp ist gleichzeitig Spann- und Abschußvorrichtung. Ich habe davon Bilder im Detail gesehen.«

»Also – gehen wir!« Karsanow stand auf. Die Zigarette war

aufgeraucht, er zerdrückte sie im Fensteraschenbecher. »Ich will den Kollegen von der Miliz wenigstens einen Teilerfolg unter die Nase halten, wenn sie zusteigen.«

Er schob die Tür wieder auf, und Mulanow, der auf dem Gang wartete, nahm stramme Haltung an.

»Alles ruhig im Zug«, meldete er.

Draußen flogen in der schneedurchwehten Dunkelheit einige Dörfer vorbei. Die Taiga belebte sich, man näherte sich bewohnteren Gegenden.

Irkutsk und der Baikalsee kündigten sich an.

Riesige Holzstapel aus Rundstämmen und Brettern unterbrachen die Eintönigkeit. Die großen Sägewerke an der Bahnlinie, früher die Sammelplätze der Verbannten, die hier in Lagern wohnten und sich mit Axt und Säge in den Wald fraßen, tauchten auf.

Holz und Pelze waren der erste Reichtum Sibiriens, bis man das Öl entdeckte, das Erz, das Gold, die Diamantenminen.

Dann bändigte man die riesigen Ströme durch Staudämme. Elektrizität für Millionen wurde erzeugt ... für die Eroberung des reichsten Landes der Welt.

»Schlafe«, sagte Werner Forster zu Milda. Er legte sie wie ein Kind aufs Bett und deckte sie wieder zu. »Du mußt jetzt schlafen ...«

»Wie kann ich schlafen. Wernuschka ...«

Es war das erstemal, daß sie seinen Namen in einer russischen Koseform aussprach. Sie schlang die Arme um seinen Nacken und hielt ihn fest.

»Wir haben noch viel vor uns, Mildaschka«, sagte er zärtlich und küßte sanft ihre Augen. »Dieser Mord ist nur ein Aufschub. Karsanow vergißt uns nicht. Hinter Irkutsk wird er sich wieder mit uns beschäftigen.«

»Und wenn ich in Irkutsk aussteige?«

»Jeder, der aussteigt, wird von der Miliz untersucht werden.«

»Ich bin in den Zug gesprungen, ich kann auch wieder abspringen ...« Sie klammerte sich an Werner fest. »Klaschka hätte mich beschützt ... wer beschützt mich jetzt?«

»Bin ich nicht da?«

»Du bist ein Deutscher! Was kannst du in Rußland tun?«

»Das wird sich herausstellen. Ich habe schon einige Pläne.«

Karsanow steckte den Kopf ins Abteil.

»Werner Antonowitsch«, rief er. »Ich weiß, daß die Umstände Sie daran gehindert haben, mit Ihrer Milda zu schlafen. Sie brauchen deshalb nicht zu verzweifeln. Klaschkas Bett ist frei geworden. Milda Tichonowna kann von mir aus umziehen!«

Forster riß sich los und kam in den Gang hinaus.

Mulanow grinste schief. Man sollte diesen Karsanow aus dem Zug werfen, hieß dieser Blick. Gospodin Forster, ich bin ganz Ihrer Meinung ...

»Sie bleiben ein Schwein, Pal Viktorowitsch«, sagte Forster grob. »Es tut mir leid, so etwas zu einem Obersten des KGB sagen zu müssen. Ich bin ein friedlicher Mensch, aber Sie machen es einem verdammt schwer, das zu bleiben! Ich bewundere Ihr Land, ich habe die größte Hochachtung vor seinen Leistungen, ich bin überall wie ein Freund aufgenommen worden ... bis Sie auftauchten!«

»Sie verkennen mich!« Pal Viktorowitsch Karsanow schloß den Knopf seiner Jacke. Darunter schimmerten die Streifen des Schlafanzuges. »Irgendwie sind Sie mir sogar sympathisch! Ich kann es nur nicht haben, wenn man mich für dämlich hält. Ich kann diese verdammte deutsche Überheblichkeit nicht vertragen, Weisheit und Überlegenheit mit Löffeln gefressen zu haben! Wenn Sie diese Eigenschaften ablegen könnten, küsse ich Sie auf beide Wangen.«

»Danke vielmals! Davon wollen wir beide uns befreien.«

Forster zog die Tür hinter sich zu. Er sah gerade noch, wie sich Milda zur Wand drehte. Sicherlich würde sie weinen ...

»Wo fangen wir an?« fragte er, mühsam beherrscht.

»Natürlich im Wagen eins.«

»Glauben Sie, der Mörder kann sich nur unter dem einfachen Volk befinden?«

»Nein! Aber wir müssen systematisch vorgehen. Wagen für Wagen.«

»Wir sollten in der ersten Klasse suchen, Pal Viktorowitsch. Wenn es ein Lustmord war, dann kommen nur diejenigen in Frage, die Klaschkas Tarif bezahlen können. Sie wissen, sie war nicht billig! Die Bauern und Arbeiter haben ihre Rubel nötiger, als sie einer Hure zwischen die Schenkel zu stecken.«

»Soll ich etwa die Stiefel des Generals untersuchen?« rief Karsanow. »Oder die des Tenors?«

»Warum nicht?«

Mulanow wurde unruhig. Die Vorstellung, die hochgestellten Herrschaften zu verdächtigen, jagte ihm Schauer über den Rücken.

»Wenn ich etwas sagen dürfte ...«, warf er ein.

»Nein!« fuhr Karsanow grob dazwischen. »Werner Antonowitschs Idee entbehrt nicht einer gewissen Logik ...«

»Denken Sie an Oleg Tichonowitsch Dagorski, diesen Bullen! Ein einfacher Mensch, aber er war bereit, jeden Preis für ein Schaukelstündchen zu bezahlen.«

»Das stimmt auch wieder«, räumte Karsanow ein. »Aber Dagorski ist nicht mehr im Zug. Ach, wenn ich an diese Blamage denke!«

»Vielleicht ist er doch ...?« Mulanow begann vor seinen eigenen Überlegungen zu beben. »Wenn er an Klaschka Rache genommen hätte für alles, was ihm im Transsib widerfahren ist ...«

»Ein zwingender Gedanke!« Karsanow bekam schmale Augen. »Ihm ist diese Bestialität zuzutrauen! Was meinen Sie, Werner Antonowitsch?«

Forster nagte an der Unterlippe. Was Mulanow sagte, hatte tatsächlich einiges für sich. Andererseits ...

»Niemand, der in diesem Zug so bekannt ist wie Dagorski«, sagte Forster schließlich nachdenklich, »wird so etwas tun! Seine Chance, sich in diesem Zug zu verstecken, ist gleich Null. Ein Riese wie er kann sich nicht einfach irgendwo in einer Ecke verkriechen. Er kann auch nicht den harmlosen Reisenden spielen. Nein, Dagorski ist beim Schneeschaufeln in die Taiga gelaufen! Der Mörder aber sitzt in irgendeinem Abteil und sieht ganz normal und unauffällig aus.«

»Also los!« Karsanow faßte kurz nach seinem dicken ›Füllfederhalter‹. »Bleiben wir bei der Systematik! Beginnen wir mit Waggon eins!«

Es stellte sich bald heraus, daß diese Suche sinnlos war.

In den Wagen der zweiten Klasse, wo die Menschen zu Klumpen saßen oder lagen, sogar in den Gepäckablagen schliefen und wie die Böcke schnarchten, war es völlig unmöglich, jedem auf die Schuhsohlen zu blicken.

Außerdem war die Begründung, man suche einen Schachpartner, reichlich dumm, denn wer von diesen Bäuerlein spielte Schach mit einem so vornehmen Herrn wie Karsanow?

Also begnügte man sich damit, herumzugehen und die Menschen zu mustern, die gerade sichtbaren Schuhsohlen der Schlafenden anzustarren und vielleicht hier und da beim Anblick eines bestimmten Menschentyps einen vagen Verdacht zu äußern.

»Lauter Galgenvögel!« meinte Karsanow nach der Inspektion des Wagens zwei. »Es ist erschreckend, wieviel verbogene Visagen auf der Welt herumlaufen! Nach den Gesichtern könnten wir doch jetzt glatt dreißig Mörder festnehmen!

Werner Antonowitsch, haben Sie jemals schon so viele dunkle Physiognomien auf einem Haufen gesehen wie in diesem Zug?«

»Das ist überall so, Pal Viktorowitsch! Nicht jeder Mensch kann eine unschuldige Schönheit sein. Wenn Sie so daliegen und schnarchen – ich habe das ja nun lange genug gesehen –, sind Sie auch nicht gerade ein Ebenbild Gottes!«

»Warum müssen Sie immer persönlich werden?«

Karsanow brach die Suche ab. Es war eine unnütze Arbeit; und er haßte Leerlauf.

»Uns kann nur ein Zufall helfen. Verdammt, da liegt der Mörder hier im Zug herum ...«

»Ja, das ist ziemlich sicher.«

Sie gingen zurück zu ihrem Wagen. Forster machte sich Sorgen um Milda, die vor Angst bestimmt nicht mehr geschlafen hatte.

Auf ihrem Weg begegneten sie Vitali Diogenowitsch, der sich immer noch in der Nähe der Toilette Nummer fünf aufhielt.

Im Vorübergehen blickten sie auch in den Funkraum, wo Wladlen Ifanowitsch immer noch mit Irkutsk sprach.

»Eine Kommission ist unterwegs«, meldete er, als er Karsanow erkannte. »Die Genossen in Irkutsk sind sehr aufgeregt.«

»Wen wundert das?« Karsanow schlug die Fäuste gegeneinander. »Erst die Diebstähle, dann ein Mord ... Und alles in Rußlands Stolz, dem Transsibirien-Expreß! Das wird man auch in Moskau erfahren ...«

Mulanow seufzte tief. Moskau! dachte er. Es wird eine ungeheure Schreiberei geben: Berichte, Protokolle, Aussagen. Die sowjetische Bürokratie ist berühmt für ihre Gründlichkeit.

»Soll ich noch etwas nach Irkutsk durchgeben, Genosse Oberst?« fragte Wladlen Ifanowitsch, den Hörer am Ohr.

»Nein! Was denn?« Karsanow winkte ungnädig ab. »Sie werden nicht darum herumkommen, alle Reisenden, die in Irkutsk aussteigen, vorsorglich zu verhaften! Ohne Ansehen der Person! Eine andere Untersuchung dieses Falles ist doch gar nicht möglich! Scheiße, Genossen!«

Im Erster-Klasse-Wagen Nummer fünf, vor der Tür des Abteils, stand, lang und dürr, verschlafen und hohläugig, aber korrekt in seiner weißen Jacke, der Kellner Fedja.

Er hielt ein Tablett in den Händen, auf dem einige Tassen mit dampfendem Tee standen, dazu auf einem Teller ein paar Kekse und Käsestangen. Man hatte bisher nicht gewußt, daß der Speisewagen über solche Köstlichkeiten verfügte.

»Ich habe es angeordnet ...«, sagte Mulanow unsicher. »Ich dachte mir, daß eine Erfrischung den Herren gut tun würde ...«

»Eine blinde Sau findet auch mal eine Eichel!« sagte Karsanow bärbeißig, aber wohlwollend.

Mulanow strahlte.

Fedja servierte den Tee auf den Klapptischen und stellte auch Milda eine Tasse hin.

Karsanow knabberte bereits an den Käsestangen.

Vom Nebenabteil kam plötzlich der General herüber, auch er in einem gestreiften Schlafanzug. In der Nacht wenigstens ist die Brüderlichkeit in diesem Land vollkommen.

»Ich rieche Tee!« sagte er. »Stimmt das? Sehen Sie, ich habe einen ausgereiften Geruchssinn! Der hat mich schon manchen Schlaf gekostet. Tatsächlich Tee! Und warum wird dieses Abteil bevorzugt bedient, frage ich? Hat ein General keinen Durst?«

Fedja blickte hilflos von Karsanow zu Mulanow. Es stand einem Hilfskellner nicht zu, mit einem sowjetischen General zu diskutieren.

»Das ist so, Genosse General –«, sagte Karsanow und schob

dem General eine Tasse zu. Der General setzte sich auf Forsters Bett neben Milda, was Karsanow nicht ohne Spott registrierte. »Wir arbeiten hart. Wir suchen einen Mörder ...«

»Sehr schön!« Der General schlürfte mit Behagen den heißen Tee und bediente sich dann von dem Keksteller. »Wie heißt das Spiel? Ich kenne es nicht. Mit meiner Frau spiele ich immer ›Schlittenfahrt in Petersburg‹. Tatsächlich Petersburg, nicht Leningrad! Die Revolution ist anscheinend noch nicht bis zu den Spielzeugfabriken vorgedrungen ...«

Ein kindischer Mensch, dachte Karsanow und schämte sich vor Forster. Man sollte ihm verbieten, weiterhin eine Uniform zu tragen. Ein General!

»Das Spiel heißt Mord!« sagte er laut und grob.

Milda zuckte zusammen.

Fedja verließ mit dem leeren Tablett schnell das Abteil. Man muß Auseinandersetzungen aus dem Wege gehen, wenn man ein armes Schwein ist. Die wenigsten tun es, und so entstehen die meisten Komplikationen im täglichen Leben.

»Mord?« Der General knackte an einer Käsestange. »Vortrefflich! Kann man noch mitspielen? Oder ist die Spielerzahl begrenzt?«

»Unbegrenzt, Genosse General!« sagte Karsanow voller Hohn.

»Dann legen wir los! Wie sind die Spielregeln?«

»Man nimmt eine Zughure, trifft sich mit ihr auf einem Lokus und sticht sie ab. Dann flüchtet man.«

»Ein dämliches Spiel, Genossen, das muß ich sagen.« Der General trank seinen Tee aus. »Makaber obendrein! Man sollte es verbieten! Ohne erzieherischen Wert!«

»Wir sind gerade dabei, den Mörder zu suchen.« Karsanow lehnte sich zurück.

Der Zug fuhr langsamer. Häusergruppen tauchten auf, in Lichtungen der Taiga hineingebaut. Einsame Bauten, in denen

Menschen wohnten, die nur die Liebe zu diesem Land diese Einsamkeit ertragen ließ.

»Samonagaisk ...«, flüsterte Mulanow. »Hier werden die Genossen von der Sonderkommission zusteigen ...«

Der Expreß schnaufte, die Räder knirschten laut.

Ein Bahnhof erschien. Er war hell erleuchtet, und einige Menschen warteten unter dem Balkendach. Auf einem Nebengeleise stand eine Lokomotive mit einem einzigen Wagen ...

Der General drückte das Gesicht gegen die kalte Scheibe. »Wieder ein unvorhergesehener Halt? Warum denn schon wieder?«

»Samonagaisk!« Mulanow war aufgesprungen. Der Zug bremste sanft und stand dann.

Die wenigsten Schläfer merkten es; und die es merkten, drehten sich auf die andere Seite und schliefen weiter.

Bloß nicht wieder schaufeln, dachten sie im Halbschlaf. Bloß nicht wieder hinaus in den klirrenden Frost! Man hatte eine Bahnfahrt bezahlt, nicht eine Gleisarbeit ...

»Die neuen Mitspieler!« sagte Karsanow sarkastisch und stand gleichfalls auf. Sein Spott war unverhohlen. »Genosse General, jetzt bekommen wir den Mörder ...«

Er verließ schnell das Abteil.

Der General starrte ihm nach. Dann wandte er sich an Forster, und sein Gesicht war lang wie ein Pferdeschädel. »Tatsächlich ein Mord?« fragte er mit belegter Stimme. »Hier im Zug? Wer denn? Der Tenor etwa?«

»Nein!« Milda Tichonowna schlug verzweifelt die Hände vor das Gesicht. »Klaschka Iwanowna ...«

Da gab es einen sprachlosen General.

VIII

Der Leiter der Sonderkommission aus Irkutsk war ein großer, finster blickender Mensch mit einer langen, jetzt von der Kälte geröteten Nase. Er trug einen langen Waschbärpelzmantel und hieß Stepan Petrowitsch Plotkin.

Karsanow begrüßte ihn steif, ganz Offizier des KGB.

Der Expreß fuhr sofort wieder an, nachdem Plotkin mit seinen vier Assistenten zugestiegen war. Es war unmöglich, daß der Mörder ungesehen hatte abspringen können.

»Wo ist die Tote?« fragte Plotkin ohne Umschweife. Man hatte wenig Zeit, in einer Stunde lief der Zug in Irkutsk ein.

»Auf dem Abort Nummer fünf«, antwortete Mulanow schnell.

»Man hat nichts berührt?«

»Sind wir Neulinge, Stepan Petrowitsch?« fragte Karsanow zurück.

»Gehen wir . . .«

Weiter kamen sie nicht. Vom anderen Ende des Wagens näherten sich Schritte. Durch den Gang ertönte Lärm, lautes Rufen und Rennen. Karsanow griff zu seinem ›Füllfederhalter‹.

Plotkin hatte plötzlich eine Pistole in der Hand.

Die Assistenten hinter ihm bildeten sogleich eine undurchdringliche Mauer.

Was da auch herankam – hier war zunächst mal gesperrt.

Durch den Gang rannte – in einem gestreiften Schlafanzug, wie könnte es anders sein? – der Seifenfabrikant Dementi Michailowitsch Skamejkin. Er war nicht etwa mondsüchtig, er war auch nicht verrückt geworden über seine gestohlenen Schuhe . . . nein, er hüpfte durch die Wagen und Gänge, vollführte einen Höllenlärm und schrie jedem, der ihm in den Weg kam, ins Gesicht:

»Beglückwünscht mich, Freunde! Umarmt mich! Ich habe sie wieder! Ich habe meine schönen neuen Schuhe wieder! Plötzlich stehen sie unter meinem Bett, treu wie ein Hündchen! Seht sie euch an! Das sind sie! Sind es nicht prächtige Schuhe?«

Er schwenkte die Wiedergefundenen mit beiden Händen durch die Luft. Auch Karsanow und Plotkin, die ihn wütend anstarrten, hielt er die Schuhe unter die Nase, mit den Sohlen nach oben.

Es waren wirklich neue, kaum getragene Schuhe, beste Wertarbeit! Aber sie hatten häßliche rote Flecken – dort, wo die Sohlen in die Absätze übergehen.

Blut ...

Die Aufregung war ungeheuer. Nicht, weil Blut an Skamejkins Schuhen klebte – das sah niemand in der trüben Beleuchtung der Nachtlampen –, sondern weil man aus einem tiefen Schlaf gerissen wurde, verwirrt hochfuhr und sich den Kopf irgendwo anstieß.

Es war schon eine Zumutung! Da liegt man nach einer langweiligen Tagesfahrt durch die eintönige verschneite Taiga zufrieden auf dem Bett, und plötzlich schreit einen jemand an und schwenkt ein Paar Schuhe durch die Luft.

»Die Hölle hole dich!« brüllte jemand aus einem Abteil. »Friß doch deine Schuhe auf, wenn du sie so sehr liebst!«

Und ein anderer Genosse – ha, es gibt Menschen, die sind so brutal wie ein Stier! – rannte auf den Gang, gab Skamejkin einen Tritt und verschwand ebenso schnell wieder.

Der Arme war weitergetorkelt, hatte seine schönen Schuhe wie ein Beckenspieler im Orchester gegeneinandergeklatscht und sich dann maßlos gewundert, daß am Ende des Ganges eine Phalanx finster blickender Männer stand, von denen einer sogar eine Pistole auf ihn gerichtet hatte.

Skamejkin verstummte, versteckte die Schuhe hinter seinem Rücken und erbleichte.

»Erschießen Sie mich!« stammelte er. »Ich gebe meine Schuhe nicht wieder her! Was ist bloß an ihnen dran, daß alle so wild auf sie sind? Es sind doch normale Schuhe, Leute. Was ist daran so ungewöhnlich?«

»Das Blut!« sagte Karsanow hart. »Genosse, zeigen Sie mir noch einmal Ihre Schuhe.«

»Nur der Gewalt weiche ich!« Skamejkin streckte die Hände wieder vor. »Bevor ich mich erschießen lasse . . .«

»Ich bin Stepan Petrowitsch Plotkin, Hauptmann der Miliz«, sagte der Leiter der Sonderkommission und steckte die Pistole weg.

»Ein Hauptmann – und beraubt mich meiner Schuhe!« schrie Skamejkin verzweifelt. »In was für einer Zeit leben wir, Brüder?«

Karsanow riß ihm die Schuhe aus den Händen und betrachtete die Sohlen. Dann reichte er sie an Plotkin weiter.

»Es ist Blut!« sagte er dumpf. »Und die Analyse wird ergeben, daß es Klaschkas Blut ist.«

»Dann haben wir den Mörder!« Plotkin musterte den armen Skamejkin scharf. »Sie gestehen, daß das Ihre Schuhe sind?«

»Was heißt gestehen? Ich bin stolz auf sie!«

»Ein Biest von einem Mörder!« sagte Plotkin erschüttert. »Und verrückt dazu! Er wird in eine Anstalt eingeliefert werden . . .«

»Ich muß da einen Irrtum aufklären, Genosse«, mischte sich Karsanow ein. »Der Fabrikant Dementi Michailowitsch Skamejkin ist ein ehrenwerter Mann. Er stellt Seife her . . .«

»Mit der sich sogar Breschnew wäscht!« schrie Skamejkin dazwischen. »Was wollen Sie eigentlich von mir und meinen Schuhen?«

»Nur ein paar Fragen!«

Karsanow warf noch einen Blick auf die Blutflecken und

dachte schaudernd an die fürchterlich zugerichtete Klaschka im Abort Nummer fünf.

»Wo standen Ihre Schuhe?«

»Unter meinem Bett! Wie hingezaubert! Ich lege mich am Abend hin, stelle die geliehenen Schuhe hin – fürchterliche Dinger übrigens, ich konnte in ihnen schwimmen, so groß waren sie! –, lese noch ein wenig und schlafe dann ein. Bis jetzt! Da wache ich auf, weil ich glaube, mir platzt die Blase, greife unters Bett – und was steht da? Meine gestohlenen Schuhe! Genossen, ich war einem Herzinfarkt nahe! Diese Freude!«

»Und die geliehenen Schuhe?« fragte Plotkin, der es genau wissen wollte.

»Standen auch da ... nur weiter unters Bett geschoben. Was sagen Sie nun? Den Dieb muß das Mitleid gepackt haben! In der Seele wohl doch ein weicher Mensch. Vielleicht trieb ihn nur die Not zum Diebstahl?«

Karsanow und Plotkin warfen sich einen schnellen Blick zu. Eine weiche Seele!

»Die Schuhe sind beschlagnahmt!« erklärte Plotkin dienstlich. Skamejkin quollen die Augen aus den Höhlen.

»Was?« stammelte er. »Beschlagnahmt? Erst geklaut und dann vom Staat konfisziert? Warum? Wo ist denn da der Unterschied? Ich protestiere.«

»Das können Sie! Schriftlich in drei Ausfertigungen bei der Staatsanwaltschaft von Irkutsk.« Plotkin betrachtete die Sohlen genau.

Der Mörder hatte versucht, das Blut abzuwischen, aber er hatte nicht genug Zeit gehabt, die Schuhe gründlich zu säubern. Da hatte er sie Skamejkin zurückgebracht, in der Hoffnung, daß gerade den niemand kontrollierte.

Was hatte den Mörder gestört, die Schuhe zu reinigen?

»Sie bekommen die Schuhe ja wieder, Genosse!«

»Wann?« schrie Skamejkin. »Bei dem Tempo unserer Beamten können meine Enkel sie tragen . . .«

»Sobald wir den Mörder gefunden haben.«

»Welchen Mörder?« Dementi Michailowitsch fuhr sich mit beiden Händen durch die ohnehin schon zerwühlten Haare.

»Der die Schuhe getragen hat! In Ihren Schuhen, Genosse, hat er vor zwei oder drei Stunden einen Menschen ermordet!« Plotkin hätte das nicht sagen dürfen, nicht so direkt, ein wenig diskreter vielleicht.

Skamejkin bekam einen Schluckauf, tastete sich in das nächste Abteil, setzte sich einem Mann, der im Sitzen schlief, auf den Schoß und begann dann erst zu zittern. Der Mann grunzte und schlief weiter.

»Ein kaltblütiger Hund, dieser Mörder!« sagte Plotkin und klemmte die Schuhe unter den linken Arm. »Zeigen Sie mir jetzt die Tote, Genosse Oberst!«

Vor der Toilette fünf stand noch immer Vitali Diogenowitsch Wache.

Mulanow winkte ihm hinter Plotkins Rücken zu und machte ein paar Zeichen. Vitali kapierte sofort. Er stand vor Plotkin stramm und machte Meldung.

»Keine besonderen Vorkommnisse! Es weiß noch niemand im Zug von dem Mord.«

»Bis auf die paar Genossen, die schweigen können«, fiel Karsanow ein. »Boris Fedorowitsch, schließen Sie auf.«

Mulanow holte seinen Vierkantschlüssel hervor und entriegelte die Aborttür. Dann trat er schnell zur Seite. Er wollte Klaschka nicht noch einmal in dieser Verfassung sehen.

Karsanow stieß die Tür auf.

Klaschka Iwanowna hatte ihre Lage verändert. Beim Bremsen des Zuges wohl war sie zur Seite gerutscht. Jetzt konnte man ihr Gesicht sehen, und es war, bei allem Grauen, ein erstauntes Gesicht.

Plotkin beugte sich weit vor, ohne die Toilette zu betreten. »Ein Stich in den Hals«, sagte er nüchtern. »Er war sofort tödlich. Die anderen Stiche in Brust und Leib waren nicht mehr nötig.«

»Eine Bestie im Blutrausch!« meinte Karsanow heiser. »Ein einwandfreier Sexualmord!«

»Das wird die Obduktion ergeben.« Plotkin trat zurück.

Seine Assistenten begannen mit der Routinearbeit, wie sie bei allen Mordkommissionen der Welt üblich ist: Fotografieren der Toten, Spurensicherung, Suche nach Details oder Besonderheiten ...

Plotkin lehnte sich an die Wand des kleinen Vorraums und steckte sich eine Papyrossa an. Karsanow lehnte ab. Nach Forsters dekadenten westlichen Zigaretten mochte er jetzt nicht das ätzende Kraut rauchen.

»Klaschka Iwanowna war also eine Hure?« fragte Plotkin.

»Das ist etwas grob ausgedrückt.« Mulanow mischte sich ein. Er glaubte es Klaschka schuldig zu sein, ihren Ruf etwas zu polieren: »Sie war ein fröhlicher, kontaktfreudiger Mensch, zu jedem Spaß bereit.«

»So kann man's auch formulieren«, sagte Karsanow ironisch. »Eine Alleinunterhalterin. Sie verdiente gut dabei ...«

Plotkin hob den Kopf und stieß den Rauch seiner Papyrossa durch die Nasenlöcher. Daß man daran nicht sofort gedacht hatte ...

»Sie besaß also einen Haufen Rubel?« fragte er.

»Sechshundert bis siebenhundert werden es schon gewesen sein.« Mulanow erinnerte sich. Wie war das gestern gewesen?

Da hatte Klaschka in seinem Schaffnerabteil ihr Geld gezählt, kleine und große Scheine und Münzen. Vitali Diogenowitsch hatte noch geholfen, das Kleingeld zu schichten; und Fedja, der Kellner, hatte einen Witz erzählt, den er von einem Gast aufgeschnappt hatte.

Es war eine fröhliche Runde gewesen, denn Fedja hatte hundert Gramm Wodka aus der Speisewagenküche mitgebracht.

Ein paar Stunden später kam der Mörder, und Klaschka war tot.

»Wo hob sie das Geld auf?« Plotkin blickte auf Klaschkas im Blut liegende Hand. Sie war das einzige von ihr, was er von seinem Platz aus sehen konnte. »In einem Koffer oder in einer Handtasche?«

»Viel besser, Genossen!« Mulanow grinste verlegen. »Da langt mir keiner ohne meinen Willen hin, so hat Klaschka immer gesagt, da ist es sicher! Sie trug das Geld in einem Lederbeutel zwischen den Beinen ...«

»Das war eine gute Auskunft, Boris Fedorowitsch!« sagte Karsanow schwer atmend.

Mit Plotkin ging er wieder zur Toilette und blickte hinein. Klaschkas Unterkörper war entblößt, das Kleid bis zum Hals hinaufgeschoben ... aber dort, wo der Lederbeutel sein mußte, war nichts.

»Muß noch fotografiert werden?« fragte Plotkin seine Männer.

Sie verneinten.

»Dann dreht sie um!«

Karsanow biß die Zähne zusammen.

Die Assistenten gingen nicht sanft mit der Toten um, sie warfen Klaschka auf den Bauch und schlugen sie dabei gegen das Toilettenbecken.

Plotkin nickte zufrieden. Unter dem Körper lag ein schmaler Ledergürtel, an dem anscheinend der Geldbeutel gehangen hatte, und er war durchschnitten.

»Ein Raubmord!« sagte Plotkin zu Karsanow. »Ein ganz simples Motiv!«

»Und die vielen Messerstiche, die auf eine Raserei hindeuten?«

Karsanow trat schnell zurück auf den Gang, um Klaschka nicht länger ansehen zu müssen.

»Das ist der zweite Akt der Tragödie, Genosse Oberst. Getötet wurde Klaschka wegen ihres Geldes ... und als der Mörder dann sah, daß sie tot war, hat er weiter blindlings auf sie eingestochen.«

»Auf den ersten Blick nicht, aber auf den zweiten! Der Mörder ist nämlich kein Mörder, oder besser: er hat noch nie einen Menschen umgebracht. Es war das erstemal. Und als er sah, was er da getan hatte, überwältigte ihn diese Tat, und er reagierte sein Entsetzen ab, indem er immer weiter zustach.«

»Ein Irrer also!«

»Nein! Einer, der jetzt Angst vor sich selbst hat. Der plötzlich das wilde Tier in sich erkannt hat und damit nicht fertig wird.« Plotkin zertrat seine Papyrossa.

In diesem Augenblick hatte Oberst Karsanow große Hochachtung vor diesem Menschen. Das ist ein guter Psychologe, dachte er. Es kann alles so gewesen sein – aber auch anders! Keine Wissenschaft reicht aus, um einen Menschen wirklich kennenzulernen.

»Wir werden durch den Zug gehen und jeden herausholen, der unruhig ist. Nicht äußerlich ... die Unruhe liegt bei ihm nur in den Augen!« erklärte Plotkin. »Ein Mensch, der Geld will und der gegen seinen Willen tötet!«

»Und woher wußte er, daß Klaschka ihr Geld zwischen den Beinen versteckte?« fragte Mulanow.

Es war erstaunlich: Der bescheidene, ruhige treue Beamte Mulanow warf einem alten Kriminalisten wie Plotkin die besten Überlegungen an den Kopf!

Der Leiter der Sonderkommission aus Irkutsk kratzte sich den Haaransatz und nickte mehrmals.

»Das ist es! Woher? Es gibt zwei Möglichkeiten: Der Mörder hat es gesehen, als er mit Klaschka die ... geschäftlichen Vereinbarungen traf ... oder der Mörder gehört zum engen Bekanntenkreis der Toten. Wer wußte also von dem Lederbeutel?«

Mulanow wurde unruhig. Die Lage wurde fast ausweglos. »Eine Handvoll«, antwortete er stockend. »Ich, Vitali Diogenowitsch, Wladlen Ifanowitsch, Milda Tichonowna und Werner Antonowitsch Forster ...«

»Wer ist das?« fragte Plotkin laut.

»Ein Deutscher. Bergbauingenieur und Gast der Regierung. Ich verbürge mich für ihn!« Karsanow sagte es und schüttelte den Kopf.

Mulanow starrte ihn entgeistert an. Er bürgt für ihn, dachte er, und im Abteil schlagen sie sich fast die Köpfe ein.

»Sein Alibi ist so unangreifbar wie Rußlands Grenzen«, ergänzte Karsanow.

»Dann ist es faul!« entgegnete Plotkin trocken. »Am Ussuri schießen die Chinesen wieder! Fünf Menschen wußten also sicher, daß Klaschka ihr Geld sehr ... eigenwillig transportierte. Wir können diese Gruppe streichen.«

Er blickte Mulanow und Vitali, die beiden Schaffner, an. Wladlen hatte er schon beim Einsteigen kennengelernt.

»Wer ist nun Milda Tichonowna?«

»Der Nachwuchs!« Karsanow winkte ab. »Sie war bei Werner Antonowitsch und mir im Abteil und ... ist es wohl auch jetzt noch.«

»Eine ...« Plotkin sprach es nicht aus. »Die ganze Nacht im Abteil! Und Sie haben daneben gelegen?«

Karsanow wurde dunkelrot. »Genosse, ich fasse das als kleinen Scherz unter Männern auf«, sagte er steif. »Obwohl wir keinen Anlaß haben, Witze zu reißen. Werner Antonowitsch aber ist ein Ehrenmann!«

Das war der Augenblick, in dem Mulanow daran zweifelte,

daß ein Mensch nur ein Gehirn im Kopf hat. Karsanow mußte zwei haben und hin und her schalten, wie es gerade nötig war.

Zum zweitenmal hatte er den Deutschen verteidigt ... Wer soll sich da noch auskennen?

Karsanow hatte es vorausgeahnt: Bei der ganzen Untersuchung kam nichts heraus.

Man näherte sich Irkutsk, die Taiga wurde lichter, Häuser standen in den dem Wald abgerungenen Gärten.

Dann fuhr man durch weite Felder. Industrieanlagen wirkten wie häßliche Klumpen in der Landschaft.

In Irkutsk konnte der Mörder ungehindert aussteigen. Man kann nicht einfach vorsorglich vierzig oder fünfzig Personen verhaften, obgleich das an sich kein Problem ist.

Aber die Zeiten hatten sich geändert – der sowjetische Mensch ist nicht mehr so anonym wie früher, er ist auch zu einer eigenen Persönlichkeit geworden ...

Undenkbar, zu einem Unschuldigen zu sagen: Du bist verhaftet! Du bist ein Mörder! Und dann hat man keine Beweise ...

Die Partei würde auf die Beamten einhämmern mit Protesten. Beamter zu sein, das war in Rußland schon immer eine Sache zwischen Ehre und Prügel ...

Bis Irkutsk kämmte Plotkin mit seinen Assistenten den Zug durch. Wagen nach Wagen.

Er verhörte sogar den Tenor, der gestand, bisher genau zweitausendsechshundertvierunddreißigmal getötet zu haben. Meistens mit dem Degen – auf der Bühne!

Der General lachte darüber, daß ihm die Tränen über die Wangen flossen.

Plotkin war tief beleidigt und schnauzte den Tenor an, hier ginge es um einen Mord und nicht um die Probe zu einer komischen Oper.

Dann riß er die Abteiltür nebenan auf.

Milda Tichonowna schlief. Werner Forster saß am Fenster und hielt Plotkin unaufgefordert seinen deutschen Paß und das Schreiben des Moskauer Ministeriums hin.

Karsanow drängte sich an Plotkin vorbei und setzte sich auf sein zerwühltes Bett.

»Das ist Werner Antonowitsch«, sagte er leise, um Milda nicht zu wecken.

Verblüfft steckte Forster seine Papiere wieder ein, denn Plotkin hatte großzügig abgewunken.

»Wir sind Freunde, ich sagte es schon, Genosse«, sagte Karsanow.

»Und das ist Milda?« fragte Plotkin.

Karsanow wedelte mit beiden Händen durch die Luft. »Dämpfen Sie Ihre Stimme, Stepan Petrowitsch. Sie schläft ...«

»Das sehe ich! Aber ich möchte, daß sie wach wird!«

»Warum?«

»Vielleicht kann sie mir etwas über Klaschka erzählen.«

»Bestimmt! Aber davon bekommen Sie nicht den Mörder! Wollen Sie Klaschkas Hurenlaufbahn aufrollen? Der Mörder sitzt nicht in Swerdlowsk oder Wladiwostok, sondern hier im Zug! Und Milda ist seit Anbruch der Dunkelheit hier im Abteil. Das stimmt doch, Werner Antonowitsch?«

»Der Genosse Oberst hat recht.« Forster blickte Karsanow entgeistert an. »Wir alle sind von Mulanows Meldung aufgeschreckt worden!«

Milda bewegte sich, seufzte piepsend im Schlaf und drückte ihren Kopf in Forsters Schoß. Ein Tierchen, das Schutz und Wärme sucht.

Karsanow legte den Zeigefinger auf die Lippen. »Stepan Petrowitsch, reden Sie bitte leiser!«

Plotkin kratzte sich wieder den Haaransatz. Was soll man

tun? dachte er. Er ist ein Oberst vom KGB! Ich kann ihn doch nicht anschnauzen.

Aber was bildet er sich ein? Wer führt hier die Untersuchung? Wer entscheidet, wen man sprechen soll? Wenn ich diese kleine Hure verhören will, dann will ich es!

Doch – um des allgemeinen Friedens willen – verzichten wir darauf! Es würde doch nur endlose Diskussionen geben.

Aber beschweren werde ich mich! Das bin ich meiner Position als Hauptmann der Miliz schuldig!

»Wo versteckt sie ihr Geld?« fragte Plotkin giftig und zeigte auf die Schlafende.

Die Frage überraschte Karsanow so, daß er keine Antwort darauf wußte.

»Zwischen den Brüsten!« entgegnete Forster ruhig. »Ein sicherer Ort . . . und ich halte meine Hände darüber!«

Mit einem knurrenden Laut verließ Plotkin das Abteil und schob die Tür zu.

Karsanow streifte seine Schuhe ab und legte sich aufs Bett.

»Wirklich Klaschka?« fragte Forster leise.

»Ja . . .«, antwortete Karsanow knapp.

»Warum haben Sie das getan?«

Karsanow zuckte, wie von der Tarantel gestochen, hoch. Um ein Haar hätte er sich wieder gegen den Kopf gestoßen. »Sind Sie total verrückt?« bellte er.

»Pal Viktorowitsch, doch nicht Klaschka! Ich meine, warum haben Sie sich vor Milda und mich gestellt?«

Karsanow ließ sich von neuem zurück in die Kissen fallen. »Haben Sie eine Zigarette für mich?« fragte er nur.

»Natürlich!«

Forster holte vorsichtig, damit Milda nicht aufwachte, eine Packung aus der Jackentasche und warf sie Karsanow zu.

Dann folgte das Feuerzeug.

Karsanow steckte sich bedächtig eine Zigarette an und rauchte schweigend eine Weile.

»Sie haben mich Ihren Freund genannt!« meinte Forster nach einer Weile.

»Das war nur eine Floskel.«

»Sie haben Mildas Schlaf verteidigt wie ein Vater. Ich bin erstaunt, Pal Viktorowitsch!«

»Das ist alles kein Rätsel«, sagte Karsanow ruhig. Er blickte dabei den kleinen Rauchwolken nach. »Ich wollte verhindern, daß Plotkin in Irkutsk Milda aus dem Zug holt. Ihre Unbekannte von Swerdlowsk ist mein Fall! Den habe ich mir aufgespart!«

Das war leicht dahingesagt, aber Forster wußte, welch ein gefährlicher Ernst dahintersteckte. Karsanow blieb immer der gleiche – er konnte sich nur verändern wie ein Chamäleon seine Farbe ...

»Ich habe einen Augenblick lang für Sie Sympathie empfunden, Karsanow«, sagte Forster jetzt scharf. »Bitte, entschuldigen Sie meine Verirrung! Sie bleiben ein Widerling!«

Die Fronten waren wieder klar.

Vor den Fenstern tauchten die ersten Vororte von Irkutsk auf.

IX

Zum ersten Mal in all den Jahren, seit der Transsibirien-Expreß in Irkutsk hielt, war der Bahnsteig durch Milizsoldaten hermetisch abgeriegelt.

Nur wenigen Menschen fiel das auf. Durch die große Verspätung, die der Zug hatte, war es jetzt schon früher Morgen, eine Zeit, in der alles noch schlief.

Die Arbeiterzüge fuhren erst in zwei Stunden; das Leben in dieser Riesenstadt an der Angara war noch nicht erwacht.

So standen nur die paar Reisenden herum, die in den Expreß zusteigen wollten. Sie froren, sie hatten sich über die stundenlange Verspätung ausgeflucht und wurden nun durch die plötzliche Absperrung überrascht. Auf Fragen gab es keine Antworten – daran hatte man sich bei der Miliz gewöhnt.

Dann sickerte das Gerücht durch, ein hoher Genosse aus Moskau steige aus, aber das war kaum glaubhaft, denn die Mitglieder des Ministerrates benutzten Regierungsflugzeuge.

So wartete man also, stampfte sich warm und baute sich hinter der Kette der Milizionäre auf. In wenigen Minuten würde man wissen, was das alles bedeutete ...

Das war ein Irrtum.

Der Transsib hielt, die Türen öffneten sich, die Schaffner sprangen auf den Bahnsteig, dann folgten vier Männer, die trotz ihrer Zivilkleidung irgendwie uniformiert aussahen, und schließlich trat ein Genosse auf, der sofort herumkommandierte und durch die Gegend brüllte.

»Alle Reisenden für Irkutsk versammeln sich vor dem Zug!«

Da standen sie nun, mit Koffern und Kartons, mit Taschen und Säcken, die Mantelkragen hochgeschlagen, die meisten noch mit Schlaf in den Augenwinkeln, geduldig wie eine Viehherde, die zusammengetrieben worden war.

Und wie bei einer Viehzählung trotteten sie dann einzeln durch eine enge Gasse der Miliz und an einem Tisch vorbei, hinter dem Plotkin stand und jeden scharf musterte.

Die Kontrolle der Ausweispapiere war das Harmloseste. Ärger gab es dagegen schon, als die vier Assistenten jeden Reisenden abtasteten, jedes Gepäckstück durchwühlten und jeden, der mehr als siebenhundert Rubel in der Tasche hatte, durch zwei Milizsoldaten abführen ließen.

Plotkin war sich klar darüber, daß alles nur eine oberflächliche Maßnahme sein konnte, daß der Aufwand größer war als der Nutzen.

Aber es mußte etwas getan werden, das war die Hauptsache! Man konnte nicht einen Mörder herumlaufen lassen, ohne wenigstens zu demonstrieren, daß man ihm auf der Spur war.

Verdrossen starrte Plotkin jeden Reisenden an, der an ihm vorbeimarschierte.

Alltagsgesichter, harmlose Genossen, von der Reise übermüdet, durch nichts mehr zu erschüttern, seit Karsanow sie mitten in der Taiga zum Schneeschaufeln aus den warmen Abteilen in die eisige Kälte gejagt hatte.

Sie blieben vor den Kontrolltischen stehen, hoben die Arme an, ließen sich abtasten. Ein paar protestierten lahm und drohten wohl auch mit einer Beschwerde ...

Plotkin raunzte sie an, gab ihnen innerlich recht und war froh, als die Parade vorüber war.

Der Mörder sitzt noch im Zug, dachte er. Natürlich kann man keinem Menschen ansehen, ob er einen anderen Menschen umgebracht hat. Es soll ja Biedermänner geben, die ihre Frauen in Schwefelsäure auflösen wie jener Alanajew, für dessen Lauterkeit sich jedermann verbürgt hätte ... Aber diese Reisenden waren so harmlos wie der Inhalt ihrer Koffer.

Plotkin verließ seinen Tisch und ging zurück zum Zug.

Karsanow und Forster standen im Vorraum vor der Toilette Nummer fünf, wo das Schild *Wegen Reparaturarbeiten gesperrt!* prangte.

Mulanow sicherte auf dem Bahnsteig die offene Tür ab. Man wartete auf den Ambulanzwagen und den Zinksarg, in dem man Klaschka transportieren würde.

Vielleicht dirigierte man den Zug auch auf ein Nebengleis, um es so unauffällig wie möglich zu machen.

Von einem Mord ahnte noch keiner etwas ...

Die Reisenden auf dem Bahnhof von Irkutsk waren sich nun darüber im klaren, daß die Miliz Rauschgift suchte.

Diese verdammte Seuche war nun auch, vom Westen kommend, in Rußland eingesickert. Immer mehr Jugendliche wurden verhaftet, Kellerwohnungen wurden ausgeräumt, in denen man sich traf und mit dem Gift vollpumpte.

Plotkin stieg in den Zug. Seine Miene drückte Resignation aus.

»Alles weiße Lämmchen, nicht wahr?« fragte Karsanow. Er hatte sich inzwischen angezogen, und man konnte unter seinem Jackett keinen gestreiften Schlafanzug mehr sehen.

Plotkin schnaufte laut. »Haben Sie etwas anderes erwartet?«

»Wie lassen Sie Klaschka abholen?« fragte Forster.

Plotkin blickte auf die Toilettentür und schüttelte dann den Kopf. »Überhaupt nicht.«

»Stepan Petrowitsch, soll das heißen, daß ...«, rief Karsanow.

Plotkin nickte mehrmals.

»Ja, das heißt es! Klaschka bleibt im Zug!«

»Bis Wladiwostok?« stotterte Karsanow verwirrt. »Das ist ungeheuerlich! Wer hat das angeordnet? Wo gibt es denn so etwas, daß eine Ermordete tagelang liegenbleibt – unter den Augen der Polizei! Auf einem Lokus! Genosse Plotkin, das widerspricht allen Regeln! Das ist unmenschlich ... gegenüber der Toten und auch uns gegenüber!«

»Ich weiß! Es ist auch ein Ausnahmefall.« Plotkin zog die Wagentür zu.

Die Milizabsperrung ließ jetzt die Reisenden durch, die den Zug bestiegen. Die Schaffner dirigierten sie von dem Wagen weg, in dem Klaschka lag.

»Der Mörder ist noch im Zug, darüber sind wir uns doch alle klar?«

»Ja!« sagte Forster. »Aber ich glaube nicht, daß er noch einmal zu Klaschka zurückkommt und ihr Blümchen bringt.«

»Aber er erwartet eines! Nämlich, daß wir die Tote hier ausladen! Er sitzt am Fenster und will den Zinksarg sehen. Erst wenn sie weg ist, wird auch er von seinem ungeheuren inneren Druck befreit sein!«

»Das arme Menschlein«, sagte Karsanow spöttisch. »Es muß seelisch so leiden!«

»Aber Klaschka verläßt den Zug nicht!« fuhr Plotkin mit erhobener Stimme fort. »Der Transsib fährt weiter! Was wird der Mörder tun? Es wird ihn innerlich zerreißen! Warum haben sie Klaschka nicht ausgeladen? wird er sich immer wieder fragen. Was ist los in Nummer fünf? Man läßt einen Toten doch nicht herumliegen! Genossen, diese Panik wird ihn auffressen! Es wird von Stunde zu Stunde schlimmer werden, bis er sich verrät! Er ist ja kein alter Mörder, vergeßt das nicht, er ist selbst verzweifelt über seine Tat! Warten wir ... die Zeit arbeitet für uns.«

Draußen zog die Miliz ab. Ein Ruck ging durch den Zug, – die Lok wurde gewechselt.

An den Speisewagen fuhr ein Elektrokarren heran, und Fedja lud Kästen und Kartons um. Die Verpflegung wurde aufgefüllt.

In der Toilette Nummer fünf zerschlug einer der Assistenten die Scheibe. Die eisige Kälte strömte in den kleinen Raum. Mulanow drehte mit einem Spezialschlüssel auch noch die Heizung ab.

In einer Stunde würde Klaschka so steif gefroren sein, als wäre sie ein Eisblock. Kein Problem, sie bis Wladiwostok mitzunehmen. Es gibt keine bessere Konservierung als den sibirischen Frost.

»Fahren Sie weiter mit, Stepan Petrowitsch?« fragte Karsanow, nachdem man die Toilettentür von neuem verriegelt hatte.

»Natürlich!« Plotkin kratzte sich wieder den Haaransatz.

Seine vier Assistenten verließen den Zug.

»Ich habe mich im Funkraum einquartiert. Er kann von den Reisenden nicht eingesehen werden, und ich werde mich nicht sehen lassen. Wenn wir Kontakt miteinander halten wollen, Pal Viktorowitsch, müssen Sie leider zu mir kommen. Der Mörder soll glauben, er wäre mit seiner Leiche allein . . .«

»Was halten Sie davon?« fragte Karsanow später, als der Transsib den riesigen Bahnhof von Irkutsk verließ. Er stand mit Forster am Fenster im Gang und blickte über die schöne große Stadt.

Irkutsk, das Herz Sibiriens!

Irkutsk, der Stolz von Pioniergenerationen!

Die weichende Nacht lag zwar noch über dem Häusermeer, aber die Faszination war die gleiche, als beleuchte die Sonne die Stadt.

Auch das ist Sibirien, dachte Werner Forster. Was weiß man bei uns in Deutschland davon, was hier geschieht?

Taiga . . . das heißt bei uns das Ende der Welt.

Die Wirklichkeit ist ganz anders: Hier fängt die Welt erst an! Eine neue Welt, errichtet auf einem unschätzbaren Reichtum an Bodenschätzen.

Die wenigsten Menschen im Westen begreifen, daß hier Rußlands Unsterblichkeit entsteht.

»Was meinen Sie?« fragte Forster zurück, durch Karsanows Frage aus seinen Gedanken gerissen.

»Daß wir mit Klaschka weiterreisen . . .«

»Ein merkwürdiges Gefühl! Aber wenn wir es schon haben – wie muß es erst der Mörder empfinden? Hier muß ich Plotkin zustimmen. Für eine deutsche Mordkommission allerdings wäre so etwas undenkbar. Eine Leiche liegen lassen ...«

»Darauf habe ich nur gewartet!« bemerkte Karsanow giftig. »Das mußte kommen! So etwas ist nur in Rußland möglich ... der alte, verdammte hetzerische Ausruf des Westens!«

»Mein Gott, fangen Sie nicht schon wieder an, Karsanow!« Forster drehte sich um. Irkutsk lag hinter ihnen, sie fuhren dem Baikalsee entgegen.

»Ich weiß, daß Sie ein Patriot sind, und ich beglückwünsche Sie dazu. Was ich bisher von Ihrem Land gesehen habe – und das ist bei seiner Größe kaum ein Staubkorn –, läßt verstehen, warum ein Russe sein Land ›Mütterchen‹ nennt und es glühend liebt. Schließen wir damit dieses Thema ab, Pal Viktorowitsch!«

Sie gingen rasch zurück zu ihrem Abteil.

Milda schlief noch immer; sie hatte Irkutsk, die Untersuchungen, die Abfahrt nicht bemerkt; ein Beweis, wie tief ihre Erschöpfung war.

Forster beugte sich über sie und gab ihr einen vorsichtigen Kuß auf die zusammengepreßten Lippen.

Karsanow setzte sich auf sein Bett. »Man könnte meinen, Sie lieben sie wirklich ...«, sagte er gedämpft.

»Das begreifen Sie erst jetzt, Karsanow?«

Forster hockte sich auf die Bettkante. Es war nur ein schmaler Streifen, wollte er richtig sitzen, mußte er Milda etwas fortdrücken. Sie wäre dann erwacht ...

Karsanow klopfte auf sein Bett.

»Kommen Sie herüber, Werner Antonowitsch. Setzen Sie sich neben mich. Auf der harten Kante bekommen Sie Schwielen am Hintern.«

Werner Forster wechselte auf das andere Bett hinüber. Durch den Gang kam Fedja, der Kellner. Er hatte dem General noch einen Tee gebracht. Karsanow winkte ihn herein.

»Einen Beutel Milch für mich! Und für Sie, Werner Antonowitsch?«

»Einen doppelten grusinischen Kognak!«

»In einigen Minuten, Genossen.«

Fedja klemmte sich das Tablett unter die Achsel. Er sah bleich und zerknittert aus. Seit zwanzig Stunden war er auf den Beinen ... gerade, als er sich hingelegt hatte, um ein Schläfchen zu halten, hatte Mulanow die tote Klaschka entdeckt, und der Dienst ging weiter.

»Die Milch muß noch auftauen. Wir haben sie in Irkutsk frisch bekommen.«

»Beeilen Sie sich, Fedja!« Karsanow streckte die Beine von sich. »Ich habe einen Durst, daß ich die Fensterscheiben ablecken könnte.«

Fedja schob die Abteiltür zu und eilte zurück zum Speisewagen.

»Sie müssen mir einiges erklären, Werner Antonowitsch«, sagte Karsanow nach einer Weile.

Sie hatten beide aus dem Fenster geblickt. Der Baikalsee tauchte auf – eine riesige schwarze Scheibe. Die Morgendämmerung ließ sich Zeit, es schien ein trüber Tag zu werden.

Vielleicht würde es am Morgen wieder schneien, der Himmel hing über Land und See wie ein schwerer Sack.

»Sie lieben Milda Tichonowna. Über Geschmack läßt sich streiten – mir ist Milda zu jung und etwas zu mager.«

»Sie sollen sie ja auch nicht lieben, Pal Viktorowitsch!«

»Lassen Sie mich ausreden. Die wichtigste Überlegung kommt noch: Wie kann ein gebildeter Mann wie Sie, ein Akademiker, sich in eine Hure verlieben? Das will und will mir nicht in den Kopf.«

Forster sah hinüber zu Milda. Vorsicht, dachte er. Karsanow ist ein raffinierter Hund. Er schleicht sich an mich heran mit einer Logik, die nur schwer zu widerlegen ist.

Eine Zugdirne, wie Milda sie sein soll, bezahlt man und damit Schluß. Man kauft sie sich, so wie Karsanow sich eben seinen Beutel Milch bestellt hat oder ich den doppelten grusinischen Kognak. Aber Liebe?

»Sie wissen von Klaschka, daß dies hier Mildas erste Reise ist«, sagte Forster und überdachte jedes seiner Worte genau. »Sie ist noch keine Professionelle wie Klaschka.«

»Und Sie haben die moralische Verpflichtung in sich entdeckt, Milda ins bürgerliche Leben zurückzuführen? Einen missionarischen Drang quasi ...«

»Nicht nur das, Karsanow!«

»Warum halten Sie mich für einen senilen Bettnässer? Ich weiß, daß Sie Milda ohne moralischen Purzelbaum lieben können, weil sie keine Hure ist! Ich habe das Mädchen beobachtet ... selbst eine Anfängerin in diesem Gewerbe würde sich anders benehmen, jedenfalls mir gegenüber. Werner Antonowitsch – Sie wissen mehr!«

»Ich weiß nur, daß ich sie liebe, ganz gleich, was sie ist.«

»Eine Liebe, die bis Wladiwostok reicht ...« Karsanow hob beide Hände, als Forster antworten wollte. »Halt! Erklären Sie mir jetzt bloß nicht, daß Sie Milda sogar heiraten wollen! Daß Sie den ganzen Papierkrieg entfesseln wollen, der dazu nötig ist. Ein Mädchen, das Sie ein paar Tage kennen und von dem Sie – angeblich – nichts weiter wissen! Steigt in Swerdlowsk zu – ohne Fahrkarte! In Wattejacke, Stepphosen und derben Bauernstiefeln! Werner Antonowitsch, dahinter steckt doch ein Geheimnis!«

»Milda hat es Ihnen doch erzählt.«

»Die Sache mit dem Autofahrer, der sich als Liebeszechpreller davonmachte und das warme Vögelchen im kalten Winter allein ließ? Das soll ich glauben? Als Milda das erzählte, habe ich Sie übrigens beobachtet! Sie haben diesen Bericht mit einer Gelassenheit hingenommen, als handelte es sich um einen Wetterbericht. Sie waren ganz einfach zu unbeteiligt, Werner Antonowitsch! Auch das kann zum Verräter werden ...«

Werner Forster lehnte sich zurück.

Jetzt erkannte er klar, wie sich Karsanows Zange um ihn schloß. Die Zange aus Kombinationen und Schlußfolgerungen ...

Mit dem Morgen und mit Mildas Erwachen würde Karsanow rücksichtslos mit dem zermürbenden Verhör fortfahren.

Klaschkas Tod war nur ein Aufschub gewesen. Jetzt hinderte niemand Karsanow daran, den armseligen kleinen Panzer aus Ausreden und Lügen, den Milda ungeschickt um sich errichtet hatte, zu zerschlagen.

Ich muß handeln, dachte Forster. Ich muß sofort etwas tun ...

Aber was? Gott im Himmel – was?

Im richtigen Augenblick kam der Kellner Fedja.

Er brachte Karsanows Milch, eine Halblitertüte, in der es noch knirschte, weil die Milch noch nicht ganz aufgetaut war.

Karsanow beschwerte sich nicht, ihm war es recht so. Im Abteil, überhaupt im ganzen Zug, war es sehr warm, man konnte also eine Erfrischung gut gebrauchen.

»Es sind so kleine Dinge«, sagte er gnädig und wandte sich dem Deutschen zu, »wo die Perfektion einen Knacks bekommt. Doch sicherlich auch bei Ihnen, Werner Antonowitsch! Mal funktioniert die Heizung, als wären wir Brotlaibe, die gebacken werden sollen – mal fällt sie aus, dann werden wir konserviert. Die Tücken der Technik!«

Karsanow sah zu, wie Fedja den herrlichen, goldfarbenen grusinischen Kognak auf den Klapptisch stellte.

Kopfschüttelnd sagte er zu Forster: »Wie Sie jetzt so etwas trinken können! Erfrischt das denn?«

»Mich ja!«

Werner Forster hob das Glas und schwenkte den Kognak. Der würzige Duft verbreitete sich in dem überheizten Abteil.

Der Kellner stand in der Tür und schwankte leicht. Seine Augen waren vor Übermüdung gerötet wie bei einem weißen Kaninchen. Auch seine Hautfarbe war fahlweiß.

»Sie sollten sich hinlegen, Fedja«, sagte Karsanow. »Wenn Sie so weitermachen, servieren Sie den Gästen das Spülwasser und schütten die Suppe weg . . .«

Fedja nickte stumm, wollte anscheinend etwas sagen, kaute an den Worten und verzichtete dann doch darauf. Wie ein langer dürrer Schatten verschwand er in dem Gang.

Draußen dämmerte der Morgen. Der Transsib fuhr jetzt am Baikalsee vorbei, der – so weit Forster blicken konnte – zugefroren war. Die nächste Station würde Ulan-Ude sein, die Hauptstadt der Burjatischen Volksrepublik.

Die Grenze zur Mongolei war nahe – man sah es an den Jurten der Burjaten und den Auls, den Dörfern aus Fellhütten, an denen der Zug vorbeidonnerte.

Davon habe ich als Kind immer geträumt, dachte Forster und trank einen Schluck von dem Kognak. Sibirien, die Mongolei, China! Das nie zu enträtselnde Geheimnis Asien.

Und was ist aus meinen Träumen geworden?

Ich sitze mit einem Oberst des Geheimdienstes hier in einem überhitzten Zugabteil und kämpfe mit ihm um ein russisches Mädchen, das ich nur ein paar Stunden kenne und von dem ich mich schon nicht mehr trennen kann.

Gibt es etwas Verrückteres als das Leben?

»Einen Vorschlag, Pal Viktorowitsch«, sagte Forster und lehnte sich zurück.

Karsanow nickte und saugte mit einem Strohhalm die eiskalte Milch mit den gefrorenen Klumpen.

»Lassen Sie uns erst frühstücken!«

»Ich verstehe nicht, Werner Antonowitsch.«

»Verhören Sie Milda erst nach dem Kaffee!«

»Da haben Sie sich doch einen Trick ausgedacht?« Karsanow stellte seine Milchtüte ab. »Ich weiß gar nicht, warum ich bei Ihnen dauernd Ausnahmen machen soll! Ich spüre, daß hier etwas faul ist ... Wissen Sie, wie ich da in Moskau handeln würde?«

»Dazu braucht man keine große Phantasie.«

»Sehen Sie! Und wie benehme ich mich Ihnen gegenüber? Wie ein zahnloses Urgroßväterchen! Warum eigentlich?«

»Vielleicht sind wir uns tatsächlich sympathisch und wehren uns nur dagegen. Als mein Vater aus sowjetischer Gefangenschaft zurückkam ...«

»Das haben Sie nun lang und breit ausgewalzt, Werner Antonowitsch! Ich weiß, was Ihr Vater gesagt hat! Diese Generation, die nichts dazugelernt hat! Der Feind steht immer noch im Osten! Es ist zum Kotzen mit dieser Generation!«

»Mein Vater hat etwas anderes gesagt. Ihn hat Rußland bis zu seinem Ende nicht losgelassen – und bei mir ist es nicht anders!«

»Werner Antonowitsch, bitte nicht diese sentimentale Platte! Da höre ich nicht hin. Milda ist ein politischer Fall, das sage ich Ihnen im voraus, bevor ich sie noch ins Verhör genommen habe.«

Er zuckte zusammen, und auch Forster war einen Augenblick lang erschrocken. Im Gang jubelte eine Stimme auf – der Tenor!

Er begrüßte den neuen Tag. »Morgendlich leuchtend ...«, aus den ›Meistersingern‹.

Aus dem Nebenabteil stürzte, wie von einem Wolf verfolgt, der General. Über seiner gestreiften Schlafanzughose trug er den Uniformrock mit der fünfstöckigen Ordensspange.

»Warum ermordet man immer die Falschen?« brüllte er in

Wagners ›Preislied‹ hinein. »Sie Sadist! Warum darf man Sie nicht standrechtlich erschießen?«

Singend ging der Tenor den Gang entlang und verschwand in der Toilette.

Der gesamte Waggon war geweckt.

Auch Milda hob den Kopf und blickte schlaftrunken um sich.

»Erst frühstücken?« fragte Forster noch einmal.

»Von mir aus!« Karsanow nickte. »Ich schenke diese Stunde unserer menschlichen Annäherung. Politisch leben wir sowieso auf getrennten Sternen!«

Auf seiner Morgenvisite kam Mulanow durch den Gang. Er beruhigte den General, versprach, mit dem Tenor einmal streng dienstlich zu reden, und kam dann in sein bevorzugtes Abteil.

»Ein mieser Morgen«, berichtete er. »Der Genosse Skamejkin macht Schwierigkeiten. Er hat wieder keine Schuhe! Kaum wurden sie ihm zurückgebracht, hat die Miliz sie beschlagnahmt und in Irkutsk behalten. Er verlangt, daß ich das Wirtschaftsministerium in Moskau anrufen lasse, damit er sich beschweren kann. Mit seiner Seife wäscht sich . . .«

»Breschnew nicht nur die Hände, sondern vermutlich auch . . .« Karsanow brach wütend ab.

»Ich hätte mir nie erlaubt, so etwas auch nur zu denken, Genosse Oberst!«

Mulanow setzte sich zu Milda aufs Bett; sie war etwas an die Wand gerutscht.

»Was soll ich tun?«

»Fragen Sie doch diesen Plotkin, der die Schuhe beschlagnahmt hat.«

»Das geht nicht! Er ist ja offiziell nicht im Zug . . .« Mulanow rieb sich verlegen die Hände. »Könnten Sie das nicht übernehmen?«

»Ich? Sind Sie verrückt, Boris Fedorowitsch? Ich bin ein Reisender – wie alle anderen! Mich gibt es offiziell auch nicht! Das ist keine Amts-, sondern eine Zivilreise. Ich bitte, diese Diskretion zu wahren.«

»Das haben Sie gut gesagt, Pal Viktorowitsch.« Forster lächelte Karsanow an. »Wenn ich Sie richtig verstanden habe, sind Sie auf dieser Reise Privatmann und nicht Oberst des KGB.«

»Ich bin immer im Dienst!« bellte Karsanow zurück.

»Dann ersuche ich Sie, sich um den Genossen Skamejkin zu kümmern, Genosse Oberst«, hakte Mulanow sofort ein.

Die Sache mit den Schuhen hatte nämlich einen Haken.

Skamejkin hatte gar nicht daran gedacht, sich zu beschweren. Er hatte resigniert, hatte wieder auf seiner Bank gesessen und die viel zu weiten, geliehenen Schuhe getragen.

Still hatte er philosophiert und über sein ungeheures Schicksal nachgedacht.

Da setzte sich Mulanow zu ihm, betrachtete mitleidsvoll die alten Schuhe und begann: »Man braucht sich doch eigentlich eine solche Behandlung nicht gefallen zu lassen, Genosse! Wer sind Sie denn? Und wo leben wir? Sie sind ein ehrbarer Parteigenosse, mit dessen Seife sich sogar . . . Na ja, und wir leben in einem Staat, in dem Gerechtigkeit an jede Hauswand gemalt ist. Aber was tut man Ihnen? Man beraubt Sie zweimal Ihrer Schuhe! Das letztemal sogar amtlich! Ich würde es den Beamten geben . . .«

Dementi Michailowitsch Skamejkin hatte dieser Rede mit wachsender Unruhe zugehört. »Sie sind ein wahrer Freund«, sagte er ergriffen zu Mulanow, als dieser schwieg.

Er konnte ja nicht ahnen, daß der Schaffner diesen Dorn nur deshalb in seine Seele stach, um Milda wieder für einige Stunden vor Karsanow zu retten. Der Morgen würde schrecklich für sie werden, hatte Mulanow ganz richtig kombiniert. Und jetzt haben wir keine Klaschka mehr, die immer einen Ausweg wußte …

Wie sie das vor zwei Tagen geschafft hat! Stellt sich vor Karsanow hin und beginnt sich auszuziehen. Das war eine Leistung! Gute Klaschka!

Hinter ihr konnte man sich sicher fühlen wie hinter einem Felsen. Nun liegt sie im Abort Nummer fünf, unter dem eingeschlagenen Fenster, steif gefroren und in die Kehle gestochen.

»Was soll ich tun?« fragte Skamejkin erregt. »Meine Schuhe sind in Irkutsk geblieben! Soll ich verlangen, daß man sie mir nach Tschita fliegt und dort wieder übergibt?«

»Tschita ist zu nah, das schaffen sie nicht!« hatte Mulanow geantwortet.

Das war eine wunderschöne, verrückte Idee: die Schuhe per Flugzeug abliefern! Damit konnte man Karsanow beschäftigen, das würde ihn aus der Fassung bringen.

»Aber Chabarowsk, das können Sie verlangen! Fordern Sie, daß man Ihnen die Schuhe nach Chabarowsk fliegt! Ihre Idee ist würdig eines freien Bürgers, Dementi Michailowitsch …«

Skamejkin kam in Fahrt. Er sprang auf und hielt in seinem Großabteil einen Vortrag über Menschenwürde.

Er erntete Klatschen und Hochrufe. Das feuerte ihn noch mehr an. Von nun an ging er auf Strümpfen, die geliehenen menschenunwürdigen Schuhe wollte er mit Verachtung strafen. So hatte er verkündet, und nun machte er sich auf den Weg zum Funkraum.

Er klopfte so lange, bis Wladlen Ifanowitsch herauskam und schnell die Tür hinter sich zudrückte. Man hätte sonst Hauptmann Plotkin sehen können.

»Sind Sie krank?« brüllte Wladlen mit seiner hohen Stimme.

Skamejkin nickte.

»Wen wundert das noch? Auf Socken durch Sibirien! Hat es das jemals schon gegeben, ha? Man muß ja dabei krank werden bis ins Mark! Aber ich bin noch nicht krank ... ich verlange ein sofortiges Gespräch mit dem Chef der Staatsanwaltschaft von Irkutsk! Ich will, daß meine Schuhe nach Chabarowsk nachgeflogen werden ...«

Wladlen schlüpfte schnell wieder in den Funkraum und lehnte sich gegen die Tür.

»Haben Sie das gehört?« fragte er leise Plotkin, der unter einer Wolldecke auf der Bank lag.

»Natürlich!« Plotkin kratzte sich zur Abwechslung die Brusthaare und nicht den Haaransatz seines Schädels. »Treten Sie ihn in den Arsch!«

»Das verstößt gegen die Transportbestimmungen. Der Genosse Skamejkin besitzt eine gültige Fahrkarte.«

Von außen hämmerte der wild gewordene Skamejkin gegen die Tür und brüllte dabei Worte, die sich selbst für einen Seifenfabrikanten nicht gehören.

»Er darf mich hier nicht sehen!« befahl Plotkin. »Er würde es sofort weitererzählen, und der Mörder wäre gewarnt. Es würde unseren ganzen Plan zerstören. Bringen Sie ihn zur Ruhe!«

Das war leicht gesagt.

Wladlen schlüpfte von neuem auf den Flur und drückte Skamejkin gegen die Wand. Das war ein Fehler, denn Dementi Michailowitsch heulte schauerlich auf.

»Ha! Sie fassen mich an!« kreischte er. »Ein sowjetischer Bahnbeamter belästigt einen harmlosen Reisenden! Zu Hilfe! Zu Hilfe! Hier reißen tatarische Sitten ein!«

So weit war Skamejkins Aufhetzung gediehen, als Mulanow scheinheilig Karsanow um Hilfe ersuchte.

Als nun auch noch der Zugführer Vitali Diogenowitsch erschien, um Mulanow zu Hilfe zu holen, damit dieser Skamejkin wegen Zerstörung von Staatsbahneigentum verhafte – Skamejkin hatte nämlich unterdessen Wladlen zwei Knöpfe von der Uniformjacke gerissen –, verlor Karsanow die Beherrschung.

»Ich werde Ordnung schaffen!« schrie er und sprang auf.

Forsters verhaltenes Grinsen provozierte ihn noch mehr.

»Das geht rasch! Und dann zu Ihnen, Werner Antonowitsch, und der angeblichen Hure Milda Tichonowna! Rechnen Sie damit, daß ich sie in Tschita aus dem Zug holen lasse ...«

Er rannte hinaus, Vitali, der den Weg frei hielt, hinterher.

Es war die Zeit, wo alles zum Speisewagen strömte oder in den Gängen herumstand und diskutierte. Heute ging es um die Frage, ob solche Streitereien im Transsibirien-Expreß üblich waren oder ob gerade dieser Zug eine böse Ausnahme bildete.

»He! Wo ist Klaschka geblieben?« rief ein Mann. Es war ein dicker Mensch mit einem roten Gesicht, der so aussah, als könne er Klaschka bezahlen. »Wer hat sie sich denn für vierundzwanzig Stunden gekauft? Das sind kapitalistische Manieren!«

»Klaschka ist in Irkutsk ausgestiegen«, sagte Vitali geistesgegenwärtig.

Es war das erstemal, daß jemand Klaschka vermißte.

»Warum fragen Sie?« fuhr Vitali fort. »Schreiben Sie eine Karte an Klaschka, postlagernd Moskau römisch eins.«

»Das war gut«, sagte Karsanow lobend und klopfte Vitali auf den Rücken. »Das war eine schnelle Reaktion!«

Von weitem hörten sie Skamejkin brüllen. Sie beschleunigten ihre Schritte.

Mulanow hatte unterdessen Forsters Angebot angenommen und den Rest des Kognaks ausgetrunken. Wann kann sich ein armer Schaffner schon einen solchen Grusinischen leisten? Ein ordinäres Wässerchen ab und zu, ein saures Bierchen ... aber so ein Kognak steht für einen Mulanow nur zur Ansicht im Fenster der Kaufhäuser.

»Lange kann man ihn nicht mehr ablenken«, sagte Mulanow mit echter Sorge. Er legte Milda die Hand auf die angezogenen Knie und blickte sie wie ein richtiger Vater an.

»Töchterchen, verbirg nichts mehr vor uns: Kann Pal Viktorowitsch dir gefährlich werden?«

»Ja.« Sie legte den Kopf zurück an die Wand und starrte gegen die gewölbte Waggondecke. »Ich werde in Ulan-Ude aussteigen.«

»Daran wird Karsanow auch denken und rechtzeitig wieder zur Stelle sein.«

»Dann werde ich mich aus dem Zug stürzen!« Sie sagte es ganz ruhig, beinahe nebensächlich. Aber Forster und Mulanow wußten, daß sie es ernst meinte.

»Wenn einer aus dem Zug stürzt, ist es Karsanow!« sagte Forster hart.

Der Schaffner Mulanow wedelte entsetzt mit beiden Händen.

»Ich habe mit einem Mord genug!« rief er. »Diesen Zug soll der Teufel holen! Wie oft bin ich diese Strecke gefahren, hinauf und herunter, und nichts geschah! Alles war friedlich, ja, sogar langweilig! Immer normale Menschen! Aber dieser Zug? Nur Abnormitäten! Ein ganzer Zug voller Monster! Werner Antonowitsch, ich müßte Sie jetzt eigentlich anzeigen: Sie haben eine Mordabsicht an einem sowjetischen Obersten bekundet! Es wäre also meine Pflicht als Beamter ...«

»Es ist aber auch Ihre Pflicht, ein Mädchen wie Milda zu beschützen.«

»Was tue ich denn seit drei Tagen anderes? Aber jetzt scheint sich die Lage zuzuspitzen. Milda, Töchterchen ... nun sag doch etwas! Erzähle, was mit dir ist! Nur wenn wir die Wahrheit wissen, können wir dir helfen! Ich bin dein Freund ... und der Deutsche liebt dich sogar ...«

Milda senkte den Kopf. Ihre großen Augen, die ihr Gesicht beherrschten, wurden dunkel.

Sie blickte Werner Forster an ... mit einem Blick, scheu und dankbar, und tief im Untergrund mit der Antwort: »Ich liebe dich auch. Aber wie sinnlos ist das alles ...«

Forster beugte sich vor und ergriff ihre schmalen Hände. Wie Karsanow festgestellt hatte: Es waren nicht die Hände einer Dirne, weich und gepflegt, es waren schwielige Hände, Bauernhände; kleine bleiche Hände, die man gezwungen hatte, harte Männerarbeit zu leisten.

Über Mildas Gesicht lief ein Zucken.

Sie wollte Forster mit einem Ruck ihre Finger entziehen, aber er hielt sie mit eisernem Griff fest.

»Karsanow wird dich nicht verhaften ...«, sagte er eindringlich.

Woher er diese feste Überzeugung in dieser Minute nahm, wußte er nicht zu erklären.

»Krieche aus deinem Panzer heraus! Wer bist du, fremdes Mädchen? Milda, die Unbekannte von Swerdlowsk?«

Sie atmete tief auf. und ihre Stimme war plötzlich so klar, daß sie völlig fremd klang und merkwürdig kraftvoll.

»Ich habe einen Mann getötet«, sagte Milda Tichonowna. »Mit einer Axt habe ich ihm den Schädel gespalten. Er hatte es verdient ...«

X

Kargopow in der Ukraine.

Wer kennt dieses Kargopow? Niemand!

Aber man kennt die weißen Mehlsäcke mit dem Aufdruck ›Sowchose Maxim Gorkij‹, und man kennt die rotgestreiften Tüten mit Gries, Graupen und Haferflocken.

In allen Läden stehen sie in den Regalen, und Millionen von Hausfrauen greifen nach ihnen und loben ihre Qualität.

Und die Gurkengläser! Man darf sie nicht vergessen. Große, saftige, fleischige Gurken, nicht die hohlen Dinger, wie so oft, wenn man Gurken kauft. Und das Sonnenblumenöl in runden Dosen, golden wie ein Sommerabend . . . das alles ist Kargopow!

Milda Tichonowna war ein unschuldiges, braves und wohlbehütetes Mädchen, als es von seinem Vater Tichon Iwanowitsch Lipski zur Sowchose ›Maxim Gorkij‹ mitgenommen und dem Brigadier der zweiten Gruppe, dem dicken, immer fröhlichen und immer fluchenden Kyrill Michailowitsch Kuran, vorgestellt wurde.

Der alte Lipski war Vorarbeiter bei der Traktorenbrigade, ein angesehener Mensch, ausgezeichnet als ›Arbeiter des Jahres‹ von Kargopow, also schon eine Persönlichkeit, die jeder kannte.

»Natürlich kann sie bei uns arbeiten!« sagte Kyrill und musterte Milda, wie man eine Jungkuh mustert. »Ein bißchen mager, mein lieber Tichon Iwanowitsch. Du fütterst sie nicht genug. Was tust du mit den ganzen Rubelchen? Hinter die Gurgel, was? Bist ein Sauvater, mein Lieber!«

Man lachte darüber. Man wußte ja, wie Kuran das meinte und was er für ein fröhlicher, wenn auch grober Mensch war.

»Sie ist meine Jüngste«, sagte Lipski. »Ein scheues Reh, Genosse. Ganz anders als ihre Geschwister. Ihr Bruder zum Beispiel haut einen Ochsen mit der Faust um. Und ihre Schwester hat jetzt schon die Brüste einer Amme, haha!«

Es herrschte ein guter Ton auf der Sowchose, das muß man sagen. Es arbeitet sich angenehm, wenn alle sich verstehen.

Und so kam Milda Tichonowna zunächst in die Küche, schälte Kartoffeln, putzte Gemüse, spaltete Kohlköpfe, salzte Gurken, kochte Rote Beete ab und wusch Salat.

Alle mochten sie leiden, allen war sie wie eine kleine Schwester.

Man fütterte sie richtig, man nudelte sie schon beinahe, wie eine Gans, und Milda wurde etwas runder. Man erkannte nun, daß sie eine Frau und kein eckiger Junge in Weiberkleidern war.

Und nach einem Jahr hatte sie schöne apfelgleiche Brüste, ihre Beine waren wohlgeformt und doch schlank, ihr Haar glänzte wie Seide, ihre Hüften hatten jene Linien, die Männer mit Wohlgefallen betrachten, kurzum: Aus Milda war eine kleine Schönheit geworden.

»Mein Werk!« sagte der dicke Brigadier Kuran immer wieder, wenn er vom Fenster seines Büros aus Milda über den Hof gehen sah. »Wenn sie so weitermacht, laufen ihr sogar alle Hähne nach!«

Um diese Zeit lernt Milda den Schlosser Luka kennen. Wie man einen jungen Mann eben kennenlernt . . . in der Sowchose, in der Stolowaja, dem großen Versammlungsraum, wird ein Tänzchen veranstaltet . . . es geht fröhlich zu, die Männer benehmen sich wie die Gockel, und die Weibchen kichern wie die Tauben, und Luka holt Milda zu einem Tänzchen, nicht ohne vorher – gut erzogen – den alten Lipski um Erlaubnis gefragt zu haben . . .

Aus dem einen Tanz wurden drei, dann vier, dann sechs, und Milda sah bezaubernd aus mit ihrem erhitzten Gesichtchen, dem lachenden Mund und den blitzenden Augen.

Eine Schönheit, sag' ich euch, eine richtige Schönheit! Kargopow konnte stolz auf sie sein, wie auf seine Mehltüten und sein Sonnenblumenöl.

Nur etwas störte.

Und das war ausgerechnet der fette Brigadier Kuran.

Seit einiger Zeit munkelte man über ihn . . . hinter der hohlen Hand, versteht sich, denn Kuran war ein mächtiger Mann.

Er leitete praktisch die Sowchose, der Direktor war mehr in Kiew als in Kargopow, und war er einmal im Betrieb, so pflegte er zu allem, was ihm Kuran berichtete, zu sagen: »Sehr gut, mein lieber Kyrill Michailowitsch! Nur weiter so, mein lieber Kyrill Michailowitsch!« Dann fuhr er wieder ab.

Wer in Kargopow angenehm leben wollte, mußte Kurans Freund sein.

Aber, wie gesagt, man munkelte über ihn. Je fetter er wurde, um so mehr jagte er den Weibern nach.

Wie ein grunzender Eber watschelte er durch die Abteilungen, hielt sich immer lange in der großen Wäscherei auf, wo die Frauen, der Hitze wegen, nur ein Hemd im Rock stecken hatten und man dadurch ihre Brüste fast ungehindert sehen konnte; oder er ging über die Felder, auf denen man Versuchszüchtungen unternahm und wo die Frauen die Stecklinge einzeln versetzen mußten. Das war Handarbeit, man mußte sich dabei tief bücken, und Kuran weidete sich daran, den Weibern unter die Röcke zu gucken.

Was sage ich ... Kyrill war ein großes Ferkel!

So natürlich, wie im April der Wind bläst, kümmerte sich Kuran auch um Milda Tichonowna. Ihre harmlose Freundschaft mit Luka mißfiel ihm sehr.

Kurzerhand versetzte er den jungen Mann in die Schlosserei einer Außenstelle, wo er bis zum Winteranfang bleiben mußte.

Milda dagegen wurde auch befördert: Kuran machte sie zur Lagerverwalterin für die Gartengeräte, ein ruhiger Posten, denn die einzelnen Arbeitsbrigaden pflegten ihre Geräte selbst und kamen nur ins Magazin, wenn etwas zerbrochen war. Dann mußte es Milda gegen ein neues Gerät eintauschen.

Milda Tichonowna hatte viel Zeit, sie katalogisierte die Bestände, schrieb Ergänzungslisten und langweilte sich. Ein paarmal erhielt sie Post von Luka, aber dann hörte auch das auf ...

Lukas Briefe gingen auf einer Strecke von neunzehn Werst verloren. Ein rätselhafter Vorgang, Freunde, über den nur Kuran Auskunft geben konnte ...

Aber den fragte niemand.

Es begann eigentlich ganz harmlos, so wie man es von Kyrill Michailowitsch bei den anderen Frauen gewöhnt war.

Er kam ins Magazin, plauderte mit Milda, betrachtete ihre kleinen Brüste unter dem straff gespannten Baumwollkleid, strich ihr väterlich über das Haar und ließ die Hand dann auf ihren Busen fallen.

Milda trat einen Schritt zurück, kreuzte die Arme über der Brust und sagte: »Sie haben eine unruhige Hand, Genosse Kuran ...«

Kuran lachte meckernd. Sein fettes Gesicht wabbelte, und sein Bauch hüpfte.

»Wie soll sie ruhig bleiben bei einem Weibchen wie dir, he?« Er lachte. »Wie gesund sie aussieht! Wie schön! Träumst du eigentlich, mein Täubchen?«

»Nein!« antwortete Milda erstaunt. »Warum?«

»Warum? Warum? Hat noch nie einen Mann gehabt und träumt nicht einmal davon? Hat noch nie einen Kuß bekommen, wie? Weiß gar nicht, wie das so ist, wenn ... Na ja. Mildaschka, es besteht die Möglichkeit, Vorarbeiterin in der Gärtnerei zu werden. Man muß nur ein liebes Mädchen sein ...«

Er kam um die Ausgabetheke herum, drängte Milda gegen das Regal, und da sie nicht ausweichen konnte, denn Kuran war ein Klotz aus Knochen und Fleisch, stieß sie ihn mit den Fäusten gegen die gewaltige Brust und schrie ihn an. Ihr schönes zartes Gesicht war plötzlich sehr kantig und im Zorn um Jahre älter.

»Lassen Sie mich los, Kyrill Michailowitsch! Ich bin nicht so wie andere Weiber! Nehmen Sie an, ich wäre blind? Fassen Sie mich nicht an!«

Es war unmöglich, gegen Kurans Kraft anzukommen. Er lachte rauh, schlug Mildas Fäuste weg, griff fest an ihre Brüste, riß das Mädchen an sich und küßte es. Er küßte Milda wild, wohin er sie gerade traf, denn sie stieß mit dem Kopf um sich.

Dann ließ er sie los, gab ihr eine schallende Ohrfeige, nach der sie in die Knie fiel, zog sie wieder hoch und griff ihr unter den Rock.

Milda spuckte ihn an, mitten in das feiste, gerötete Gesicht spuckte sie; dann trat sie ihn gegen das Schienbein und konnte zur Tür flüchten, als Kuran sich mit verzerrtem Gesicht und schwer atmend gegen die Theke stützte.

»Ich werde es allen erzählen!« knirschte Milda, heiser vor Wut. »Allen! In der Stolowaja werde ich es ausrufen ...«

»Tu das, du Luder!« Kuran wischte sich über die Stirn. »Dein Väterchen arbeitet hier ... hui, er fliegt hinaus! Dein Bruder arbeitet hier ... ab morgen kann er Erde fressen! Ist euer Haus nicht nur gepachtet? Von der Sowchose gepachtet? Beladet euren Karren, und weg aus Kargopow! Und alles nur, weil eine Idiotin wie du nicht den Rock heben will! Dafür vernichtet sie ihre ganze Familie! Vorarbeiterin in der Gärtnerei kann sie werden! Der beste Posten in der ganzen Sowchose! Sie werden dich auslachen, alle, in der Stolowaja! Sag es ihnen nur ...«

Am nächsten Morgen erschien der alte Lipski bei Kuran. Er war sehr ernst, sah den Brigadier lange schweigend an und wackelte mit der Nase.

Kuran winkte ab. »Halt's Maul, Tichon Iwanowitsch!« begann Kuran. »Oder willst du, daß deiner Tochter Spinnweben wachsen?«

»Du bist ein Schwein, Kyrill Michailowitsch!« sagte Lipski dunkel. »Sie hat es mir allein erzählt, keiner weiß es, nur du und ich ... und ich warne dich!«

»Du warnst mich? Oha!« Kuran lachte gehässig. »Ich trete dich in den Arsch wie einen lahmen Esel.«

»Ich bin Parteigenosse, vergiß das nicht.«

»Und ich bin Bezirksvorsitzender, vergiß das auch nicht! Genaugenommen, Tichon Iwanowitsch, bist du ein Dreckhaufen, weiter nichts!«

»Laß Milda in Ruhe, sage ich dir.« Lipski beugte sich über den Tisch. »Mach mit uns, was du willst. Es wird einen Kampf geben bis zum Obersten Gericht in Kiew! Verhungern werden wir nicht ... aber du kannst dich verstecken vor Iwan, meinem Sohn! Er wird dir die Knochen brechen – mit einem einzigen Schlag!«

»Das ist eine Drohung!« sagte Kuran kalt. »Man wagt es, mir zu drohen! Hinaus, du Stück Mist! Du wirst noch von mir hören!«

Drei Tage blieb alles still, und man hoffte schon, Kuran habe den Vorfall geschluckt, um kein Aufsehen zu erregen.

Er kniff die Wäscherinnen wieder in den Hintern und schloß sich mit der drallen Eftimia, einer jungen Witwe, in seinem Büro ein. Man hörte es bis nach draußen, wie die Möbel wackelten ...

Um so erstaunter waren alle, als Milda aus dem Magazin wegkam und zur Brigade drei versetzt wurde.

Man muß wissen, was das ist. Brigade drei war der dreckigste Haufen der ganzen Sowchose. Nicht vom Charakter her, nein, von der Arbeit.

Es war die Bodenbearbeitungsabteilung, wie es so schön hieß.

Bei glühender Sonne oder strömendem Regen rückte sie aus und mußte die riesigen Felder pflügen. Es gab eigentlich kein Wetter, das diese Brigade abhalten konnte; und wenn der Boden durch Regen zu weich war und die Traktoren einsanken, rückte die Brigade aus und rodete Wälder. Es waren die bestbezahlten Arbeiter der ganzen Sowchose, die härtesten Burschen ... und Milda war die einzige Frau unter diesen Männern.

Sie biß die Zähne zusammen, saß auf dem Traktor, stand hinter der Motorsäge, entlaubte die gefällten Bäume. Ihre zarten Hände sprangen auf, wurden wund und schwielig, aber sie lehnte jede Hilfe ab.

»Es ist sehr lieb von euch«, sagte sie zu den harten Kerlen, die ihr immer wieder die leichteste Arbeit der Kolonne zuschoben, »aber ihr tut mir damit keinen Gefallen. Ich will es Kuran, diesem Fettsack, zeigen!«

Oh, sie war zäh, wie auch die schönste Katze zäh sein kann, wenn es darauf ankommt.

Ein paarmal kam Kuran in einem Wagen zur Brigade drei, sah stumm zu, beobachtete Milda Tichonowna bei der Arbeit und brüllte jeden an, der ihn Mildas wegen ansprach und ihn einen Schinder nannte.

Natürlich hagelte es Beschwerden beim Bezirkssowjet, anonyme und auch unterschriebene Beschwerden.

Die Familie Lipski schrieb nach Kiew an die Oberste Sowchosen-Verwaltung ... aber Antwort bekam sie nie.

Der alte Lipski verlor seinen Posten als Leiter der Traktorenstelle und mußte in den Stalldienst.

Dort kreuzte nun Kuran öfters auf, wischte mit einem weißen Taschentuch über irgendeinen Balken, der natürlich staubig war, und brüllte Lipski an:

»Ein Faulenzer! Ein blinder Hammel! Wozu bezahlt dich das Volk? Damit du im Stroh liegst und pennst? Das Vieh verkommt, der Stall setzt Moos an, und so ein Faulpelz will auch noch Rubel dafür haben!«

Tichon Iwanowitsch Lipski fuhr selbst in die Stadt, aber in Kiew hatte man keine Zeit für ihn. Man kennt das ja ... man möchte den zuständigen Beamten sprechen, aber dieser Beamte ist davon nicht zwei Monate vorher verständigt worden und kann deshalb nicht. Oder der zuständige Beamte ist doch nicht zuständig und weiß auch nicht, wer zuständig ist ...

Überall das gleiche, Genossen!

Lipski lief einen ganzen Tag durch die Behörden, seine Fußsohlen brannten; genau neunzehnmal erzählte er den verschiedenen Beamten die Geschichte seiner Tochter Milda, erzählte, wie der fette Kuran Milda nachstellte und deshalb alle tyrannisierte ...

Alle, die ihm zuhörten, gaben ihm recht. Ja, Kyrill Michailowitsch sei eine große Sau ... und dann schickten sie ihn weiter zum nächsten Zimmer.

Treppauf, treppab, durch lange Flure ...

Als Lipski am Abend wieder auf der Straße stand, weil die Ämter geschlossen wurden, hatte er viel erzählt, sich die Füße wund gelaufen, aber nichts erreicht.

Aber irgend etwas mußte doch hängengeblieben sein: Zwei Tage später ließ Kuran den alten Lipski zu sich kommen. Er warf ihm die Arbeitspapiere ins Gesicht und rief höhnisch: »Sich in Kiew beschweren – welch ein Herzchen ist dieser Lipski! Nun gebe ich dir Gelegenheit, ruhiger zu leben! Hinaus mit dir! Und spar dir eine neue Reise nach Kiew ... die Entlassung ist schon von der Zentrale unterschrieben ...«

So kam der Herbst, die Regenzeit, und die Arbeit auf der Brigade drei wurde zu einer Teufelei.

Nur ein einziger Lichtblick blitzte auf: Luka kam über Sonntag zu Besuch.

Am Abend ging er mit Milda tanzen, unter den Augen des

fetten, vor Wut knirschenden Kuran, küßte sie beim Walzer genau in dem Augenblick, als sie an Kuran vorbeischwebten, und brachte sie dann nach Hause.

»Ich habe in Kiew eine Tante«, sagte Luka. »Ich werde ihr schreiben. Es gibt viele Fabriken in Kiew, die junge Mädchen suchen. Leichte Arbeit gegen diese Schufterei in eurer Brigade! Bald hat deine Quälerei ein Ende, Milda!«

Sie küßten sich wieder. Es war der erste Kuß, den Milda bis in die Zehenspitzen spürte. Ein wundervolles Gefühl, das sie mit geschlossenen Augen genoß.

In dieser Nacht wurde Kyrill Michailowitsch in seinem eigenen Bett überfallen. Plötzlich klirrte eine Scheibe, eine dunkle Gestalt sprang ins Zimmer, und bevor Kuran noch aus dem Bett hüpfen konnte, bekam er bereits den ersten wuchtigen Schlag gegen sein dickes Kinn.

Der Unbekannte mußte ein kräftiger Bursche sein, jeder Schlag rüttelte Kuran durch, er taumelte von Wand zu Wand, versuchte eine matte Gegenwehr und rutschte schließlich am Kleiderschrank zu Boden.

Aber Kuran war noch nicht besinnungslos, wie der Angreifer glaubte, und so erkannte der fette Brigadier im fahlen Nachtlicht, undeutlich zwar, aber unverwechselbar, den Mann, der ihn zusammengeschlagen hatte: Luka!

Der Angreifer stieg wieder aus dem Fenster und verschwand.

Kuran zeigte ihn nicht an. Er tat so, als sei nichts geschehen. Aber dann passierte auf der Außenstelle ein entsetzliches Unglück: Eine Kette, mit der man Baumwurzeln aus der Erde zog, zerriß, und die herumschnellende stählerne Schlange hieb Luka, der neben der Wurzel stand und dem Traktorführer Anweisungen gab, glatt den Kopf ab.

Ein Unfall, einwandfrei.

Ketten können reißen. Materialermüdung – so nennt man

das! Die ganze Sowchose trauerte. Luka bekam ein großes Begräbnis mit Musik, Fahnen, vielen Blumengebinden, schönen Reden und Nachrufen. Sogar ein Beamter von der Zentrale in Kiew war gekommen.

Die zerrissene Kette aber verschwand, bevor man sie näher untersuchen konnte. Eine Materialermüdung zeigt niemals Sägestellen ...

Eine Woche nach dem Tode Lukas ließ Kuran großzügig Milda zu sich kommen.

»Wie steht es, Mildaschka?« fragte er freundlich. »Kann man an Lukas Stelle treten?«

»Nein! Sie stinken, Genosse!« antwortete Milda.

Es war eine kurze, prägnante Unterhaltung.

Ja, und dann kam jener Tag, der das Leben Mildas für immer veränderte.

Es regnete in Strömen, und die Brigade drei war zur Untätigkeit begnadigt, denn selbst im Wald konnte man nicht mehr arbeiten. So putzte man die Gerätschaften und die Fahrzeuge, und Milda wurde ins Lager geschickt, um einige Dosen mit Schmieröl zu holen.

Ein trüber Tag, wie gesagt, ein Tag, an dem der Himmel auf die Erde fällt.

Milda Tichonowna sprang aus ihrem kleinen Wagen, schlug eine Decke über den Kopf und rannte blindlings durch den rauschenden Regen in die Lagerhalle.

Das hätte sie nicht tun sollen.

Kaum im Trocknen, kam sie nicht mehr dazu, die Decke von ihrem Kopf zu ziehen. Jemand stülpte von hinten einen großen Sack über Milda und erstickte damit jeden Schrei und jede Gegenwehr.

Sie wurde hochgehoben, weggetragen, fiel in etwas Weiches und brüllte – brüllte ihre ganze Qual in den über den Kopf gezogenen Sack. Dann riß man ihr die Arbeitshosen vom Körper, und ein schwerer Leib, wie ein Felsblock, fiel über sie.

Das Weitere erduldete sie stumm. Sie biß vor Schmerz in die Sackleinwand, aber sie behielt die Besinnung.

Ihre Gedanken waren so schrecklich klar, daß sie jede Einzelheit bewahrte, die mit ihr geschah.

Erst als alles vorbei war, bekam sie einen Hieb auf den Kopf und verlor das Bewußtsein.

Sie erzählte es niemandem, nicht einmal ihrem Vater. Was konnte sie beweisen? Sie hatte einen Sack über dem Kopf gehabt.

Kuran würde Zeugen bringen, daß er um diese Stunde weit weg vom Materiallager gewesen war.

Am nächsten Tag fehlte Milda Tichonowna in der Brigade drei.

Sie blieb im Hauptlager der Sowchose, ging zur Werkzeugausgabe, in der jetzt eine andere Frau arbeitete, nicht so jung und hübsch wie Milda, aber raffinierter und vor allem williger, ließ sich eine kurzstielige Axt geben, unterzeichnete die Quittung mit ihrem vollen Namen und klemmte sich die Axt unter die Achsel.

Ganz ruhig überquerte sie dann den großen Zentralplatz der Sowchose, betrat das Büro der Verwaltung und klopfte an die Tür von Kyrill Michailowitsch Kuran.

Milda Tichonowna war trunken vor Haß, als er »Hereinkommen!« schrie.

Er saß fett und mit ausgestreckten Beinen hinter seinem Schreibtisch und ... fraß. Man konnte das, was er tat, beim besten Willen nicht mehr als »essen« bezeichnen.

Stören wir uns nicht an den Bergen von Blinis und Fleischsoße, die er vor sich aufgebaut hatte, dazu – als Nachtisch gedacht – Kuchen und kandierte Früchte, es war allein die Art, wie er das alles in sich hineinschlang, mit einem Grunzen und

Schmatzen, als säße eine Sau an ihrem Trog und wühle mit dem Rüssel im Brei.

»Aha!« sagte er, als er Milda erkannte, die ihr Kopftuch abnahm und ausschüttelte. Es regnete noch immer, nicht mehr so gewaltig wie in den letzten Tagen, aber es war ein gemeiner Regen, der unaufhörlich die Erde durchweichte, die Wege unpassierbar und die Arbeit auf der Sowchose zu einer wahren Qual machte.

Der Winter kündete sich schon an.

In dem Regen pfiff schon ein kalter Wind, es war eine andere Kälte als sonst an kühleren Herbsttagen ... es war der Eisatem, der aus Rußlands riesigem Kühlschrank herüberwehte: aus Sibirien ...

»Wer ist denn da, wer ist denn da?« sagte Kuran gemütlich und schmatzte weiter. »So blaß, mein Vögelchen? Du solltest mehr Rote Beete essen, das gibt Blut in den Adern ...«

»Sie haben recht, Kyrill Michailowitsch«, antwortete Milda ruhig. »Mir fehlt Blut. Viel Blut!«

Sie kam näher, um den Tisch herum und stand nun nahe vor dem kauenden und grunzenden Kuran.

Er schob gerade eine Blini in den Mund, kaute ächzend, ließ seinen Blick über Mildas Körper gleiten und erinnerte sich anscheinend mit Wohlgefallen, wie sie dagelegen hatte – den Sack über dem Kopf, die Kleider hoch bis zum Hals, ein zartes, aber wohlgerundetes Weibchen, das man genossen hatte wie ein Glas süßen Likörs aus Kasan ...

»Die Küche soll dir eine Woche lang Sahne liefern«, meinte Kuran großzügig. »Sag Bescheid, ich ordne es an. Die schriftliche Bestätigung kommt nach.« Er zeigte auf den Kuchenberg und die kandierten Früchte. »Magst du, Mildaschka?«

»Danke, Kyrill Michailowitsch.«

Sie fixierte seinen großen runden Schädel, die Mitte seiner

Schädeldecke und ließ die Axt unter ihrer Achsel herunterrutschen, so daß sie den Stiel zu fassen bekam.

Kuran war mit seiner Fleischsoße beschäftigt, er goß sie in einen tiefen Teller und griff nach dem Löffel.

Mit beiden Händen packte Milda zu, schwang die kurzstielige Axt mit einer Drehung aus den Hüften heraus über ihren Kopf, als werfe sie eine Diskusscheibe, und ließ sie dann auf Kurans Schädel niederfallen.

Wenn ein Blitz einen Baum spaltet, so kann es nicht anders sein. Kurans dicker Kopf klaffte auseinander, Blut und Hirn stürzten wie eine Woge aus dem Spalt, der schwere Körper sackte nach vorn und rutschte dann seitlich vom Stuhl.

Die Beine in den blankgeputzten Stiefeln zuckten noch ein paarmal, dann lag er still.

Nur das Blut rauschte immer weiter aus Kurans Schädel. Es war ein Ton, den Milda nie vergessen würde.

Eine lange Zeit starrte sie auf den Toten, dann legte sie die Axt neben den gespaltenen Schädel und verließ ebenso ruhig, wie sie gekommen war, das Gebäude der Sowchosenverwaltung.

Sie setzte sich gegenüber in die Kantine, bestellte einen Tee mit Honig und wartete.

Es dauerte nicht lange.

Es gibt immer etwas, was man den Genossen Kuran fragen muß, auch wenn man weiß, daß er um diese Zeit ißt und nicht gestört werden möchte.

So entdeckte der zweite Büroschreiber Nikita den wirklich nicht schön aussehenden Toten, schlug heimlich ein Kreuz und dann Alarm.

Milda blieb in der Kantine sitzen. Warum weglaufen? dachte sie. Wohin noch flüchten? Sie werden es bald heraushaben, wer die Axt aus dem Magazin geholt hat.

Und wenn ich mich verstecke, dachte Milda weiter, werden sie Vater und Mutter und meinen Bruder verhören, und auch meine Schwester werden sie nicht in Ruhe lassen und alle verdächtigen, mich weggebracht zu haben. Es wird nur Schwierigkeiten geben.

Ich habe es getan, ich habe einem Schwein in Menschengestalt den Kopf gespalten, und ich bereue es nicht. Warum jetzt feige sein und sich verstecken?

Wenn vieles in Rußland noch im argen liegt und manches nicht so klappt, wie er sein sollte, weil der Mensch eben so träge ist und alle aufgestellten Jahrespläne letztlich vom Menschen abhängig sind – eines funktionierte schnell: Die Miliz war in kürzester Zeit in der Sowchose.

Vor der Verwaltung stauten sich die Menschen und diskutierten.

Man war sich darüber einig, daß dem noch unbekannten Mörder in Kargopow ein Denkmal errichtet werden müsse – größer und schöner als das von Lenin, der mit hocherhobener Hand auf dem Marktplatz stand, als wolle er eine Rede halten.

Es spielte dabei auch keine Rolle, daß die Miliz anderer Meinung war ... Kuran war ein Höllenaas gewesen, ein lebender Teufelsdreck, ein immer bereiter Beschäler aller schönen Frauen, der schon in vielen Ehemännern den Wunsch geweckt hatte, ihn umzubringen. Aber keiner hatte es getan ... bis heute!

Genosse, wo bist du? Laß dich umarmen! Du bist unser aller Brüderchen ...

Es dauerte zwei Stunden, bis die Miliz alles aufgenommen hatte. Man fotografierte den gespaltenen Kuran, entdeckte einen Haufen Fingerabdrücke auf dem Stiel der Axt; Erde und Dreck, die von Stiefelsohlen abgefallen waren und die nicht unter Kurans sauberen Sohlen klebten, stellte man sicher; und vor allem betrachtete man nachdenklich ein Kopftuch, das neben dem Teller mit Fleischsoße auf dem Tisch lag.

»Das hat nichts zu sagen«, erklärte der Genosse Lobnowitz, der Stellvertreter Kurans und ein guter Mensch, bei dem sich viele ausweinen konnten, die von Kuran in den Hintern getreten worden waren.

»Weiber gehörten zu ihm wie ein Rülpser nach dem Essen! Sehen Sie sich den Schlag an, Genossen! Das war ein Bulle von Mann. Wir sollten alle betrogenen Ehemänner durchleuchten, die mehr als einhundertachtzig Pfund wiegen ... Fangen wir bei der Schmiede an ...«

Die Miliz fing dort an, wo sie wollte. Und so war es natürlich, daß über das Werkzeugmagazin der direkte Weg zu Milda Tichonowna führte.

Als die Miliz, neugierig, was das für ein Kraftweib sein müsse, die Kantine betrat, erhob sich Milda in ihrer mädchenhaften Zartheit und sagte laut: »Ja, ich war es!« Man glaubte ihr erst, als man ihre Fingerabdrücke mit denen auf dem Axtstiel verglichen hatte.

»Mit diesem Ärmchen?« fragte der Kommissar und schüttelte den Kopf. »Spaltet einen Schädel bis zur Mitte durch? Milda Tichonowna, mit diesen Muskelchen heben Sie doch keinen Kohlkopf auf!«

»Ich habe mit meinem ganzen Körper zugeschlagen«, sagte sie ohne Anzeichen von Erregung.

»Der Körper eines Schwälbchens ...«

»Geben Sie mir die Axt, und ich zeige es Ihnen ...«

Der Kommissar zögerte, musterte Milda wieder und nickte dann.

Man reichte Milda die Axt und führte sie zu einem kleinen wackeligen Tisch.

»Sie müssen ihn atomisieren ...«, meinte der Kommissar. »Bitte!«

Milda Tichonowna musterte den Tisch. Dann holte sie aus, schwang auch die Axt ... aber als sie über ihrem Kopf kreiste, zerbrach plötzlich etwas in Milda.

Die Axt fiel ihr aus der Hand, krachte auf die Dielen ... Milda schwankte, knickte in den Knien ein und rollte dem Kommissar vor die Füße.

Es war, als habe das Gewicht der Axt ihr Rückgrat zerbrochen.

»Tragt sie vorsichtig hinaus ...«, sagte der Kommissar ernst. »Ganz vorsichtig. Und bringt sie nach Kiew. Wir haben das Gesetz zu vertreten und nicht die zerstörte Seele einer jungen Frau ...«

Die Gerichtsverhandlung fand in Kiew statt.

Wer in der Sowchose ›Maxim Gorkij‹ einen freien Tag hatte, saß hinten auf den Bänken. Halb Kargopow war in die Stadt gekommen, zum Teil auf offenen Bauernkarren.

Der alte Jefim Timofejewitsch, von dem behauptet wurde, er habe schon den Russisch-Japanischen Krieg mitgemacht – was maßlos übertrieben war, aber er widersprach dem nicht –, rückte sogar mit zwei Ochsen, die er vor einen Mistwagen gespannt hatte, in Kiew ein.

Er war drei Tage von Kargopow aus unterwegs gewesen und hatte auf jeder seiner Stationen die Tragödie der schönen Milda Tichonowna Lipski erzählt. Zwischen Kargopow und Kiew wußte jeder, was geschehen war, und alle hatten Mitleid mit Milda.

Die Verhandlung war kurz.

Milda gestand alles, die Mutter weinte laut, ihr Vater Tichon Iwanowitsch Lipski fluchte laut und rief in den Saal, Kuran sei ein Hurenbock gewesen, aber das Gericht erkannte das nicht an.

Wo käme man hin, wenn man allen Männern, die einem

fremden Rock nachjagen, die Schädel spalten wollte? Man hätte das Männergeschlecht bald ausgerottet ...

Unter dem Gestöhne der Leute von Kargopow verurteilte das Gericht Milda Tichonowna zu zehn Jahren Zwangsarbeit. Das war sogar ein mildes Urteil ... das Vorleben Kurans schlug wirklich strafmildernd zu Buche.

Aber zehn Jahre Sibirien ... Genossen, man würde Milda nicht wiedersehen. Klötze von Männern legt so ein Straflager in die Grube, wie soll es da ein Schwänchen wie Milda überstehen?

Der alte Jefim Timofejewitsch spuckte in den Saal und kam nach vorn zu den verblüfften Richtern. Ein übler Gestank von Jauche flog vor ihm her, aber das war es nicht, was alle erschütterte ...

Der Uralte ließ seine Hose herunter, zeigte sein faltiges Hinterteil dem Hohen Gericht und brüllte heiser die bekannte Aufforderung.

Man konnte ihn wegen Beleidigung des Gerichtes nicht belangen ... Jefim war außerhalb aller Strafwürdigkeit.

Die Miliz hatte es schon längst dem Gericht gemeldet, daß es auf der Straße einen riesigen Menschenauflauf gegeben hatte. Vor der Treppe des ehrwürdigen Gebäudes parkte eine Mistkarre mit zwei halbblinden Ochsen davor ...

Noch einmal sah Milda ihre Familie wieder. Vor dem Abtransport nach Sibirien – wohin, das wußte keiner, und niemand konnte Auskunft geben – durfte man die Verurteilte zum Abschied besuchen.

In einem kleinen Raum, getrennt durch einen langen Tisch, saß man sich gegenüber ... auf der einen Seite Milda mit dem Wärter, auf der anderen Vater Lipski, die Mutter, die Schwester und der Bruder.

Vor dem Raum stapelten sich Kartons und Säcke.

Geschenke waren es, Geschenke aus ganz Kargopow für die Reise in ein unbekanntes Land.

Es war klar, daß Milda kaum etwas davon mitnehmen durfte, aber es ist auch wichtig, nur zu zeigen, wieviel Liebe einen Menschen auf einem Weg begleiten kann ...

»Ich bin sehr stolz auf dich!« sagte Tichon Iwanowitsch, der Vater. »Gott segne dich, mein Töchterchen. Übersteh die Jahre gut. Wir warten auf dich!«

Und die Mutter sagte mit erstaunlich fester Stimme: »Das ganze Land spricht von dir. Ich möchte dich umarmen, aber ich darf es nicht.«

»Ich blicke mal weg ...«, sagte der Wärter und drehte sich um.

Sie umarmten und küßten sich, der Bruder steckte Milda eine ganz klein zusammengefaltete Landkarte von Sibirien zwischen die Brüste, und ihre Schwester schob ein zusammenklappbares Taschenmesser hinterher.

»Wir warten!« sagte die Familie dann im Chor.

Es war das Signal für den Wärter, sich wieder umzudrehen. Die Verwandtschaft saß wieder sittsam hinter dem Tisch.

Eine Landkarte und ein Taschenmesser ... das muß genügen, um Sibirien zu bezwingen! So groß ist der Glaube der Russen an die eigene Kraft.

An einem frühen, nebligen Morgen wurden sie abtransportiert: neun Frauen und siebzehn Männer. Fünf Gefängniswagen brachten sie zum Güterbahnhof von Kiew, wo die geschlossenen Waggons warteten. Es waren umgebaute Viehwagen mit Pritschen und einem eisernen Ofen in der Mitte.

Bis jetzt waren es fünf Waggons, die aus anderen Gegenden herangebracht und hier gesammelt worden waren. Es würden bis Sibirien noch mehr werden ... ein langer Zug, der in der Unendlichkeit der Taiga verschwinden sollte ...

Die Begleitsoldaten behandelten die Frauen höflich, die Männer trieben sie herum wie eine Hammelherde.

Es waren nicht alles Mörder, Spitzbuben, Wegelagerer oder Betrüger; auch drei Professoren waren darunter, zwei Schriftsteller, ein Journalist, ein Schauspieler und ein Fabrikdirektor.

Und unter den weiblichen Sträflingen saß in Mildas Waggon auch eine Ärztin, eine ältere Frau, die wenig über sich sprach. Meistens saß sie auf der Pritsche und starrte vor sich hin.

Wenn eine der Frauen die Nerven verlor und zu kreischen begann aus Angst vor diesem riesigen unbekannten Sibirien, dann fand sie einfache, aber gute Worte.

»Wen haben Sie erschlagen, Genossin?« fragte Milda auf dem langen Weg durch den Ural die verschlossene Ärztin.

Es war eine so naive Frage, daß sie zum erstenmal ein klein wenig von dem Schleier ihres Geheimnisses öffnete.

Die anderen, durchweg kriminelle Weiber, starrten sie gierig an.

»Ich habe einige Lügen erschlagen«, sagte die Ärztin. »Ich war ein Jahr in Hamburg und habe in Kiew erzählt, wie es in Deutschland aussieht.« Die Ärztin hob die Schultern. »Nun soll ich lernen, wie man den Sozialismus liebt . . .«

Eine Politische!

Die anderen Weiber rückten von der Ärztin weg. Von dieser Stunde an war sie völlig allein. Nur Milda saß öfters bei ihr und erzählte von Kargopow, den weiten Feldern und von dem uralten Jefim Timofejewitsch, der dem Gericht seinen nackten Hintern gezeigt hatte.

Der Zug durchfuhr den Ural. In Swerdlowsk holte man die Ärztin, zwei Diebinnen und Milda Tichonowna aus dem Waggon und fuhr sie in einem geschlossenen Transporter weg.

Endstation! In Swerdlowsk bereits? Blieb sie am Rande Sibiriens? Ersparte man ihr Karaganda oder das ferne Magadan? Lud man sie nicht irgendwo in der grenzenlosen Taiga ab, in einem Lager, das nur einen Namen in den Listen der Behörden hat?

»Die Hölle kann überall sein ...«, sagte die Ärztin, als man sie auslud. Sie waren weit außerhalb der Stadt in ein Lager gekommen, wo der Wald begann.

Ein Sägewerk rasselte Tag und Nacht, Stämme und geschnittene Bretter lagen unübersehbar gestapelt, und der herbe Geruch des frischen Holzes überdeckte alle anderen Gerüche.

»Ein Holzkombinat!« Die Ärztin sah sich um.

Der begleitende Offizier gab die Transportpapiere ab. Die Frauen standen allein auf dem Hof der Verwaltung, eng zusammen wie Kühe im Gewitter. Vier unförmige Gestalten in Steppjacken, Wattehosen und derben Bauernstiefeln, die Köpfe unter Kopftüchern versteckt ...

»Weißt du, was das bedeutet, Milda?«

»Nein. Aber ich habe schon im Wald gearbeitet, auf der Sowchose. Mir macht's nichts aus ...«

»Sie werden mich sicherlich ins Krankenrevier stecken«, meinte die Ärztin. »Melde dich nach ein paar Tagen krank, komm zu mir ... ich werde sehen, wie ich dich über die ersten Wochen bringen kann.«

Die Sägen kreischten durch das Holz, die Gatter ratterten.

Links war das Männerlager, rechts die langgestreckte Frauenbaracke, durch hohe Zäune abgeteilt.

Einen Todesstreifen gab es nicht, keinen Drahtzaun mit Starkstrom, nur ein paar Wachttürme mit Scheinwerfern und Maschinengewehren, und diese nur um das Männerlager.

»Aus meinem Lager flüchtet man nicht!« sagte der Kommandant eine halbe Stunde später.

Die neuen Gefangenen waren ihm vorgeführt worden.

»Ich sehe auch in Ihnen nur gestolperte Menschen, denen

man wieder auf die Beine helfen muß. Sie werden anständig behandelt, wenn Sie sich anständig benehmen. Wir sind eine Arbeitsgemeinschaft, jeder ist auf den anderen angewiesen. Wer das begreift, wird hier als Mensch behandelt . . .«

»Das hört sich gut an«, sagte die Ärztin später. Sie standen in der Banja, hatten geduscht und warteten jetzt auf das Dampfbad und die obligatorische Entlausung. Ihre nackten Körper glänzten bereits vor Schweiß, es war heiß in diesem Vorraum.

Auch die Banjaarbeiterinnen, ebenfalls Sträflinge, trugen nur einen kurzen grauen Kittel über der bloßen Haut.

»Warten wir es ab«, fuhr die Ärztin fort, »wir Russen sind immer schon große Theoretiker gewesen!« Es war klar, daß man sie bei solchen Ansichten in ein Lager geschickt hatte . . .

Die Welt ist eigentlich überall gleich, wo Männer sind und plötzlich eine hübsche Frau auftaucht. Die Natur hat es so eingerichtet, man kann gar nichts dagegen tun!

Als sich Milda bei ihrem Natschalnik meldete, um die ihr zugewiesene Stelle in der Kartoffelschälbrigade anzutreten, war es nicht anders als in der Sowchose ›Maxim Gorkij‹ in Kargopow.

Der Natschalnik bekam runde Ochsenaugen, betrachtete Milda mit schnalzender Lippe und sagte: »Ich heiße Awraam Iljajewitsch. Eine Frage vorweg: Willst du zehn Jahre lang Kartoffeln schälen?«

»Ja«, antwortete Milda. Diesen Blick kannte sie!

Sie hatte keine Angst mehr. Auch Awraam hat einen dünnen Kopf, dachte sie so nüchtern wie jemand, der Eier sortiert und mit dünnen Schalen umgehen muß.

Lies meine Strafakte, Genosse! Begehe nicht den gleichen Fehler wie Kyrill Michailowitsch. Mein Leib ist kein Platz für

Volksfeste . . . er ist mir heilig, jetzt gerade, wo ihn Kuran entweiht hat.

»Dann verstehen wir uns blendend«, sagte Awraam Iljajewitsch. »In einem Jahr werden deine Finger selbst zu Kartoffeln geworden sein, und du schälst sie mir . . .«

»Es sind meine Finger, Awraam Iljajewitsch«, antwortete Milda ruhig. »Ich werde mich schon um sie kümmern.«

Damit war die Unterredung zunächst beendet. Milda bekam ihren Hocker, einen großen verzinkten Eimer voll Wasser, saß neben einem Haufen stinkender Kartoffeln und begann zu schälen.

Das Lager war mit eintausendzweihundertvierundsiebzig Sträflingen belegt . . . in zehn Jahren würden sie ein Gebirge von Kartoffeln gegessen haben. Es war gar nicht auszurechnen . . .

Awraam Iljajewitsch war klüger als Kuran. Er griff nicht an – er umschlich die Festung wie ein Fuchs den Gänsestall. Ab und zu tauchte er bei den Kartoffelschälerinnen auf – was er sonst sehr selten tat –, stellte sich schweigend an die Wand und schaute zu.

Er war kein häßlicher Mensch, vielleicht vierzig Jahre alt, mit krausem schwarzem Haar, sicherlich ein Grusinier oder einer von der Krim. Er hatte ein offenes Gesicht und beinahe lustige Augen.

Die Frauen erzählten Milda schon am ersten Tag, daß ihm seine Frau im Kindbettfieber gestorben sei, und kurz danach auch noch das Kind an einer Lungenentzündung. Er hatte nicht wieder geheiratet, es war auch nicht bekannt, daß er weibliche Strafgefangene mit ins Bett nahm, er bevorzugte keine . . . Er war so korrekt wie der Kommandant, den sie alle heimlich liebten.

Mit Mildas Ankunft änderte sich das alles.

Sie mußte etwas an sich haben, das die Männer verrückt werden ließ, wie Bären, die Honig riechen.

Sie selbst begriff das nicht. Sie betrachtete sich im Spiegel der Gemeinschaftswaschanlage oder in den blanken Kacheln der Banja, die sie jede Woche besuchte, um heiß zu baden. Der Kartoffelgeruch, einem billigen Schnaps ähnlich, vor allem, wenn sie schon angefault waren, hing in den Poren und war nur mit Dampf auszutreiben.

Ich habe einen schönen Körper, dachte Milda wohl dann. Wer kann das übersehen?

Aber andere Frauen haben doch auch schöne Körper, wie zum Beispiel Jelisaweta oder die kecke Anja ... aber diese betrachtete Awraam Iljajewitsch nicht mit hungrigen Augen. Er übersieht sie, wie man gackernde Hühner übersieht. Warum ich? Immer ich?

Sie kleidete sich in die schlechtesten Sachen, die sie hatte, sie trug nur ihre derben Stiefel, die nichts mehr von ihren schönen rehhaften Beinen zeigten, sie hatte eine schmutzige Leinenbluse und einen viel zu weiten Rock an, den sie überdies noch mit einem Strick um die Taille zusammenhielt ... wahrhaftig ein Anblick, der nicht reizte!

Aber Awraam stand herum, glotzte sie an, seufzte heimlich, grinste ihr zu, wenn sich ihre Blicke einmal trafen, und hatte mehr Zeit für die Küche als früher.

Mit ihrer neuen Freundin, der Ärztin, sprach sie nicht darüber.

Sie hatte sie ein paarmal im Krankenrevier besucht; aber Milda lehnte es ab, sich krankschreiben zu lassen.

»Du hast es gut getroffen, Milda«, sagte die Ärztin. »Die beiden anderen Frauen arbeiten im Sägewerk wie die Männer. Aber sie verstehen ihr Geschäft! Die eine kommt morgen in die Krankenstation, sie hat bereits einen Tripper. Auf die andere warte ich noch, aber sie kommt bestimmt auch noch ...«

Es war an einem Samstag, und eigentlich geschah nichts.

Milda hatte ihr Schwitzbad genommen, ihre Haut war

wieder frei vom Gestank gärender Kartoffeln, sie fühlte sich herrlich, wie erlöst, und saß nackt im Vorraum der Banja, auf ihre Kleider wartend, die sie ebenfalls in den Dampf hatte hängen lassen.

Da kam Awraam Iljajewitsch herein. Kam einfach in die Weiberbanja, blickte die nackte Milda an, winkte der schimpfenden und keifenden Badeverwalterin ab und ging wieder hinaus.

Gewiß, es war nichts vorgefallen. Aber bei Milda löste dieses Geschehen eine Art Panik aus.

Sie lief zu ihrer Freundin ins Krankenrevier, erzählte es ihr und sagte mit fliegendem Atem:

»Es muß etwas geschehen! Ich weiß, daß ich ihn auch erschlagen werde, wenn er mich anfaßt. Er ist ein netter Mensch, er hat freundliche Augen, vielleicht liebt er mich sogar ...«

»Er liebt dich sicherlich«, sagte die Ärztin.

»Aber ich werde ihn erschlagen! Ich will nicht noch einmal von einem Mann genommen werden, ich will mich ihm hingeben! Verstehst du das?«

»Gewiß. Das ist ein großer Unterschied!«

Die Ärztin blickte aus dem Fenster. Es war ein klarer Wintertag mit einer blanken, aber sehr kalten Sonne. Der Schnee schimmerte bläulich.

Über den großen Platz zwischen Verwaltung und Krankenbaracke spazierte Awraam Iljajewitsch. Er trug einen dicken Pelz aus Bärenfell mit einem Silberfuchskragen. Er sah darin direkt elegant aus.

Vom Sägewerk schrillten die Sägen und Gatter ... hier gab es keinen Samstag und keinen Sonntag. Rußland brauchte Holz.

»Was machen wir?« fragte die Ärztin nachdenklich. »Milda, was machen wir nur mit dir?«

»Ich weiß es nicht.« Milda faltete die Hände im Schoß, den sie so sehr behütete, und sah ihre Freundin an. »Ich bin hier, damit du es mir sagst.«

Das ganze Problem war einfach zu lösen, die Schwierigkeiten fingen erst an, wenn man das Lager verlassen hatte. Denn das war der einzige Weg, um Awraams Liebe zu entgehen: die Flucht!

»Sie warten auf mich, haben sie mir zum Abschied gesagt; ich werde von ganz Kargopow versteckt werden . . .«

Milda Tichonowna beobachtete Awraam, wie er unruhig im Schnee herumspazierte. Er machte sich Sorgen. Warum ist Milda in der Krankenstation? Fühlt sie sich nicht wohl? Sicherlich nahm er sich jetzt vor, später bei den Ärzten nachzufragen.

»Und genau dort werden sie dich zuerst suchen. Nein, du mußt untertauchen, Milda; dort, wo dich keiner kennt! Vielleicht ein Jahr lang – dann wird vieles vergessen sein.«

»Aber überall wird es Männer geben, die mir nachjagen . . .«

»Das ist dein Risiko. Vielleicht triffst du auf einen, den du liebst – dann hast du eine neue Heimat!«

»Vielleicht . . .« Sie wandte sich vom Fenster ab. »Wir müssen es abwarten.«

Drei Tage später – Awraam hatte sich beruhigt, Milda war nicht krank – schafften drei Lastwagen Abfälle aus dem Lager zu einem Müllverbrennungsplatz.

Unter einem Haufen alter zerrissener Kleider, die man nicht mehr flicken konnte, lag Milda, umgeben von Gestank und Unrat, und ließ sich aus dem Lager fahren.

Die Posten kontrollierten nur die Fahrpapiere, blickten auf die schmutzige Ladung und winkten. Passieren!

Es war Abend, der Abschlußappell war vorüber, die Zählung der Gefangenen, die Meldung der Barackenältesten . . . alles vollzählig!

Ein Abend wie tausend andere Abende im Sägewerklager III bei Swerdlowsk.

Auf halbem Wege, in der Nähe einer schlafenden Siedlung, wühlte sich Milda aus dem Kleiderhaufen und sprang ab.

Sie fiel in den Schnee, kullerte ein paar Meter auf der Straße, erhob sich dann, klopfte den Schnee von der dicken Steppkleidung und ging in die Stadt.

Als sie die ersten Straßen erreichte und sich unter die Menschen mischte, war sie ein Mädchen wie viele in dieser Stadt. Wer kann einem ansehen, daß man aus einem Straflager kommt?

Sie ging zu dem großen Bahnhof, las auf den Anschlagtafeln die Abfahrten der Züge und wartete dann in der hohen Halle auf das Eintreffen des Transsibirien-Expreß.

Zuerst in die entgegengesetzte Richtung wie Kargopow – so hatte die Ärztin gesagt. Niemand wird damit rechnen, daß du tiefer nach Sibirien flüchtest. Sie werden alle Strecken nach Kargopow absuchen ... in Sibirien bist du vorläufig sicher. Du wirst sehen, es ist ein Land zum Verlieben. Niemand, der es nicht kennt, glaubt es.

Sie mußte lange warten, aber als der Zug endlich in die Bahnhofshalle einfuhr, verließ sie der Mut.

Sie versteckte sich auf dem Bahnsteig hinter einem Kiosk und betrachtete die langen, luxuriösen Wagen.

Sie beobachtete, wie Mulanow und Vitali mit dem Fahrdienstleiter sprachen, und sie sah eine üppige, ordinär geschminkte Frau aussteigen und auf und ab gehen. Sie rauchte eine Zigarette und gab eine unflätige Antwort, als der Fahrdienstleiter ihr etwas zurief.

Vier Meter vor Milda war eine offene Tür. Vier Meter nur ... drei große Sprünge!

Sollte man es wagen? Wo stieg man wieder aus?

Ein Zug ist auch nur ein rollendes Gefängnis für einen entflohenen Sträfling.

»Einsteigen und die Türen schließen!«

Die üppige Frau kletterte in den Wagen, die Schaffner liefen den Zug entlang. Der Bahnsteig war leer ... und gegenüber, nur vier Meter weiter, war noch die offene Tür.

Milda trat aus dem Schatten des Kiosks. Sie starrte die Tür an, duckte sich und rannte los.

In diesem Augenblick bemerkte sie, gewissermaßen aus den Augenwinkeln, die Gestalt an dem dunklen Fenster.

Dort stand ein Mann und blickte sie an.

Zu spät!

Es gab kein Zurück mehr. Mit dem Mut der Verzweiflung stürzte sich Milda Tichonowna auf die offene Tür, zog sich die Stufen hinauf und fiel fast in den Wagen.

Zwei Sekunden später warf Mulanow von draußen die Tür zu. Sie krachte ins Schloß, der Sicherheitsriegel schnellte nach oben. Es war wie das Zuschlagen einer Zellentür.

Gefangen in einem Zug! Die Unendlichkeit Sibiriens vor sich!

Die Räder begannen zu rattern, ein Zittern lief durch den Zug, mit einem leisen Kreischen setzte er sich in Bewegung.

Die ersten Minuten versteckte sich Milda auf der Toilette im Vorraum. Sie setzte sich auf das Becken, drückte beide Hände auf ihr Gesicht und begann, wie ein kleines Kind zu weinen ...

XI

»Nun wissen wir es«, sagte Mulanow nach einer Weile des Schweigens.

Milda Tichonowna hatte den Kopf an Forsters Brust gedrückt, er streichelte ihren Rücken und wußte, daß er nie wieder von ihr lassen würde.

»Wenn sie es Karsanow erzählt, zieht er die Notbremse und

bringt sie zur nächsten Polizeistation. Werner Antonowitsch, haben Sie eine Idee?«

Forster hatte keine.

Während Mildas Erzählung hatten sie Ulan-Ude passiert, kurz gehalten und waren jetzt auf der Strecke nach Tschita.

Karsanow schien noch immer mit dem wild gewordenen Skamejkin beschäftigt zu sein, den auch die Drohung nicht abgehalten hatte, ihn in Ulan-Ude aus dem Zug zu werfen.

»Mich aussetzen wie einen Bastard?« hatte er gebrüllt. »Mich, einen Bürger des Landes, Mitglied der Partei und Inhaber eines gültigen Fahrausweises? Ist das die Behandlung, die man einem Mann bietet, der nur Gerechtigkeit will? Der Staat hat meine neuen Schuhe zurückgehalten ... ich verlange vom Staat, daß mir die Schuhe nach Tschita oder Chabarowsk nachgeflogen werden!«

Es war zum Heulen! Im Innern der Funkkabine saß Hauptmann Plotkin herum, durfte nicht gesehen werden und konnte deshalb auch nicht klärend eingreifen ... draußen tobte Karsanow herum, drohte und fluchte und hatte doch keine Möglichkeit, den wie ein angeschossener Eber rasenden Skamejkin zur Vernunft zu bringen.

Selbst als Karsanow seinen KGB-Ausweis zeigte, erlebte er ein geradezu russisches Wunder: Dementi Michailowitsch Skamejkin spuckte auf den Ausweis und erklärte, jawohl, er wolle verhaftet werden! In einem Gerichtssaal, vor Hunderten von Journalisten aus aller Welt, wolle er seine schändliche Behandlung schildern!

»Wir müssen Wladiwostok erreichen«, sagte Werner Forster. »Das ist das einzige Ziel, Mulanow. Bis Wladiwostok muß verhindert werden, daß Karsanow die Geschichte Mildas erfährt.«

»Aber wie? Wie, Werner Antonowitsch?« Mulanow rang die Hände. »O lebte doch Klaschka noch! Sie hatte immer eine Idee! Ich kann Milda im Zug verstecken, aber können Sie sich vorstellen, was Karsanow dann unternehmen wird? Bis Wladiwostok hat er jeden Winkel durchgesehen! Es gibt nur einen sicheren Ort ... der Abort, in dem Klaschka liegt.«

»Nein!« schrie Milda hell auf. »Nein! Nein!«

Sie kroch fast in Forster hinein und war plötzlich so klein wie ein Kind.

»Ein blödsinniger Vorschlag, Boris Fedorowitsch«, sagte Forster böse zu dem Schaffner. »Wollen Sie Mildas Nerven vollständig zerstören?«

»Dann schlagen Sie etwas anderes vor. Aber es muß schnell sein! Karsanow kann jeden Augenblick zurückkommen. Auch Skamejkins Nerven sind einmal zerrissen. Es braucht nur jemand auf die Idee zu kommen, ihm eine Ohrfeige zu geben, dann ist alles zu Ende!«

»Dann bleibt nur noch der direkte Angriff auf Karsanow!« Forster sagte es ganz hart. »Mulanow, verdrehen Sie nicht die Augen. Sehen Sie Mildaschka an. Als Russe wissen Sie zu gut, was einem passiert, der aus einem Lager ausbricht und wieder eingefangen wird. Soll Milda das durchmachen?«

Es gibt ein Wort, das heißt: ›Die Hand des Schicksals greift ein‹. Wer daran glaubt, ist gut dran ... er kann immer und überall auf dies Eingreifen warten und wird selten enttäuscht, denn das Schicksal hat nun einmal viele, recht verschieden aussehende Hände ...

Streiten wir uns nicht darüber, ob auch jetzt, auch hier im Transsibirien-Expreß, das Schicksal eine Fahrkarte hatte und unsichtbar im Abteil saß – jedenfalls gab es vom Speisewagen her einen lauten Krach, man hörte erregte Stimmen, dann kreischte jemand hell auf. Es klang so schauerlich, als ziehe man diesem Jemand die Haut vom Leibe; dann ertönten klatschende Schläge.

Mulanow sprang auf und zerwühlte seine Haare.

»Was ist das?« rief er. »So schlecht kann doch das Frühstück nicht sein, daß man Fedja schlachtet und den Speisewagen demoliert? Was für eine Sorte von Menschen fährt denn heute bloß in diesem Zug?«

Der Schaffner stürzte auf den Gang, kam aber sofort zurück und winkte Forster heraus.

»Es ist wirklich Fedja!« schrie er dabei. »Der Ärmste! Sie haben ihm die Arme auf den Rücken gedreht und schleppen ihn weg! Und alles nur, weil vielleicht ein Frühstücksei zu hart war!«

»Bleib ruhig sitzen, Milda!« sagte Forster und erhob sich. Er blickte sie an, und ihre Augen waren ganz anders als vorher, als sie ihre Geschichte noch nicht erzählt hatte.

Etwas Vertrautes lag in diesem Blick, trotz aller Angst ein Strahlen der Verbundenheit. Er umfaßte zärtlich ihr schmales Gesicht und küßte sie auf die kalten Lippen.

Und diese Lippen öffneten sich jetzt, erwiderten den Kuß, ihre Arme schnellten empor und legten sich um seinen Nakken. Sie kniete auf dem Bett und hing doch an ihm; und als er Atem schöpfen wollte, preßte sie seinen Kopf fester an sich und ließ seine Lippen nicht los.

Erst als Mulanow ins Abteil brüllte: »Sie bringen Fedja fast um!«, ließ sich Milda in die zerknüllten Decken zurückfallen.

»Ich liebe dich, Werner«, sagte sie leise. »Ich liebe dich! Ich liebe dich! Und ich weiß nicht, warum . . .«

Durch den Gang schleifte man den armen, dürren Fedja. Drei Männer hielten ihn fest, und ihnen folgte der Koch mit einem zusammengeknüllten Kleiderbündel.

Mulanow brüllte mit der ganzen Stärke seines Organs: »Lassen Sie den Kellner los, Genossen! Was ist das für ein Benehmen! Kusma Matwejewitsch, Sie gehen auch noch hinterher und veranlassen nichts?«

Kusma war der Koch des Speisewagens.

Aus den Abteilen drängten die Reisenden, der General erschien – sehr imponierend – in seiner Uniform. Nebenan war der Tenor zurückgekehrt und überlegte, ob es eine Gefangenen-Arie für Tenorstimme gab.

Fedja sah fürchterlich aus. Man hatte ihm auf die Augen geschlagen, die jetzt zuschwollen; er wehrte sich verzweifelt, biß und spuckte um sich ... Er ließ sich über den Boden schleifen und kreischte nach wie vor wie ein Papagei ...

»Aus dem Weg, Mulanow!« rief Kusma, der Koch, über die Köpfe der anderen hinweg und schwenkte das Kleiderbündel. »Das habe ich unter Fedjas Bett gefunden! Eine Hose voller Blut ... und Klaschkas Lederbeutel mit dem Geld!«

Eine ungeheure Aufregung entstand.

Die Reisenden auf dem Gang hieben bedenkenlos auf Fedja ein, keiner fragte, ob das alles nicht ein schrecklicher Irrtum sei.

Der General stand steif, wie zur Parade, in der Tür seines Abteils und rief schnarrend: »Erschießen! Sofort erschießen!«

Der Tenor hatte endlich die Arie gefunden, die er suchte, und schmetterte lauthals: »Gott, welch Dunkel hier ...« aus ›Fidelio‹.

Wie gesagt – es war ein brodelnder Kessel voller Empörung, durch den man Fedja hindurchzog.

»Hört mich doch an!« schrie der lange, dürre Kerl.

Er konnte kaum noch etwas sehen, denn seine Peiniger schlugen zielsicher auf seine bereits zugeschwollenen Augen und ohrfeigten ihn dermaßen, daß sein an sich bleiches Gesicht notgedrungen rot anlaufen mußte.

»Es ist doch alles ganz anders! Ich bin das Opfer eines Anschlags! Wer hilft mir? Ich will doch alles erklären ...«

Aber niemand wollte eine Erklärung hören.

Man schleifte Fedja weiter, bis die gesamte Gruppe vor Mulanow halten mußte. Er stand wie ein Fels im Gang.

»Warum hört ihn niemand an?« brüllte der Schaffner. »Ausgerechnet Fedja! Wenn er sich in den Finger schneidet, fällt er in Ohnmacht! Laßt ihn doch reden, Genossen!«

»Es gibt nichts mehr zu reden, Boris Fedorowitsch!« schrie der Koch Kusma.

Er entwirrte das Kleiderbündel und schwenkte eine Hose.

Jeder, auch Mulanow sah, daß es ohne Zweifel Fedjas Hose war. Einen so dünnen Hintern, der in diese Hose paßte, hatte nur Fedja.

»Ist das ein Beweis, he? Voller Blutspritzer – von oben bis unten! Und unter der Hose lag Klaschkas Lederbeutel mit dem gesamten Geld!«

»Erschießen!« kommandierte der General. »An die Wand mit ihm!«

Mulanow spürte ein heißes Brennen unter der Hirnschale. Er trat vor Fedja hin, hob seinen gesenkten Kopf mit beiden Händen hoch und blickte ihm in die verquollenen Augen.

»Warst du's, Söhnchen?« fragte er ganz ruhig.

Fedja versuchte, die Augen aufzureißen. Sein Mund klappte auf wie bei einem Fisch auf dem Trockenen, aber kein Laut kam hervor, kein vernünftiges Wort ...

Nach einiger Zeit, in der alle Umstehenden schwiegen, vernahm man nur ein hohles Röcheln ...

»Das heißt ja!« brüllte Kusma Matwejewitsch. »Er ist überführt! Ich habe ihn sofort gefragt, als ich die Hose bei ihm unterm Bett fand. Ein reiner Zufall, Genossen! Mir rollt ein Rubelstück aus der Hand, kullert unters Bett, und ich krieche auf dem Boden herum, um es zu suchen. Und was finde ich, wie ich nach dem Rubel greife? Ich denk', mich trifft der Schlag! Kusma, bleib liegen, denke ich, ganz ruhig liegen, das überlebst du sonst nicht! Und noch im Liegen erkenne ich das

Blut! Ich war gelähmt, Genossen, glaubt es mir. Gelähmt! Und dann frage ich diesen knorrigen Hammel, halte ihm die Hose hin ... Da wird er bleich wie ein Handtuch und antwortet mir: ›Leck mich am Arsch, Freundchen!‹ Das sagt der Kerl zu mir! Ist das nicht ein Geständnis? Verhält sich so ein unschuldiger Mensch?«

Auch Mulanow mußte zugeben, daß dies merkwürdig war. Er gab den Weg frei, und johlend schleifte man Fedja weiter. Ein paar Männer waren schon vorausgerannt und hatten den Zugleiter Vitali Diogenowitsch alarmiert.

Der wiederum störte Karsanow in seiner fast aussichtslosen Schlacht mit Skamejkin, indem er gegen die Tür der Funkkabine brüllte: »Wir haben den Mörder! Wir haben ihn!«

Wie ein Geschoß kam Hauptmann Plotkin aus der Kabine gerast, die Tür prallte gegen Skamejkins Schädel ... es war ein gewaltiger Schlag, der Seifenfabrikant verdrehte die Augen und fiel zu Boden.

»Danke!« sagte Karsanow mit vor Wut zitternder Stimme. »Das war ein reiner Unfall! Den kann man uns nicht anlasten.«

Erst dann begriff auch Karsanow, was Vitali brüllte, warf sich herum und rannte Plotkin nach, der durch die Gänge hetzte.

Der Hauptmann aus Irkutsk stieß alle Reisenden, die ihm den Weg versperrten, zur Seite und schrie: »Platz! Platz! Polizei!«

Die Wirkung war ungeheuer, als Fedja nicht nur Plotkins Stimme erkannte, sondern auch die Gestalt mit seinen zerboxten Augen wie hinter Nebeln wahrnahm.

Er fiel in die Knie, begann laut zu weinen und zitterte, als ob er nackt im sibirischen Frost stände.

»Er gesteht!« brüllte Kusma, der Koch, und schwenkte die

Hose von neuem. »Genosse Hauptmann, wo kommen Sie denn so schnell her? Ha, ist das eine Organisation bei der Miliz! Kaum hat man den Mörder, schon ist sie zur Stelle!«

»Bis Tschita mindestens ist Karsanow beschäftigt«, sagte Mulanow müde, als die tobende Kolonne mit Fedja an ihnen vorübergezogen war.

»Tschita ist nah. Und was dann?« fragte Werner Forster. »Die ganze lange Fahrt am Amur und Ussuri? Wer hält ihn dann auf?«

»Wir haben keinen zweiten Mörder im Zug«, sagte Mulanow erschüttert. »Es sei denn, in diesem Teufelszug passiert noch mehr! Ich glaube, solange der Transsib verkehrt, ist so etwas noch nicht vorgekommen. Entschuldigen Sie, ich muß weiter! Die Pflicht ruft!«

Werner Forster folgte dem Schaffner, der davonrannte. Vorher blickte er noch einmal in sein Abteil.

Milda saß am Fenster und starrte hinaus. Die Aufregung um Fedja wäre sicherlich eine gute Gelegenheit. Bei der Übergabe des Mörders an die Miliz von Tschita würde auch Karsanow dabeisein. Da würde er nicht an Milda denken ...

Forster nahm sich vor, daß ein anderer Weg in die Freiheit gefunden werden müßte.

Dann lief er Mulanow nach.

Das Verhör fand im Schaffnerabteil statt.

Hauptmann Plotkin stand vor dem zusammengesunkenen Fedja. Man hatte den Kellner auf eine Bank geworfen.

Karsanow sah Forster böse an, es gefiel ihm gar nicht, daß ein Ausländer an diesem Spektakel teilnahm.

Die Tür hatte Mulanow verriegelt, von draußen hörte man die Woge der Stimmen, die gegen die Wand des Waggons brandete.

Plotkin hatte nichts dagegen, daß der Deutsche mit im

Raum war, denn er war einer der letzten, mit dem Klaschka gesprochen hatte.

»Ist das Ihre Hose, Fedja?« fragte Plotkin und hielt das blutbefleckte Beweisstück hoch.

Fedja wimmerte, krümmte sich wie ein durchgeschnittener Regenwurm und schwieg.

»Ist das Klaschka Iwanownas Geldbeutel?« Der Hauptmann hielt den Lederbeutel mit den zusammengefalteten Rubelscheinen und dem Hartgeld hoch.

Fedja wimmerte weiter, er schwieg auch weiter.

»So kommen wir nicht voran!« sagte Karsanow. »Bis jetzt war Ihre psychologische Mördersuche Ihre private Spielerei, Stepan Petrowitsch. Hätte der Koch keinen Rubel verloren, der unter ein Bett rollte, wären Sie in Wladiwostok aus dem Zug gestiegen, und Fedja hätte sich vor Freude ins Fäustchen gelacht.«

»Das möchte ich bestreiten!« Hauptmann Plotkin war sichtlich beleidigt. »Es liegen noch drei Tage und drei Nächte vor uns, Pal Viktorowitsch! In dieser Zeit hätte Fedja die Nerven verloren – so ein labiler Charakter wie er! Jedesmal, wenn er an der verschlossenen Tür des Aborts Nummer fünf vorbeiging, mußte er sich sagen: Dort liegt Klaschka! Warum wohl immer noch? Warum fährt sie weiter mit? Was haben sie mit ihr vor? Und so wäre er in eine seelische Panik geraten, die unweigerlich sehr bald zu einem Zusammenbruch geführt hätte!«

»Ihre seelischen Paniken fallen mir allmählich auf die Nerven!« Karsanow entwickelte eine bemerkenswerte Grobheit.

Aus Karsanow wurde jetzt der Oberst im KGB Jarsanow, obwohl niemand wußte, ob das nun sein wirklicher Name war.

»Nun werde ich Ihnen zeigen, wie man das macht!«

Er griff Fedja roh in die zerwühlten Haare und riß den zerschlagenen, verquollenen Kopf hoch.

»Mein Bürschchen, jetzt reden wir miteinander. KGB!«

Das Wort fuhr in Fedja wie ein Blitz.

Er unterschied sich da in nichts von anderen Russen; wir kennen es ja schon von Mulanow her. Mit dem KGB zu tun zu haben ... das ist, als wenn einem der Satan persönlich mit glühenden Fingern über den Kopf streicht Wenn ein Russe diese drei Buchstaben hört, dann erinnert er sich an längst vergessene Gebete und sagt sie heimlich herunter.

»Steh auf!« rief Karsanow kalt.

Er zog den Kellner an den Haaren von der Bank. Forster staunte über diese plötzliche Kraft seines Abteilgenossen, der wie ein zufriedenes Väterchen aussah.

Nun stand Fedja. Er schwankte etwas, Mulanow stützte ihn im Rücken.

»Die Hose anziehen!« befahl Karsanow.

Durch Fedja lief ein Schluchzen. »Nein!« stammelte er. »Nein, Genossen, nein! Das nicht! Ich flehe Sie an ...«

Plötzlich weinte er, dicke Tränen quollen aus seinen zerschlagenen Augen und liefen über das knochige Gesicht

»Streift sie ihm über!« fuhr Karsanow ungerührt fort.

Vitali Diogenowitsch und Wladlen Ifanowitsch hielten Fedja fest, Mulanow zog ihm die Kellnerhose aus; und als Fedja in kurzen Unterhosen dastand, trat er plötzlich wieder um sich und kreischte hell.

Es half ihm nichts. Mit Gewalt und einigen Schlägen ins Gesicht streifte ihm Mulanow die blutbespritzte Hose über und knöpfte sie sogar zu.

»Sie paßt!« sagte Karsanow befriedigt. »Es ist seine Hose.« An den Knöpfen der Hose und am Ansatz der Beine breitete sich jetzt ein nasser Fleck aus. Kurz darauf tropfte es aus den Hosenbeinen auf den Boden.

»Er pinkelt vor Angst!« bemerkte Plotkin mit Verachtung in der Stimme.

»Das ist gut!« Karsanow setzte sich an den Fensterplatz des Abteils und wischte sich den Schweiß von der Stirn. »Das hebt die Geständnisfreudigkeit. Was haben Sie zu sagen, Fedja?«

Der Kellner nickte, sein Wimmern hörte auf, er sank auf die gegenüberstehende Bank zurück.

Als er mit seinen Händen die Hose berührte, zuckte er zusammen und versteckte schnell die nassen Hände hinter dem Rücken.

Hauptmann Plotkin mußte widerwillig zugeben, daß Karsanows psychologische Behandlung eines Verdächtigen wirksamer war als die seine. KGB, dachte er. Natürlich! Das sind diese eiskalten Genossen, die sich auf das Zerbrechen eines Menschen verstehen ...

»Sie waren es also?« fragte Karsanow, jetzt ganz freundlich.

Er nickte Werner Forster zu, der im Hintergrund nahe der Tür stand. »Haben Sie zufällig Ihre widerlich süßen Zigaretten bei sich, Werner Antonowitsch?«

»Immer!«

Forster warf Karsanow seine Packung zu. Der holte eine Zigarette heraus, steckte sie Fedja zwischen die aufgeschlagenen Lippen und gab ihm Feuer.

Der Kellner machte gierig ein paar tiefe Züge, dann fiel ihm die Zigarette aus dem Mund.

Mulanow fing sie geschickt auf.

»Auch noch den Zug verbrennen!« sagte er laut. »Fedja, mein Junge, es hat keinen Sinn mehr zu leugnen. Du bist überführt. Wie hast du das bloß tun können? Nicht mal eine Fliege hast du erschlagen, sondern weggewedelt ...«

»Ich wollte es nicht ...«, gestand Fedja kaum hörbar. »Genossen, ich wollte es bestimmt nicht ... Es ergab sich einfach. Ich weiß auch nicht, wieso ...«

Plotkin straffte sich stolz. Seine Theorie! Der Mörder wider Willen! Der von seiner Tat entsetzte Täter ...

Karsanow warf dem Hauptmann einen bösen Blick zu.

»Nun platzen Sie nicht gleich, Stepan Petrowitsch! Mord bleibt Mord!« Er beugte sich zu dem Kellner vor. »Wie war's? Mach den Mund auf, oder wir bringen dich zu Klaschka und setzen dich auf sie ...«

Fedja riß die Lippen weit auseinander. Sein dürrer Körper zuckte von neuem. In dem überhitzten Abteil stank es widerlich und scharf nach Urin.

»Die Zigarette ...«, stammelte er.

Mulanow steckte sie ihm wieder zu.

Der Kellner rauchte schwer atmend, dann nahm er sie sich selbst aus dem Mund.

Karsanow nickte zufrieden. Die Schwelle war überschritten ... ein Mensch hatte sich mit seinem Schicksal abgefunden.

Es war eigentlich gar nicht viel zu erzählen.

An jenem Abend, nachdem man im Schaffnerabteil Klaschkas Geld gezählt und Fedja mitgeholfen hatte, die Rubelstücke zu kleinen Zehnersäulen aufzutürmen, war der Kellner später zum Speisewagen zurückgekehrt.

Er hatte noch einige späte Durstige abgefertigt, war mit einem Tablett mit Mineralwasser und Keksschachteln durch die Gänge gelaufen und hatte dann den Speisewagen abgeschlossen.

Kusma Matwejewitsch, der Koch, lag schon in seinem Bett und schnarchte fürchterlich, etwas, was Fedja nicht ertragen konnte. Aber da er mit Kusma in einem Raum schlafen mußte, wurde das meistens ein kurzer Schlaf ... richtig ausschlafen konnte er sich immer erst in Wladiwostok, an den freien Tagen.

Fedja zog sich also um und beschloß, noch zu einem Schwätzchen bei Mulanow und den anderen Schaffnern vorbeizugehen. Vielleicht traf er auch Klaschka auf ihrer Kundentour – das war für ihn ein besonderes Erlebnis.

Er hatte ein paarmal heimlich zugeschaut, wenn sie ihre Reisendenbetreuung machte, und dieses Belauschen intimer Situationen hatte ihn immer sehr erregt. Auch dabei freute er sich auf Wladiwostok ...

Dort gab es in den Hafengassen billigere Huren ... eine Klaschka konnte sich ein einfacher Kellner wie Fedja nicht leisten.

Aber im Transsib Voyeur zu sein, das war ein Vergnügen besonderer Art und ganz umsonst! Selbst wenn es Klaschka merken sollte, wäre sie auch nicht böse drum gewesen. Man kann ja auch einem Schmied zuschauen, wie er das Eisen hämmert, und er hat nichts dagegen.

Mulanow und Vitali aber schliefen schon, als Fedja ins Schaffnerabteil hineinschaute. Wladlen war anscheinend vorn im Gepäckraum und spielte mit dem Postschaffner Lumeneff und dem Gepäckschaffner Amorfskij Karten.

Dann lege ich mich doch hin, dachte Fedja. Ich trinke noch schnell und heimlich drei Wodkas, dann wird es möglich sein, Kusmas Schnarchen zu ertragen. Selbst zwei, drei Stunden Schlaf können nützlich sein ...

Er tappte also zurück, hoffte aber noch, irgendwo aus einem Abteil Laute von Klaschkas Arbeit zu vernehmen ... Aber er lauschte vergebens an den zugeschobenen und verhängten Türen.

Kurz vor der Toilette Nummer fünf sah er dann Klaschka selbst. Sie kam mißmutig, in einem Kleid, aus dem ihre großen Brüste fast herausfielen, den Gang entlang und grinste Fedja mürrisch an.

»Eine Mistnacht, Fedja«, sagte sie. »Nichts zu tun. Sie

schlafen wie die Säcke! Wenn ich einen wachrüttele, brummt er: ›Heute nicht! Mir liegt noch die Schneeschaufelei in den Knochen!‹, oder er beginnt zu feilschen wie ein Armenier, selbst als alter Kunde! Nicht einen Rubel habe ich bis jetzt verdient! Dieser Karsanow mit seinem Schneeschippkommando hat meine Kunden entmannt...«

Sie lehnten sich an die Gangwand, rauchten eine von Klaschkas Papyrossi und blickten in die vorbeijagende, im Schnee und Frost erstickte Taiga.

»Hast du denn ein Mädchen, Fedja?« fragte Klaschka plötzlich.

»Ab und zu...«, antwortete er. »Kein festes.«

»Warum nicht?«

»Bei meinem Beruf? Immer auf den Zügen! So ein junges Ding will nicht immer warten, und ehe ich mich betrügen lasse, regle ich das eben – von Fall zu Fall!«

Er grinste breit. Sein knochiges Gesicht wurde dadurch nicht schöner, aber es bekam den Ausdruck einer jungenhaften Schalkhaftigkeit.

»Wenn man sich das mal leisten könnte... mit dir, Klaschka...«

Sie schwiegen wieder, blickten in die Taiga und dachten beide das gleiche: eine langweilige Nacht! Trostlos wie die Landschaft...

Man sollte sich hinlegen und schlafen. Es kamen keine Kunden mehr... nicht zum Speisewagen, nicht zu einer Hure.

»Wieviel verdienst du denn, Fedja?« fragte Klaschka beiläufig.

»Einhundertfünf Rubel. Aber im nächsten Jahr, wenn ich Hauptkellner werde, steige ich auf zweihundert Rubel.«

»Eine ganz schöne Summe, einhundertfünf... aber eine krumme Summe«, sagte Naschka und wandte sich zu ihm.

Ihre prallen Brüste unter dem dünnen Kleid stießen gegen den Jungen. »Du solltest die fünf Rubel anlegen.«

Fedja war kein Trottel, auch wenn Kusma ihn manchmal so nannte. Er begriff sofort, schaute Klaschka auf die Brüste und schluckte ein paarmal, weil seine Kehle plötzlich trocken wie die Wüste wurde.

»Fünf Rubel?« fragte er heiser. »Tatsächlich nur fünf Rubel?«

»Ja . . .«

»Warum?«

»Nicht weil du Fedja heißt! Eine Nacht ohne Verdienst, das geht gegen meine Standesehre! Und wenn's nur fünf Rubel sind – den fehlenden Rest rechne ich als Spende für einen Unterprivilegierten! Ein gutes soziales Werk! Für fünf Rubel gibt es allerdings kein Feuerwerk, sondern nur eine Rakete.«

Fedja nickte stumm. Sein Herz hämmerte gegen die Rippen, in seinen Schläfen trommelte das Blut, unter der Kopfhaut glühte es, und über seinen Körper liefen kalte Schauer.

Klaschka! Fedja Alexejewitsch Semlakow liebt eine Klaschka!

Der kleine unbedeutende Fedja, von dem man noch nicht einmal den Nachnamen kennt . . . Fünf Rubel für diese Frau, zwischen deren Brüste andere, reiche Männer ganze Bündel von Geldscheinen klemmen!

Und er, Fedja, der Junge, der immer nur heimlich zuschaute, er konnte jetzt . . .

»Starr nicht wie ein Ochse!« sagte Klaschka und ging zum Abort Nummer fünf, klinkte die Tür auf und winkte.

Es sah so ordinär aus, plötzlich so widerlich verworfen, so teuflisch geschäftlich, daß Fedja der Atem stockte.

Er nickte schweigend, er wußte kaum, wie er seine Beine bewegen sollte, er starrte Klaschka wie mit Fischaugen an . . .

Das enge, dünne Kleid, die dicken Brüste, die festen Schenkel, der Schoß, der sich wie ein Dreieck durch den Kleiderstoff drückte, das Wiegen der Hüften ... alles zusammen stieß wie eine Faust in seinen Magen und trieb ihm Übelkeit bis in die Kehle.

Ich kann Klaschka haben ... für fünf Rubel ... Fedja, du Glückspilz, warum willst du dich gerade jetzt übergeben?

»Du wirst nicht gefressen!« sagte Klaschka und zog Fedja mit einem Ruck in den engen Raum. Sie warf die Tür zu und verriegelte sie. Besetzt! Dann raffte sie ihr Kleid hoch ...

Was auf dem Abort Nummer fünf nun geschah, war Fedja nicht mehr bewußt. Er hatte nicht einmal eine Ahnung davon, daß er ein Klappmesser in der Tasche getragen hatte. Er wußte nur eines:

Er brauchte die fünf Rubel nicht zu bezahlen, denn zu einer Gegenleistung Klaschkas war es nicht mehr gekommen.

Als er aus einer Art Trance erwachte, lag Klaschka mit einem Loch in der Kehle zu seinen Füßen, und ihr Blut schoß im Rhythmus des Pulsschlages aus diesem Loch. Das Kleid war bis zu den Brüsten hochgeschoben, und zwischen Klaschkas Beinen hing an einem Ledergürtel der Beutel mit dem Geld.

Das sah so unbeschreiblich gemein aus, daß er mit knirschenden Zähnen weiter auf die Hure eingestochen hatte, immer wieder, nach dem fünften Stich mit einer wilden Verzweiflung über sich selbst, über den braven Kellner Fedja, der nun fähig war, mit eigener Hand zu töten. Er, der sanfte, ungelenkige Fedja Alexejewitsch Semlakow, so unbedeutend auf dieser Welt, daß keiner seinen Nachnamen kannte.

XII

Noch eine Zigarette ...«, sagte Fedja leise. »Bitte ... noch eine Zigarette ...«

»Darf ich?« fragte Karsanow und hielt die Packung hoch.

Forster nickte. Fedjas Erzählung hatte ihn an Mildas Schicksal erinnert, wenn auch vieles anders war. »Natürlich!« sagte er.

Man gab Fedja die Zigarette und steckte sie ihm zwischen die Lippen. Er selbst konnte es nicht mehr, seine Hände zitterten zu stark.

»Da sind noch einige Unklarheiten«, sagte Plotkin, nachdem man Fedja die halbe Zigarette hatte rauchen lassen. »Sie haben etwas vergessen.«

»Nein!« Fedja schüttelte den Kopf. »Bestimmt nicht!«

»Die Schuhe!« Karsanow nahm Plotkin den Gedanken einfach weg. »Sie trugen die Schuhe des Seifenfabrikanten Skamejkin bei Ihrer Tat! Als Sie das Blut unter den Sohlen nicht schnell genug wieder abwischen konnten, haben Sie die Schuhe zu Skamejkin zurückgetragen und unter sein Bett geschoben.«

»Das stimmt«, sagte Fedja schlicht.

Nach seiner großen Erzählung war eine innere Ruhe über ihn gekommen, wie sie nur ein Mensch haben kann, der völlig resigniert.

Äußerlich zitterte er noch, aber innerlich war er an einem Punkt angekommen, wo einem alles gleichgültig wird – vor allem das eigene Leben.

»Sie haben also die Schuhe des Genossen Skamejkin gestohlen?« fragte Karsanow laut.

»Ja.«

»Und den Ohrring der Generalswitwe Olga Fedorowna Platkina?«

»Auch ...«

»Warum nur einen Ohrring?«

»Auf dem anderen Ohr lag sie und schlief.«

»Das leuchtet ein!« Karsanow erhob sich und nickte Plotkin zu. Er hatte seine Arbeit getan; was jetzt folgte, war Routine. Das schriftliche Protokoll ...

In Tschita würde man zusammen mit Fedja auch endlich Klaschka ausladen und menschenwürdig lagern. Jetzt war sie ein Eisblock.

»Ein sauberes Früchtchen, dieser Fedja Alexejewitsch Semlakow! Sie sehen, jetzt haben Sie einen Namen! Mit Nachnamen! Und das Stehlen hat Sie nie belastet, was?«

Und da sagte der Kellner etwas, was Karsanow zutiefst traf.

»Nein, Genosse Oberst. Mit einem Lohn von hundertfünf Rubeln ist man gezwungen zu stehlen. Man arbeitet sich krumm, und was dabei herauskommt, ist nur die eine Frage: Warum? Warum ist das in Rußland so?«

»Ein Philosoph des Volkes!« sagte Forster, als Karsanow zu ihm trat. »Jetzt wird dieser Fedja sogar ein Fall für den KGB!«

»Das war Musik in Ihren defaitistischen Ohren, was?« knurrte Karsanow. »Ich kann Ihnen leider keine Statistiken zeigen, weil ich sie nicht mit mir herumschleppe. Aber ich könnte Ihnen beweisen, daß Rußland in der Kriminalität am Ende aller Staaten steht! Darauf sind wir stolz!«

Bis Tschita war Karsanow wirklich beschäftigt, wie Mulanow es geahnt hatte. Milda Tichonowna lief ihm nicht weg.

Er kümmerte sich nicht mehr um sie, sondern saß bei Plotkin und spielte erstaunlicherweise mit ihm Schach.

Fedja hatte man in eine andere Toilette eingesperrt, der einzige Ort, wo er sicher war und den man entbehren konnte.

Die Reisenden des betroffenen Wagens allerdings waren anderer Ansicht. Abort fünf fiel wegen Reparaturen aus – nun war auch noch Abort Nummer zwei gesperrt.

Es kam zu Stauungen, zu Diskussionen, zu Protesten.

Kurz vor Tschita war die Lage so ernst, daß jeder Wagen seinen Abort verteidigte wie eine Festung, daß Wachen aufgestellt wurden und man alle, die von fremden Waggons herüberkamen, erst auf den Trichter ließ, wenn aus dem eigenen Wagen keine Meldung vorlag.

Es war nämlich vorgekommen, daß ein »Fremder« im Wagen sechs auf dem Lokus gemütlich die »Prawda« las und das Kabinett eine halbe Stunde lang blockierte. Alles Klopfen und Gegen-die-Tür-Treten half nichts, und als der sture Genosse endlich herauskam, hätte man ihn fast gelyncht.

»Die Ordnung zerfällt!« jammerte Mulanow am Abend.

Forster war längst wieder in sein Abteil zurückgekehrt und hatte Milda alles berichtet.

Fassungslos hatte sie Fedjas Geständnis vernommen, und danach war die lange Zeit gekommen, in der sie allein saßen, sich küssen konnten und sich doch nichts zu sagen hatten, weil alles in ihren Augen, ihren Lippen und in ihren Händen lag, was zu sagen war.

»Fünfundfünfzig Jahre Kulturrevolution sind dahin, wenn zwei Scheißhäuser ausfallen!« stöhnte Mulanow und ließ sich auf die Bank, Milda und Forster gegenüber, sinken. »Sie benehmen sich wie die Tataren! Man muß das gesehen haben, Werner Antonowitsch: Die Wachen vor den Aborten selektieren die Ankommenden nach dem Grad der Dringlichkeit! Und dann stehen sie mit der Uhr in der Hand vor dem Lokus, die Tür von innen zu verriegeln ist verboten! Wer länger braucht als fünf Minuten – raus mit ihm! Man hat sogar Mathematiker und Programmierer zu Rate gezogen! Wir haben ja alles im Zug! Wer länger sitzt ...«

Mulanow wischte sich über das Gesicht und schwieg eine Weile.

»Ich sage Ihnen, Werner Antonowitsch«, fuhr er dann fort, »sie haben einen Professor weggezerrt, der an Verstopfung leidet! Der Arme hat gebettelt und gefleht ... Ohne Pardon! Fünf Minuten, dann Schluß! Wo bleibt da unsere revolutionierende Ordnung?«

»Und Karsanow? Wo bleibt er? Das ist doch wieder ein Fall für ihn!«

»Spielt Schach mit Hauptmann Plotkin.« Mulanow winkte ab. »Seien Sie froh. daß er nicht an Sie denkt. Hinter Tschita sind wir dran! Sie spielen nicht Schach?«

»Nein ...«

»Ein großer Fehler. So, wie man sich vor Reisen in andere Länder gegen Typhus, Pocken. Gelbfieber oder Cholera impfen läßt, sollte man Schach erlernen, wenn man Rußland besucht. Sie werden tausend Freunde haben, Werner Antonowitsch! Karsanow ist ein Schachnarr, das habe ich beim Spiel mit Plotkin eben beobachtet.«

»Und Sie, Boris Fedorowitsch?«

Mulanow lächelte breit. »Ich habe bereits Schach gespielt, bevor ich schreiben konnte. Ich bin Distriktmeister von Jaranskoje.«

Ein verrückter Gedanke setzte sich in Forster fest. Aber nichts konnte verrückt genug sein, wenn man Milda damit retten konnte.

Er beugte sich vor und legte Mulanow seine Hände auf die Knie.

»Boris Fedorowitsch, lehren Sie mich Schach ...«

Mulanow starrte Forster an, als habe ihm dieser einen unanständigen Antrag gemacht. »Jetzt? Hier?«

»Ja, ich bin doch kein unintelligenter Mensch. Vielleicht begreife ich es sehr schnell ...«

»Ein Schachspieler lernt sein ganzes Leben.«

»Mir genügen die Grundbegriffe. Ich will nicht als ein völliger Idiot dastehen, wenn ich Karsanow zum Zweikampf herausfordere.«

»Sie wollen? Sie?« Mulanow blickte entsetzt zu Milda hinüber. »Hast du das gehört, mein Täubchen? Er will einen der besessensten Spieler herausfordern! Warum nicht Spasski selbst, he? Werner Antonowitsch, Sie können so intelligent wie eine ganze Akademie zusammen sein ... Sie werden in ein paar Stunden nie die Kunst des Schachspiels begreifen.«

»Versuchen wir es, Mulanow. Sie kennen das Sprichwort von dem Ertrinkenden, der nach dem Strohhalm greift. Schach ist mein Strohhalm.«

Es wurde wahrlich eine Quälerei.

Mulanow hatte sein Schachspiel aus dem Schaffnerabteil geholt, wo Plotkin und Karsanow über ihrer Partie brüteten, die selbst einem Weltmeister die Hosen heruntergezogen hätte. Man hatte sich verrannt, aber keiner wollte sagen: Schluß! Remis!

Und so saßen sie vor dem Brett, starrten auf die Figuren und strengten ihre Gehirne nach einem rettenden Zug an.

»Karsanow ist ausgeschaltet!« verkündete Mulanow fröhlich. »Ich habe das Brett gesehen ... da kommen die beiden nie wieder raus! Also, fangen wir an!«

Er erklärte, was Schach ist, wie die Figuren heißen und wie sie laufen dürfen und worauf es überhaupt ankam bei diesem königlichen Spiel, wie man es nennt.

Dann begann die erste Partie, und Mulanow raufte sich die Haare. Er zeigte Forster, was er an seiner Stelle getan hätte, und beendete die Partie rasch nach zehn Zügen mit Matt.

Die zweite und dritte Partie war nicht anders ... bei der vierten griff Milda ein und brachte Mulanow ins Schwitzen.

»Ein Satansweib!« rief der Schaffner. »So unlogisch kann nur eine Frau ziehen!« Aber er gab zu, daß Milda gut spielte.

»Ich habe oft mit meinem Vater gespielt«, sagte sie und lehnte sich an Forsters Schulter. »Wir hatten in Kargopow, in der Stolowaja, richtige Schachturniere. Einmal hat Vater ein Schwein gewonnen! Ein ganzes lebendes Schwein! Ich saß hinter ihm und habe ihm einige Züge zugeflüstert. Damals war ich zehn Jahre alt ...«

»Sage ich es nicht? Ein Teufelsbraten, diese Milda! Spaltet Männern den Kopf und spielt Schach wie ein Meister! Los, Werner Antonowitsch, blamieren Sie sich nicht: Noch eine Partie! Aber allein ...«

Sie spielten die ganze Nacht hindurch. Karsanow und Plotkin anscheinend auch, denn es ließ sich keiner blicken.

Am frühen Morgen erreichten sie Tschita, und kurz vor der Einfahrt in den Bahnhof gewann Forster seine erste Partie gegen Mulanow. Die letzten entscheidenden Züge hatte ihm Milda zugeflüstert.

»Das darf doch nicht sein!« knirschte Mulanow. »Ein Anfänger schlägt mich! Werner Antonowitsch, Sie hatten nur Glück! Nach Tschita spielen wir weiter!«

Er rannte hinaus, um seinen Schaffnerdienst zu versehen.

Der Zug fuhr langsamer, an Häusern vorbei, die aussahen, als ob sie aus einem Märchenbuch stammten. Dann kamen die neuen Viertel ... modern, glatt, wesenlos, uniform, Betonklötze mit Fenstern.

Und dazwischen immer wieder das alte Rußland: bemalte Holzhäuser mit geschnitzten Friesen, mit Holzschindeln auf den Dächern und Knüppelzäunen um die Gärtchen.

Tschita, der Eisenbahnknotenpunkt in Südsibirien. Die Pforte aller Verbannten zur Zarenzeit.

Tschita, an der Ingoda gelegen, jahrhundertelang am Leben gehalten durch die nie abreißenden Kolonnen der aneinandergeketteten Verurteilten, der auf ewig Verdammten, der ›Toten Seelen‹.

Tschita: Hier hatten Bettler und Fürsten gestanden und über das weite Land geblickt, in das sie verbannt worden waren und das sie nie wieder hergeben würde; hier hatten Minister und Generäle, Bauern und Diener, Fuhrleute und Handwerker, hier hatte halb Rußland in der Sonne oder im Schneesturm gestanden und hatte laut oder leise gebetet: »Gott im Himmel, hier hilft uns kein Gebet mehr . . .«

Tschita, eine Stadt, die ertrunken wäre, wenn sich alle in ihr vergossenen Tränen gesammelt hätten.

Hier lud man Fedja aus, nachdem die Reisenden, deren Fahrt hier zu Ende war, den Zug verlassen hatten und nachdem die neuen Reisenden zugestiegen waren.

Plotkin verabschiedete sich von Karsanow wie von einem alten, lieben Freund. Schach verbindet eben nicht nur die Völker, sondern sogar Miliz und KGB!

Fedjas Abtransport ging ohne Sensation vonstatten: Zwei Milizionäre führten ihn ab, und er ging strammen Schrittes mit. Er wirkte, als sei er froh, alles überstanden zu haben.

Für Klaschkas Entfernung aus dem Transsib hatte man allerdings Vorsichtsmaßnahmen getroffen. Der Wagen wurde abgesperrt, ein Lastwagen fuhr auf den Bahnsteig bis an die offene Tür, ein Sarg wurde hineingeschoben, und zwei abgebrühte Leichenwärter des Krankenhauses von Tschita legten die steifgefrorene Tote in den Holzkasten.

Mulanow, der dabeistand, um Klaschka ein letztes Lebewohl zu sagen – ein blödes Wort, denn sie lebte ja nicht mehr! –, schossen die Tränen in die Augen, und er weinte still vor sich hin, bis der Lastwagen mit der traurigen Fracht den Bahnsteig verlassen hatte.

Niemand hatte Klaschka besucht außer Mulanow. Daß dies durch die Absperrung unmöglich war, daran dachte er in diesem Augenblick nicht. Er dachte nur: Auch eine Hure ist doch ein Mensch! Aber so ist es ... um einen toten Hund wird manchmal mehr geweint als um ein solches Wesen!

Der unfreiwillige Aufenthalt dauerte eine halbe Stunde, dann war alles überstanden.

Die Verspätungen des Transsib summierten sich – er konnte sie auch auf der nun folgenden Amur-Strecke nicht einholen.

Es war eben alles in allem ein besonderer, ein noch nie dagewesener Zug, wie Mulanow sagte.

Werner Forster stand am Fenster und blickte zurück auf Tschita, die Schicksalsstadt ungezählter Verbannter, als Karsanow das Abteil betrat. Der Zug hatte den Bahnhof verlassen und ratterte durch die Vorstädte. Auch hier wieder Holzhäuser wie zur Zarenzeit, auch hier ewiges Rußland ...

»Ich weiß, woran Sie denken«. sagte Karsanow und setzte sich.

Forster drehte sich um. »Ach! Sie leben noch, Pal Viktorowitsch?«

»Fröhlicher denn je!« Karsanow streckte behaglich seine Beine aus. Er war müde geworden. Plotkin war ein verdammter Schachgegner gewesen! »Ich nehme an, Sie haben viel über Tschita gelesen? Viel Unwahres, Übersteigertes, Aufgeblähtes ...«

»Hier hat einmal die Fürstin Trubetzkoi gestanden und ihren verbannten Mann gesucht. Ist das unwahr?«

»Das stimmt! Diese Zaren! Eine Bande, Werner Antonowitsch! Menschenverächter! Heute ist Tschita eine blühende Handelsstadt und platzt aus allen Nähten. Ein Ort, von dem aus die neuen Pioniere der Zukunft nach Sibirien strömen ...«

Plötzlich blickte er Milda Tichonowna an und blinzelte ihr zu. »Sibirien braucht auch Frauen! Viele schöne Frauen! Für ein neues sibirisches Geschlecht! Ich habe Lust, mich mit Ihnen darüber zu unterhalten.«

Ein Teufel, dachte Forster bitter. Ein richtiger Teufel! Im Vaterton mitten hinein ins Verhör und die Zerstörung.

»Ich schlage Ihnen etwas vor, Pal Viktorowitsch«, sagte er laut. Draußen begann wieder der Wald, die lichte Taiga, durchsetzt mit Felsen. »Ein Schachspiel . . .«

»Sie?« Karsanow lachte gemütlich. »Sie können doch nicht . . .«

»Ich habe mich erinnert – ich kann es doch!«

»Ich schlage Sie beim dritten Zug, Werner Antonowitsch. Aber bitte . . .« Karsanow holte seinen Koffer herunter und packte ein Schachspiel aus. »Eigentlich ist die Zeit zu schade, um die Figuren erst aufzustellen. Was setzen Sie ein?« Er rieb sich die Hände. »Zehn Rubel! Einverstanden?«

»Nein!« Werner Forster blickte nicht zur Seite, wo Milda saß und ihn entgeistert anstarrte. »Ich setze gegen Ihre zehn Rubel die Freiheit von Milda Tichonowna . . .«

Karsanow war zu verblüfft, um sofort darauf eine Antwort zu geben. Er musterte Forster mit zusammengezogenen Augenbrauen und blickte dann hinüber zu Milda, deren bleiches Gesicht beherrscht wurde von angstvoll aufgerissenen Augen.

Karsanow legte seine Hände neben das Schachbrett.

»Sie wissen, daß das Wahnsinn ist, Werner Antonowitsch?« fragte er mit belegter Stimme. »Wenn ich Ihren Einsatz annehme, verstoße ich damit erst einmal gegen meine Pflicht als Staatsdiener und Offizier. Zweitens haben Sie damit zugegeben, daß mit Milda Tichonowna etwas nicht stimmt – genau das, was ich vermutet habe! Drittens entziehen Sie als Fremder und Gast dieses Landes eine Sowjetbürgerin ihrer gerechten Bestrafung und machen sich schuldig der Gefangenenbefreiung. Was das alles für Sie bedeutet, brauche ich Ihnen als intelligentem Menschen nicht zu erzählen. Viertens ist es mir zuwider, verzeihen Sie mir die Sentimentalität, einen Mann, den ich trotz aller Gegensätze dummerweise schätzengelernt habe, auf diese Weise ans Messer zu liefern!«

»Darf ich fortfahren, Pal Viktorowitsch?« fragte Forster seltsam gefaßt. »Fünftens liebe ich Milda Tichonowna, ohne zu fragen, wer sie ist und woher sie kommt und ...«

»... und sechstens«, unterbrach ihn Karsanow, »wissen Sie natürlich längst, wer sie ist, und belügen mich schon wieder schamlos! Aber das ist das Vorrecht der Verliebten. Siebtens haben Sie gar keine Chance ... ich besiege Sie mit einem wachen und einem schlafenden Auge. So einfach wird das sein!«

»Dann fangen wir an, Pal Viktorowitsch!«

»Gut!« Karsanow beugte sich über das Schachspiel. »Aber noch eine Feststellung: Wenn Sie verlieren, gibt es kein Zurück mehr! Die nächste größere Station ist Mogatscha. Auch dort gibt es eine Miliz.«

»Wo nicht?« fragte Forster.

»Bei Ihnen etwa nicht?« Jetzt bellte Karsanow wieder. »Reizen Sie mich bloß nicht, Werner Antonowitsch! In Mogatscha ist für Ihre Milda Endstation ...« Er sah Milda an, und sie erwiderte seinen Blick wie ein gejagtes und eingekesseltes Wild. »Machen Sie den Blödsinn mit?«

»Ja ...«, antwortete sie. »Ich habe Vertrauen zu Werner Antonowitsch!«

»Vertrauen! Schachspielen muß er können!« Karsanow fuhr sich mit beiden Händen durch die Haare. »Wie viele Partien spielen wir?«

»Zehn! Ist Milda zehn Partien wert?«

»Von mir aus!« Karsanow winkte großzügig. »Milda Tichonowna, gehen Sie bitte in den Speisewagen und bestellen Sie für uns alle das Frühstück ins Abteil. Bis zum Mittagessen hat sich alles entschieden. Wer hat den ersten Zug?«

Sie losten um die Farben. »Fangen Sie an, Pal Viktorowitsch ...«

Milda erhob sich und zögerte. Wenn sie jetzt in den Speisewagen ging und mit Kusma verhandelte, hatte Werner Antonowitsch die erste Partie bereits verloren, wenn sie zurückkam. Das war sicher. Sie blieb neben Forster stehen, legte die rechte Hand auf seinen Nacken und streichelte ihn.

Er verstand sie und lächelte ihr ermutigend zu.

Karsanow sah es.

»Wie rührend«, sagte er. »Aber Sie werden sich für ein paar Minuten von ihm trennen müssen, Milda. Später werden es einige Jahre sein! Einer muß das Frühstück holen, sonst spielen wir hier vor Hunger und Übermüdung den schönsten Quatsch zusammen. Es geht um Sie! Also flieg, mein Vögelchen, und sag den Burschen im Speisewagen, sie sollen sich beeilen ...«

Milda verließ das Abteil und rannte zum Speisewagen. Auf dem Weg begegnete sie Mulanow, der die in Tschita zugestiegenen Reisenden kontrollierte.

»Er macht es wirklich!« stammelte Milda. »Er spielt mit Karsanow um mich! Boris Fedorowitsch, er ist der mutigste Mann, den ich kenne ... aber auch der dümmste! Was kann er gegen Karsanow ausrichten?«

Mulanow beeilte sich, die Billettkontrollen abzuschließen, damit er an dieser Schlacht teilnehmen konnte.

Werner Forster hielt sich tapfer.

Als Milda atemlos vom Laufen in das Abteil zurückkehrte, saß Karsanow mit dunkler Miene vor dem Brett und brütete.

Der Deutsche hatte in seiner naiven Art, wie bei Mulanows Übungsspielen,. eine Situation geschaffen, die Karsanow festnagelte. Er sah, was Forster nicht sehen konnte, weil er das Spiel noch nicht so perfekt beherrschte, daß er in zwei Zügen matt sein konnte, wenn Forster die Lage überblickte.

»Ich liebe dich«, sagte Milda leise und setzte sich wieder neben Forster.

Sie schlang den Arm um seine Hüfte, und das war nicht nur Zärtlichkeit, sondern das war zwischen ihnen abgesprochen.

Sie hatten eine Zeichensprache ausgemacht und eingeübt. Einmal kneifen, das hieß: Setz den Bauern ein! Zweimal: Jetzt den Turm! Dreimal: Du mußt den Springer nehmen! Einmal streicheln: Komm mit dem Läufer heraus! Zweimal streicheln: Jetzt der König! Dreimal streicheln: Paß auf die Dame auf!

Karsanow blickte kurz hoch. Dieses Liebespaar störte ihn gewaltig, es lenkte ihn zu sehr ab. »Rücken Sie von Werner Antonowitsch weg!« sagte er grob zu Milda.

»Das steht aber in keiner Spielregel, Pal Viktorowitsch!« erwiderte Forster.

»Natürlich nicht – aber es irritiert mich!«

»Konzentration ist alles, Karsanow.« Der Deutsche grinste. »Ein Wort von Ihnen!«

Milda schob ihre Hand unter Forsters Hemd. Nun lagen ihre Finger auf seiner Haut, und ihre Zeichen konnten nicht deutlicher sein.

Aber als sie seinen Körper berührte, zum erstenmal seine nackte Haut spürte, da durchzog sie em Gefühl herrlicher Schwere und unsagbarer Sehnsucht. Ich fühle ihn, dachte sie. Ich habe Besitz genommen von einem Teil seines Körpers. Ich spüre die Wärme seines Blutes.

Wie schön ist das, wie unbeschreiblich schön ...

Karsanow hatte endlich seinen Zug gefunden. Er ließ einen Springer hupfen und sagte dann zufrieden: »So! Das haben Sie nicht erwartet, was?«

Milda signalisierte: Einmal streicheln, den Läufer also. Forster überblickte das Spiel, suchte den in Frage kommenden Läufer und schob ihn vor.

Karsanow schnaufte durch die Nase.

»Gemein!« sagte er. »Ein hundsgemeiner Zug, Werner Antonowitsch! Daß Sie nicht spielen können, sehe ich ... aber Sie haben einen Instinkt wie eine Hyäne! Ruhe jetzt!«

Dabei hatte niemand etwas gesagt.

Karsanow versenkte sich in die Aufstellung der Figuren und suchte eine Lücke in Forsters Aufmarsch.

Mulanow erschien nach ein paar Minuten, schob leise die Tür auf, blickte über das Spiel, kniff Milda ein Auge zu und verließ ebenso geräuschlos wieder das Abteil.

Um es kurz zu machen ... das Spiel dauerte über eine Stunde.

Milda kniff und streichelte, und Forster setzte gehorsam, was sie ihm signalisierte.

Nur weil er einmal einen Springer verwechselte, ging die Partie schließlich an Karsanow.

Nach einem lauten »Matt!« lehnte er sich zurück und griff nach dem Tee, den Milda allen eingegossen hatte. Karsanow hatte gar nicht bemerkt, daß das Frühstück gebracht worden war.

»Eines ist mir jetzt klar, Werner Antonowitsch«, sagte er, als er getrunken und einen Bissen Brot mit Leberwurst gegessen hatte. Auch seine geliebte Milch hatte Milda mitbringen lassen. »Sie haben geblufft! Sie sind kein Anfänger! Soviel Glück, soviel Instinkt kann gar keiner haben! Geben Sie es zu: Sie sind ein ausgefuchster Schachspieler!«

»Ich spiele heute mit Ihnen meine erste richtige Partie Schach«, sagte Forster ehrlich. »Ich kannte nur die Grundregeln.«

»Dann sind Sie ein unbekanntes Schachgenie! Auch das noch! Stärken wir uns erst. Die Sache macht mir Spaß! Es bleibt bei den noch fehlenden neun Partien!«

»Auf jeden Fall, Pal Viktorowitsch! Sie sind ja Mildas Freiheit!«

Ab Tschita passierte im Zug nichts Aufregendes mehr, bis auf das stille Duell, von dem nur ein paar Menschen wußten.

Der Transsib passierte Mogatscha, dann Skovorodino, später, in der Nacht schon, Svobodnyi. Rechts von ihnen begann die weite Ebene zum Grenzfluß Amur.

China lag greifbar nahe. Der Zug ratterte an Rußlands unruhigster Grenze entlang. Das Land, durch das sie jetzt fuhren, beanspruchte China für sich.

Vor Jahrhunderten, so hieß es, habe einmal ein russischer Unterhändler dieses Land dem Kaiser von China abgehandelt und ihn dabei schamlos betrogen.

Rußlands große Zukunftsprobleme lagen nicht mehr im Westen ... sie staken in seinem Rücken wie ein nicht mehr herauszureißender Speer.

Karsanow und Forster spielten inzwischen die siebte Partie. Es stand unentschieden ... drei für Forster, drei für Pal Viktorowitsch. Vom Nebenabteil war der General herübergekommen, selbst ein Schachspieler – welcher Russe ist es nicht? – und saß neben Karsanow.

Mulanow und ab und zu auch Vitali und Wladlen, die anderen Schaffner, schlugen sich, in Kenntnis des Einsatzes, auf Forsters Seite.

Der General störte ungemein.

Karsanow knirschte mit den Zähnen, aber was kann ein Oberst einem General sagen, zumal er seine Uniform trug? Im Gegensatz zu den Schaffnern gab er weise Sprüche von sich und brachte damit Karsanow zur Verzweiflung.

»Wir hatten einen Oberst im Generalstab«, erzählte der General beispielsweise, »der stellte sich, mit dem Kopf nach unten, an die Wand, bevor er ans Schachbrett ging. Eine Art Yoga-Übung. Blut im Gehirn ist die halbe Intelligenz, behauptete er immer. Dabei verlor er regelmäßig! Haha!«

Karsanow brauchte alle Kraft, um nicht zu explodieren.

»Schluß!« sagte er nach dem siebten Spiel. »Nun wird Abend gegessen und geschlafen! Wissen Sie eigentlich, Genossen, wie lange wir jetzt auf den Beinen sind? Das gleicht ja einem Kriegseinsatz! Morgen früh geht es weiter, einverstanden, Werner Antonowitsch?«

»Ihr Wort gilt, Pal Viktorowitsch?«

Karsanow sah Forster aus geröteten müden Augen beleidigt an.

»Ich bin ein Ehrenmann! Natürlich gilt es! Bis Wladiwostok halten Sie nicht durch! Noch drei Spielchen, Werner Antonowitsch ... ich nehme an, daß wir Milda Tichonowna bereits in Chabarowsk ausladen!«

Er stand auf, reckte sich, daß man die Glieder deutlich knacken hörte, und verbeugte sich vor Forster.

»Darf ich Sie zum Essen einladen?« fragte er.

»Und Milda?«

»Das ist Ihre Sache! Ich lade doch niemanden ein, den ich nicht kenne und in Kürze verhaften werde!«

Es wurde trotzdem ein gutes Abendessen.

Man servierte geräucherten Stör, vorweg eine Muschelsuppe, als Fleischgang eine knusprige Hühnerbrust und als Dessert einen Obstsalat mit Eis und Sahne.

Der General, der mit ihnen am Tisch saß, erzählte von der Panzerschlacht bei Gomel, die er als junger Oberleutnant mitgemacht hatte. Karsanow hatte den gemeinen Gedanken, wie schade es sei, daß die Panzer an dem General vorbeigefahren seien statt über ihn hinweg ...

In der Nacht schliefen sie wie die Betäubten.

Nur Milda war diesmal wach, sie küßte Forsters im Schlaf gelöstes Gesicht, flüsterte ihm zärtliche Worte zu, legte sich eng neben ihn und streichelte mit beiden Händen seinen entblößten Oberkörper.

Es war sehr heiß im Abteil.

Karsanow schnarchte wie ein Flußpferdbulle und zuckte ab und zu mit den Beinen. Anscheinend träumte er von einer Schachpartie, aus der er nicht mehr herauskam, wie bei Hauptmann Plotkin.

Bei strahlendem Sonnenschein erreichten sie Chabarowsk.

Nahebei fließt der Ussuri in den Amur. Hier ist eine Riesenstadt entstanden mit einer Universität, mit bekannten Kliniken und mit der Verwaltung eines erschlossenen Kohlengebietes von gewaltigen Ausmaßen.

Was Sibiriens Schoß an Reichtum verborgen hält . . . hier kann man einen kleinen Teil davon sehen.

Wenn es jemals gelang, Sibirien nutzbar zu machen, gab es kein reicheres Land als Rußland. Und kein unbesiegbareres!

Das ewige Rußland – es war kein Traum. Die Wahrheit sah man hier in Chabarowsk, im südlichsten Winkel Sibiriens.

Karsanow und Forster spielten die achte Partie. Verbissen, fanatisch fast. Jeder kämpfte gegen die Zeit . . . dem einen lief sie davon, dem anderen kam sie entgegen.

»Gratuliere!« sagte Karsanow. als sie in die gewaltige Bahnhofshalle von Chabarowsk einfuhren und das achte Spiel noch nicht entschieden war. »Das haben Sie geschafft, Werner Antonowitsch. Die nächste Station ist Bikin – da habe ich Sie. Noch zwei Spiele! Jetzt liege ich mit einem vorn! Aber dieses achte gewinne ich auch. Dann müssen Sie die beiden letzten gewinnen! Was dann? Was bedeutet Remis in unserem Fall?«

»Freiheit für Milda!«

»Wieso? Ein Unentschieden ist kein Sieg! Es stellt ein normales Verhältnis wieder her! Ich werde Milda mitnehmen, wie es mir als Beamtem befohlen ist!«

»Sie werden nicht gewinnen«, sagte Forster heiser. »Wann sind wir in Wladiwostok?«

»Am späten Nachmittag! Sie können nicht mehr gewinnen, Werner Antonowitsch. Die achte Partie steht schlecht für Sie ...«

Was für ein Mensch Karsanow auch sein mochte, eines mußte man ihm zubilligen: Er war ein meisterhafter Schachspieler!

Im geheimen war es ja ein Duell zwischen ihm und Milda, die immer noch ihren vorgeschobenen Spieler mit Streicheln oder Kneifen dirigierte.

Es gab Züge, vor denen brüteten sie eine Viertelstunde.

Karsanow stand zwischendurch auf, trank seine Milch oder holte tief Luft in dem weniger geheizten Gang.

Dann waren meistens Mulanow oder einer der Schaffner im Abteil und erteilten Ratschläge, oder der General klemmte sich auf Karsanows Platz, zog das Kinn an und brummte: »Ich würde jetzt den Turm nehmen! Nur den Turm! Eine glatte Attacke! Aber Pal Viktorowitsch ist leider Zivilist! Man kann ihn nicht davon überzeugen.«

Natürlich wäre eine Attacke für Karsanow tödlich gewesen ... jeder sah das. Beim nächsten Zug wäre der Turm verloren gewesen, beim übernächsten gäbe es Matt.

Chabarowsk glitt an ihnen vorbei. Sie glaubten, in der Ferne den Amur und den Ussuri bläulich in der silbernen Sonne schimmern zu sehen.

Gebirgskämme flimmerten im Licht, weit am Horizont. Es war ein herrlich klarer Wintertag, eisig kalt zwar, aber überwölbt von einem makellos blauen, wolkenlosen Himmel.

Die achte Partie gewann Forster.

Aufatmend lehnte er sich zurück, und auch Milda schloß für einen Augenblick die Augen.

Mulanow seufzte leise.

Karsanow starrte auf das Brett. Er schien es nicht begreifen zu können, was ihm da widerfahren war.

»Sie sind ein Satan, Werner Antonowitsch!« sagte er endlich. »Nun ist wieder alles offen! Jeder von uns ist gezwungen, die beiden letzten Partien zu gewinnen!«

»Ich allein, Pal Viktorowitsch. Unentschieden bedeutet für mich den Verlust von Milda! Eine Frage noch: Was geschieht, wenn wir in Wladiwostok das letzte Spiel noch nicht beendet haben?«

»Dann tragen wir das Brett vorsichtig in den Wartesaal und spielen dort weiter! Ich halte mein Wort bis zum Umfallen, mein Bester. Das bin ich meiner russischen Ehre schuldig!«

»Einverstanden!«

Sie erholten sich etwas, gingen im Zug spazieren, tranken im Speisewagen einen Kognak – sogar Karsanow trank einen, allerdings stark mit Sprudel verdünnt. Dann nahmen sie wieder ihre Plätze ein.

Die neunte Partie.

Es war wirklich eine Schlacht.

XIII

Kurz vor Iman, einer kleinen Station, war das verbissene Duell eigentlich schon entschieden.

Forster hatte die neunte Partie verloren.

Karsanow hatte einen wahren Husarenritt vollführt.

Und die zehnte und letzte Partie stand ausgesprochen schlecht für das Paar. Mildas Nerven versagten. Sie hielt diese Anspannung nicht durch, und Forster saß oft hilflos vor den Figuren und konnte kaum noch auf Mildas Kneifen oder Streicheln achten.

Karsanow, anscheinend ein Mensch völlig ohne Nerven, war in Hochstimmung. Er brauchte eigentlich nicht mehr weiterzuspielen – es war alles klar!

Tat er es trotzdem, so nur deswegen, weil ein echter Schachspieler nie eine Partie offenläßt ... es müßten ihn schon ganz gravierende Gründe dazu zwingen.

Mulanow rannte herum, als habe man ihn mit glühenden Nadeln gespickt.

»Ich habe es geahnt!« sagte er mit schwankender Stimme zu Forster, als sie sich auf dem Gang trafen. »Es war Wahnsinn! Wahnsinn! Karsanow ist ein Spieler mit einem Computergehirn! Er berechnet die gegnerischen Züge im voraus nach ihrer Wahrscheinlichkeit! Was nun, Werner Antonowitsch? Was nun? Er wird Milda schon in Iman ausladen lassen! Im Vertrauen, er hat mir schon die Meldung durchgegeben, die ich zur Miliz in Iman telefonieren soll. So sicher ist sich dieser Kerl! Sie müssen schnell etwas tun – was, das weiß ich nicht ...«

Forster kam zurück ins Abteil.

Karsanow saß nach hinten gelehnt und hatte die Augen geschlossen. Er schlief nicht, sondern er befand sich in einem Zustand der wohligsten Ruhe.

Er hörte alles, was um ihn herum geschah, aber er war zu faul, die Augen zu öffnen. Es war das erstemal, daß er deutlich zeigte, wie ihn dieses Duell am Schachbrett doch mitgenommen hatte.

»Wenn's weitergehen soll, sagen Sie es«, meinte er, immer noch mit geschlossenen Augen. »Noch vier Züge, und Sie haben Ruhe vor mir. Und ich vor Ihnen!«

»Ich gebe zu, daß die Lage kritisch ist.« Forster holte seine Reisetasche aus der Gepäckablage. Mit großen Augen starrte ihn Milda an. »Aber Sie kennen ja den dummen Spruch: ›Bis zur letzten Patrone!‹ – Ich habe diese Art von Heldentum bisher immer für ein Verbrechen gehalten. Heute begreife ich mehr davon! Wenn man den Einsatz liebt ...«

Karsanow lächelte schwach. Die Sonne schien ihm ins Gesicht. Welch ein Tag!

»Nehmen Sie Abschied von Milda, Werner Antonowitsch«, sagte er nun mit satanischer Freundlichkeit. »Wir erreichen gleich Iman ...«

»Ich bin gerade dabei, Pal Viktorowitsch!«

Karsanow hielt noch immer die Augen geschlossen.

Werner Forster öffnete die Reisetasche und holte den Lederkasten mit der Reiseapotheke heraus. Mit ihr hatte er Karsanow einmal geholfen, als ihm der herunterfallende Koffer die Nackenwunde schlug ... mit ihr würde er jetzt Milda retten!

Es war eine feige Tat, aber es blieb ihm keine andere Wahl. Forster holte das kleine braune Fläschchen mit Äther hervor, zupfte einen dicken Wattebausch aus der Wattetüte und zog eine Einwegspritze aus der luftdichten Plastikhülle. Leise zerbrach er eine Ampulle mit Morphium und zog die Flüssigkeit in den Spritzenkolben auf.

Milda küßte ihn laut. Die Geräusche sollten Karsanow ablenken. Sie flüsterte zärtliche Worte, scharrte mit den Füßen und beobachtete dabei den mit geschlossenen Augen lächelnden Karsanow.

Mildas Körper flatterte ... Noch ein paar Sekunden lassen wir ihn ausruhen, dachte sie. Gott im Himmel, nur ein paar Sekunden schenke uns noch! Wenn er jetzt die Augen aufschlägt, gibt es nur die Ergebung oder den Tod ...

Sie scharrte von neuem mit den Füßen und schmatzte mit den Lippen ... Forster schraubte die Ätherflasche auf und hielt den Wattebausch davor. Die Spritze lag bereit.

»Sind Sie bald fertig?« fragte jetzt Karsanow träge. »Ich möchte die Partie gern abschließen ...«

»Ich bin fertig, Pal Viktorowitsch!«

Forster schnellte vor. Er warf dabei das Schachbrett um, die Figuren kollerten in alle Ecken – aber das war jetzt die unwichtigste Sache von der Welt.

Mit der rechten Hand preßte Forster den äthergetränkten Wattebausch gegen den Mund und die Nase Karsanows, mit der linken Hand hielt er seinen Kopf, den Karsanow wegzustemmen versuchte ...

Es gab einen kurzen, verzweifelten Zweikampf – Mann gegen Mann.

Karsanow trat um sich, hielt die Luft an, roch natürlich sofort den süßlichen, widerlichen Äther und war sich darüber klar, daß er diese Partie verlieren würde.

Nach einigen wilden Zuckungen ließ seine Kraft nach, der Körper sackte in sich zusammen, der Äther tat seine Wirkung.

»Die Spritze!« sagte Forster ruhig.

Milda reichte sie ihm an. Ihre Hand zitterte so stark, daß ihr das Instrument fast aus den Fingern geglitten wäre.

Die Injektion war eine Kleinigkeit. Forster gab dem Russen eine Dosis, die ihn für Stunden schlafen lassen würde, und auch danach, bis zur völligen geistigen Klarheit, würde noch wertvolle Zeit vergehen; Zeit, die ihnen geschenkt wurde.

»Es ist ja schon alles überstanden«, sagte Forster, als er Karsanows Beine auf die Bank gehoben hatte. »Du bist frei, Milda! Frei! Es wird niemand mehr geben, vor dem du weglaufen mußt. In drei Tagen haben wir Rußland hinter uns und sind auf dem Weg nach Japan!«

»In drei Tagen ...« Sie lehnte sich gegen das Fenster, starrte dann Karsanow an und konnte es noch nicht glauben. »Er ist doch nicht ...?«

»Nein, er schläft nur. Wenn wir Glück haben, rund um die Uhr ...«

Das gleiche fragte Mulanow, der kurz danach ins Abteil kam, um zu sehen, wie die Partie stand. Er hatte noch nichts nach Iman durchgeben lassen.

An der Tür prallte er zurück vor dem süßlichen Gestank,

schlüpfte aber dann schnell hinein und öffnete mit seinem berühmten Vierkantschlüssel eine indirekte Belüftung über dem Fenster. Das Fenster, das versuchte er zuerst, war nicht herunterzuschieben. Es war in den Gleitschienen total vereist.

Mulanow wischte sich mit dem Ärmel den Schweiß aus dem Gesicht. »Gut«, sagte er. »Eine Idee! Äther, sehr gut! Aber wie lange hält das vor?«

»Bis zum nächsten Morgen bestimmt . . .«

»Soviel Äther? Das hält sein Herz nicht aus.«

»Ich habe ihm eine dicke Morphiuminjektion gegeben. Hoffen wir, daß Karsanow so gesund ist, wie er aussieht. Boris Fedorowitsch, wir müssen ihn in Iman ausladen. Von dort hat er es schwerer, uns nachzufahren. Er darf nicht bis Wladiwostok mitreisen!«

»Und Sie? Sie reisen immer mit Morphium?« fragte Mulanow und beugte sich über Karsanow. Der Atem war regelmäßig, er schlief tief, er schien tatsächlich ein gutes Herz zu haben.

»Im Ausland habe ich immer eine Apotheke bei mir. Für Notfälle . . . wie diesen!« Forster lächelte bitter. »Ich habe drei Semester Medizin studiert – haben Sie keine Angst, Mulanow. Ich habe meine Arbeit getan und hatte eine Idee . . . nun sind Sie dran!«

Mulanow wartete, bis sich der süßliche Geruch verzogen hatte, und trabte dann durch den Gang, um zunächst die Nachbarabteile zu informieren.

»Ein Jammer!« rief er etwa dem General zu. »Pal Viktorowitsch hat es nervlich nicht ausgehalten. Er hat einen Kollaps erlitten. Liegt ohnmächtig da. Wir müssen ihn leider in Iman ausladen . . .«

Der General zog seine Uniformjacke wieder an und begab sich nach nebenan. »Das ist eine Schande!« sagte er steif.

»Bricht vor einem Schachbrett zusammen! Liegt mit offenem Mund da und stinkt sogar!« Er schnupperte zurückhaltend. »Und wie steht die Partie?«

»Ich hatte einen guten Zug, da fiel Pal Viktorowitsch plötzlich um und riß das Brett mit sich. Fiel um, wie vom Blitz getroffen ...«, sagte Forster.

Über den Gang kamen Vitali und Wladlen gelaufen, besichtigten Karsanow und blinzelten Forster und Milda verstohlen, wie Verschwörer, zu.

Dann beschlossen sie, Karsanow in Iman der dortigen Gesundheitsbehörde zu übergeben, eingewickelt in Decken, damit er sich bloß nicht erkälte.

Die Zeit war knapp. Neben der Strecke tauchten schon Häuser auf, Siedlungen, die den nahen Ort ankündigten.

»Und wenn er vorher aufwacht?« fragte Mulanow leise, als sie Karsanow in einfache Decken rollten, nachdem sie ihm auch noch seinen Pelzmantel angezogen hatten.

»Dann habe ich verloren.«

»Das kostet Sie fünfundzwanzig Jahre Zwangsarbeit!«

»Ich weiß.« Forster zog Milda Tichonowna an sich. »Sie ist es mir wert, Boris Fedorowitsch.«

In Iman hielt der Transsib gerade so lange, um Karsanow aus dem Zug zu heben.

Vier Männer des vorher verständigten Sanitätsdienstes übernahmen das lange Bündel und trugen es zu einem Ambulanzwagen.

Mulanow sprach mit dem Sanitätsfahrer und erklärte ihm, welche starke nervliche Anspannung den Genossen Oberst umgeworfen hatte. Zur Information für den Arzt: Man solle Karsanow in Ruhe schlafen lassen, sein Herz sei gut. Er brauche nur Ruhe ...

Als der Sanitätswagen abfuhr, stand der General am Fenster seines Abteils und grüßte stramm. Wenn er auch ein schlapper

Kerl war, dieser Karsanow ... er war immerhin im Kampf zusammengebrochen ...

»Jetzt beginnt das große Zittern«, sagte Forster.

Der Zug fuhr an, das Stationsgebäude von Iman entschwand, der Wald rückte wieder näher.

Auf der anderen Seite des Zuges fuhren sie nahe am Ussuri vorbei. Ein in das Land hineingelegtes, glitzerndes, bläuliches Eisband.

»Wie lange noch bis Wladiwostok, Mulanow?«

»Knapp vier Stunden ...«

»Wenn sie in Iman merken, daß er nur mit Morphium sediert ist, werden sie ihn mit Gegeninjektionen wieder ans Licht holen! «

»Merkt man das denn?« fragte Mulanow nachdenklich.

»Ein guter Arzt sofort ...«

»Wir haben in Rußland sehr gute Ärzte.«

»Warten wir es ab.« Forster gab Mulanow die Hand. »Wenn in Wladiwostok eine Menge Miliz auf dem Bahnsteig steht, wissen wir es genau. Ich kann Ihnen nur danken, Boris Fedorowitsch. Von ganzem Herzen danken!«

Darauf sagte Mulanow etwas, was Forster sehr erstaunte: »Ich habe es wegen Klaschka getan, Werner Antonowitsch. Ich war es ihr schuldig. Nicht Ihretwegen, so gut Sie mir auch gefallen. Und Milda Tichonowna? Ein schreckliches Schicksal, gewiß. Sie ist zerbrochen worden und hatte noch gar nicht angefangen zu leben. Für Milda habe ich es auch ein wenig getan, doch, doch! Aber wo käme man hin, wenn man sich an das Schicksal jedes Menschen hängen würde? Man käme überhaupt nicht mehr zu seinen eigenen Problemen! Nein, das geht nicht. Aber hier, in diesem Abteil, hat Klaschka zu mir gesagt: ›Boris Fedorowitsch, kümmere dich um Mildaschka, wenn der widerliche Karsanow es fertigbringt, mich aus dem Zug zu entfernen, bevor wir in Wladiwostok sind.‹ Sie ist entfernt worden – und ich habe ein Versprechen einzulösen – das ist alles!«

»Trotzdem danke ich Ihnen, Mulanow.«

»Sie wollen Milda noch immer heiraten?«

»Aber ja! Wozu sonst dieses ganze Risiko?«

»Dann wird es in Wladiwostok von neuem mit Ihnen losgehen.« Mulanow kratzte sich die Nase. Neben ihnen flog glitzernd der Ussuri vorbei.

Auf dem Eis des zugefrorenen Stroms standen in Gruppen dicke, dunkle, massige Stahlwürfel. Panzer!

Gegenüber lag China ... auch hier lauerten sie mit schußbereiten Kanonen, und auch hier hatten sich Bataillone in das Ufergestrüpp gegraben.

Es gibt kaum einen Fleck auf dieser Welt, dachte Forster, wo sich die Menschen nicht totschlagen ...

»Wie wollen Sie mit Milda, die keine Ausreiseerlaubnis hat, nach Japan kommen?«

»Mit dem Schiff.«

»Vor jedem Schiff sind Kontrollen! Es ist völlig aussichtslos. Werner Antonowitsch, hoffen Sie nur nicht etwa auf einen gefälschten Paß! Bloß das nicht! Wenn Ihnen jemand im Hafen ein solches Papier anbietet, treten Sie diesen Jemand in den Hintern! Die meisten fallen damit rein, und das Geschäft machen nur die Händler! Außerdem wird Karsanow bestimmt wach sein und hat längst die Miliz in Wladiwostok alarmiert. Er weiß doch Ihren Weg! Man wird jedes fremde Schiff absperren, als habe es die Pest an Bord! Werner Antonowitsch, wie wollen Sie das mit Milda schaffen?«

»Das wird eine Entscheidung des Augenblicks werden müssen, Boris Fedorowitsch.«

»Sie können doch unmöglich die ganze Miliz von Wladiwostok mit Äther umlegen!«

»Natürlich nicht.« Forster lachte gequält. »Ich kann nicht

einmal im Intourist-Hotel wohnen, wo ich ein Zimmer bestellt habe. Ich kann in gar keinem Hotel wohnen, denn die werden zuerst kontrolliert.«

»Sehen Sie, das ist der Anfang.«

Mulanow blickte aus dem Fenster. Der Ussuri wich zurück, sie näherten sich dem großen See Chanka, einer unübersehbaren blitzenden Eisfläche mit einem Elektrizitätswerk.

»Wollen Sie durch die Stadt laufen, an jede Wohnung klopfen und fragen: Bitte, seid ihr bereit, mich und meine liebe kleine Milda aufzunehmen? Wir werden nämlich vom KGB gesucht . . .« Mulanow holte tief Luft. »Das wird eine größere Wirkung haben, als wackelte die Erde! Was nun? Wollen Sie im Freien übernachten? In einer Haustür? In einem Park? Auf einem Baum? Werner Antonowitsch, Sie leben hier nicht in einem Land, wo man sich ein Zimmer suchen kann, und keiner kümmert sich darum.«

»Helfen Sie uns . . .«, sagte Werner Forster leise.

Man kann sich verkriechen wie ein Tier, dachte er. Im Hafen, in einem Lagerschuppen, bestimmt gibt es für eine Handvoll Rubelscheine auch Russen, die Milda und mir ein Zimmer besorgen . . . aber ist das eine Garantie für Sicherheit?

Noch weiß man nicht, was Karsanow alles anstellen wird, wenn er wieder zur Besinnung kommt. Es kann sein, daß er schweigt, aus Scham über seine Überrumpelung . . . es kann aber auch sein, daß er in Wladiwostok eine Welle der Kontrollen entfacht. Das letztere paßt besser zu seinem Charakter . . .

»Ich kann Ihnen nicht helfen«, sagte Mulanow stockend. »Hier im Zug, ja! Aber in der Stadt?«

»Um Klaschkas willen, Mulanow . . .«

»Ich kann nicht zaubern, Genosse. Ich will fragen, ob

meine Kollegen einen Rat wissen. In Wladiwostok stehen Sie allein.«

»Wir beißen uns schon durch.« Werner Forster drückte die heiße Stirn gegen die eisige Fensterscheibe. Draußen lag der riesige Chankasee. »Sagen Sie bitte Milda nichts von unserer Lage«, sagte er leise. »Sie soll glauben, es sei alles vorüber.«

Später saßen sie am Fenster und hielten sich an den Händen, beugten sich zueinander und küßten sich.

Sie gingen in den Speisewagen, wo man in der Küche aufräumte. Kusma, der Koch, briet ihnen außerplanmäßig zwei Schnitzel, und sie aßen sie mit Rote-Beete-Salat, auf einem Bänkchen im Materialraum der Küche sitzend.

»Wenn Sie es im Speisewagen essen«, hatte Kusma gesagt, »purzeln die Bestellungen! Sie glauben gar nicht, wie gehässig der Mensch beim Essen sein kann! Kaum sieht er, daß ein anderer etwas Besonderes hat, schon schreit er los, er will es auch! Die Küche ist offiziell geschlossen, das weiß man, nur noch Getränke und belegte Brote sind zu haben. Freunde, setzt euch ruhig zu mir und eßt mit Appetit Ich bin es Klaschka schuldig ...«

»Sie war ein merkwürdiger Mensch«, meinte Milda nachdenklich, als sie, die Teller auf dem Schoß, ihr Schnitzel verzehrten. »Gemein und ordinär, daß man vor ihr ausspucken konnte; aber dann, wenn man mit ihr allein war, hätte man sie Mutter nennen können! Ein seltsamer Mensch, Werner ...«

Ussurijsk, der letzte größere Ort vor der Endstation, rauschte vorbei. Dann kam der kleine Bahnhof von Artem in Sicht, ein Hauch von China auf russischem Gebiet.

Im Transsib wurde fleißig gepackt, Koffer versperrten die Gänge, in der zweiten Klasse war es, als hätten sich Völkerschaften auf den Weg gemacht und ihren halben Besitz mitgeschleppt.

Wladlen und Vitali beruhigten cholerische Reisende, die von anderen mit Gepäckstücken gestoßen worden waren.

Mulanow begegnete unglücklicherweise dem Seifenfabrikanten Skamejkin, der jetzt zum letztenmal seine erst von einem Mörder gestohlenen und mißbrauchten, dann vom Staat eingezogenen neuen Schuhe reklamierte.

In Chabarowsk hatte er vergeblich auf das Flugzeug gewartet, das ihm die Schuhe zurückbringen sollte.

Er hatte allen Ernstes damit gerechnet, zumal ihm Karsanow versprochen hatte, sich dafür zu verwenden.

Dann hatte ihn die Tür der Funkkabine, aus der der verborgene Plotkin gestürzt war, zu Boden geschlagen. Von da ab saß er mit stierem Blick herum, kühlte seine Beule, sagte ab und zu: »Ist das Gerechtigkeit, Genossen?« und machte den Eindruck eines leicht Irren.

Die Generalswitwe Olga Fedorowna war da viel besser dran ... sie hatte ihren Ohrring wieder.

Aber jetzt, kurz vor Wladiwostok, brach aller Schmerz noch einmal aus Skamejkin hervor. Schuld hatte Mulanow, der sich unglücklicherweise erinnerte, daß der Seifenhersteller ja gar nicht bis Wladiwostok fahren wollte, sondern nur eine Karte bis Svobodnij besaß.

»Lösen Sie nach, Genosse!« hatte Mulanow amtlich und ohne Scherz gesagt. »Sonst sind Sie ein Schwarzfahrer. Lesen Sie die Straftabelle ...«

»Meine Schuhe!« heulte Skamejkin auf. »Ich reise auf Staatskosten, bis ich meine Schuhe wiederhabe. Das wollen wir sehen, ha! Mit meiner Seife wäscht sich Genosse Breschnew die Hände, und hier will man mich ... Genossen! Ich kämpfe bis zur totalen Erschöpfung!«

Wladiwostok!

Da ist sie, die Stadt am Meer ... die Stadt mit dem Hafen. Die Weite der Japanischen See dehnt sich vor ihr.

Ein Haufen von Häusern, ein Gewimmel von Straßen und Gassen – das ist Wladiwostok, Rußlands Tor zum Stillen Ozean.

Rußlands Stolz!

Ein merkwürdiges Stück Europa mitten in Asien, mit einem Hafen, der das ganze Jahr über eisfrei gehalten wurde.

Wladiwostok! Von hier waren einmal nach der sowjetischen Revolution, nach einer Fahrt, wie sie Forster jetzt auch hinter sich hatte, die Barone und Grafen, die Fürsten und Großfürsten, die Generäle und Admirale der zaristischen Armeen – kurz, das alte, feudale, zusammengeschlagene und vor der Roten Welle flüchtende Rußland hinübergebracht worden nach Frankreich oder Amerika.

Wladiwostok! Der Zug hielt mit knirschenden Bremsen. Die Türen flogen auf. Die ersten Koffer landeten auf dem Bahnsteig.

Forster und Milda standen im Vorraum und warteten, bis die größten Gepäckstücke ausgeladen waren. Dann stiegen sie die paar Stufen hinunter.

Unten stand Mulanow, sehr feierlich mit Mütze und gebürstetem Rock. Er half Milda beim Aussteigen und gab auch Forster die Hand.

»Viel Glück!« sagte er dabei. Mehr nicht. Was soll man noch sagen?

Aber zu Milda allein, die hinter ihm stand, wandte er sich noch einmal um und küßte sie auf beide Wangen.

»Tue das Richtige, mein Töchterchen!« sagte er dabei.

Dann wandte er sich schnell ab und lief den Zug entlang. Es war eine Flucht vor seinem Gefühl.

Forster sah ihm nach und hob dann die Hand. Ein zerknüllter Zettel lag darin.

»Er hat ihn mir beim Abschied in die Hand gedrückt«,

sagte er zu Milda. Dann strich er den Zettel glatt und las, was Mulanow mit grober Handschrift geschrieben hatte:

»Melden Sie sich bei Saweli Jefimowitsch Dronow, Tunguska 17, 2. Stockwerk. Und bestellen Sie Grüße von dem Bahnpostschaffner Lumeneff. Mehr konnte ich nicht für euch tun. – Boris Fedorowitsch.«

XIV

Pal Viktorowitsch Karsanow schien eine Bärennatur zu haben. Forster und Milda erhielten davon den ersten Beweis, als sie die große Bahnhofshalle von Wladiwostok verlassen hatten und nun gegenüber am Rande des weiten Platzes standen.

Sie betrachteten die Prachtbauten ringsum und hielten Ausschau nach einem Taxi, um sich zur Tunguska fahren zu lassen. Aber die Taxis schienen alle unterwegs zu sein.

Sie standen höchstens zwei Minuten, als aus einer breiten Straße fünf Mannschaftswagen der Miliz angebraust kamen und kreischend vor dem Bahnhofsgebäude bremsten. Fast eine ganze Kompanie Milizionäre sprang auf das Pflaster, bildete sofort eine Kette, sperrte alle Bahnhofsseitenausgänge ab und drängte alle Reisenden zurück in die große Halle.

Es gab einen Höllenlärm. Proteste wurden laut, alle schrien durcheinander ... aber in wenigen Sekunden war der Bahnhof, von außen gesehen, wie ausgestorben.

Im Innern trieb man alle in der weiten Zentralhalle zusammen wie eine störrische Hammelherde.

»Fünf Minuten zu spät!« sagte Forster leise und legte den Arm um Mildas Schulter. »Verdammt, das war knapp! Ich habe Karsanow unterschätzt, aber er hat trotzdem verloren!«

»Die Partie steht noch immer unentschieden, Werner«,

sagte Milda. »Jetzt wird er den Flugplatz und den Hafen absperren lassen.«

»Das ist sicher. Aber wir brauchen uns nicht zu verkriechen wie gejagte Füchse. Wir haben jetzt eine Adresse . . .«

»Weißt du, wer dieser Dronow ist?«

»Wir werden ihn bald kennenlernen. Wenn Mulanow uns seine Adresse gibt, ist er keiner, der sofort nach dem KGB schreit, wenn er uns sieht.« Sie blieben noch am Rande des Platzes stehen und beobachteten, was im Bahnhof geschah.

Die Reisenden kamen allmählich einzeln heraus, fluchend, gestikulierend und in hellster Aufregung. Vor den Eingängen bildeten sich Gruppen und diskutierten.

Zwischen zwei Milizionären schleppte man Skamejkin zu einem der Wagen. Er war immer noch in Strümpfen, schrie gellend und rief seine Umwelt zur Hilfe gegen die Staatsgewalt auf.

Natürlich half ihm niemand – jeder ist froh, mit der Miliz nichts zu tun zu haben.

Dementi Michailowitsch Skamejkin war nicht ganz unschuldig an seiner Verhaftung. Kaum hatte der Transsib gehalten und Skamejkins Koffer waren ausgeladen, stellte er sich auf seinen größten Koffer und hielt eine flammende Rede an sein Volk:

»Genossen! Hört euch die Geschichte von einem Mann an, dem erst ein Mörder und dann die Polizei seine neuen Schuhe klaute! Heran, heran, tretet heran, Bürger! Die Auswüchse der Willkür wuchern wie Geschwüre . . .«

Es war klar, daß die Miliz diesen unerlaubten Volksredner zunächst von seinem Koffer holte und abtransportierte. Hinzu kam noch der Hinweis des Schaffners Mulanow, daß dieser wilde Genosse nicht einmal eine Fahrkarte bis Wladiwostok bezahlt habe!

Dann versammelten sich alle Schaffner neben der Lokomotive und erklärten auf Befragung durch die Miliz einstimmig, von den gesuchten Werner Antonowitsch Forster und Milda Tichonowna Lipski nichts mehr gesehen zu haben. Theoretisch, meinten die Schaffner, müßten sich die beiden noch im Innern des Bahnhofsgebäudes befinden.

»Phantastisch, Genossen!« sagte Mulanow heuchlerisch. »Wie schnell ihr gekommen seid! Auf die Minute! Was? Die beiden werden gesucht? Ha, wie man sich in Menschen täuschen kann! Viel Glück wünsche ich euch, tapfere Soldaten ...«

Endlich tauchte ein Taxi auf und fuhr um den Platz herum. Forster winkte, der Fahrer winkte zurück und hielt an der Bordsteinkante. Er stieß die Tür von innen auf.

»Jetzt mußt du reden«, sagte Forster leise zu Milda. »Jeder Russe merkt. daß ich ein Ausländer bin.«

Er gab Milda den Zettel und ließ sie einsteigen. Seine Koffer brachte er selbst nach hinten in den Kofferraum.

Der Fahrer blieb dabei sitzen.

Ein wahrer Sozialist fährt zwar einen anderen Sozialisten, aber er bedient ihn nicht! Auf keinen Fall, wenn die Begleiterin so angezogen ist wie Milda Tichonowna. Ein Bauerntrampel! Und das Herrchen? Hatte sich fein gemacht für die Stadt – man kennt das! Einmal Wladiwostok sehen ... und dann bis zum Lebensende davon erzählen in seinem einsamen Kaff am Rande der Taiga ...

Los, steigt ein, Genossen!

»Tunguska 17«, sagte Milda, die sich neben den Fahrer gesetzt hatte. »Ist das weit?«

»Wer spricht von Entfernungen, Genossin?« Der Fahrer grinste. Kommt in die Stadt und tut vornehm! Ist das weit ... Huhu! Bei ihnen zu Hause messen sie die Entfernungen nach Hunderten von Werst und in der großen Stadt ...

Der Wagen ruckte an, fuhr um den großen Platz herum und an dem Bahnhof vorbei. Der Fahrer warf einen Blick zur Seite.

»Was ist denn da los?«

»Sie suchen jemanden, weiß der Teufel, wen! Sie suchen ja immer jemanden!«

Der Fahrer grinste wieder, jetzt zustimmend. Man verstand sich auch ohne große Worte ...

Hier, in Wladiwostok, hatte man einen eigenen Begriff von Freiheit ... die Weite des Meeres, das man ständig sah, verleitete wohl dazu. Hier hört Rußland auf, und wer immer über einen Zaun in ein anderes Land blickt, der hat seine eigenen Gedanken.

»Zu Besuch?« fragte der Fahrer.

»Ja, bei einem Onkel«, antwortete Milda. »Wir freuen uns so ...«

Die Tunguska lag nicht direkt am Hafen, aber auch nicht weit davon entfernt. Man konnte die hohen Kräne noch sehen; die Seeluft strich durch die Straße, aber der Lärm und der Gestank des Hafens flogen nicht bis hierher.

Das Haus Nummer siebzehn war ein dreistöckiger Steinbau aus der Jahrhundertwende mit abbröckelndem Putz und mit Fenstern, die nach einem Anstrich jammerten. Sonst war es ein ganz passabler Bau, in dem sich wohnen ließ. Im Erdgeschoß beherbergte das Haus eine staatliche Brotverteilungsstelle und ein Geschäft für Särge ... eine merkwürdige, aber wohl unbeabsichtigte Kombination.

»Nummer siebzehn!« sagte der Fahrer. »Grüßen Sie Ihr Onkelchen von mir!«

Milda bezahlte, Forster holte seine Koffer aus dem Gepäckraum, und dann winkten sie dem Fahrer zu, bis er um die nächste Ecke gebogen war.

Saweli Jefimowitsch Dronow wohnte in der mittleren Etage, rechts vom Treppenpodest. Ein handgemaltes Schildchen wies darauf hin. Es gab keine Klingel, aber man hatte ja eine Faust, um laut an die Tür zu klopfen.

Dronow war ein Mann Mitte der Sechzig mit weißen schütteren Haaren. Seine vier Kinder waren verheiratet und hatten sich über ganz Rußland verstreut, die eine Tochter sogar bis Orel. Dronows Frau war vor zwei Jahren nach einer Gallenoperation gestorben, und seitdem lebte er in seiner Wohnung mit einer chinesischen, goldgelben Katze und einem Papagei, in der ständigen Angst, man könne ihm die Wohnung wegnehmen, weil sie zu groß für einen einzelnen Mann sei.

Immer wenn es klopfte, schlug er ein heimliches Kreuz, denn er hatte keine Freunde, die ihn besuchten. Wenn eines seiner Kinder zu Besuch kam, meldete es sich vorher an.

So öffnete er auch jetzt die Tür nur einen Spalt weit und spähte in das Treppenhaus. Sein Blick fiel zuerst auf Milda, und das beruhigte ihn. So ein nettes Frauchen wird nicht von der Wohnungsverteilungsstelle geschickt.

»Ich soll Sie grüßen von dem Postschaffner Lumeneff, Väterchen«, sagte Milda freundlich. »Es geht ihm gut . . .«

Dronow stieß die Tür auf und atmete befreit auf.

»Kommt herein, meine Lieben!« sagte er erfreut. »Ist das eine Nachricht! Der gute Lumeneff! Ein fleißiger Beamter! Der Sohn einer Kusine zweiten Grades, müßt ihr wissen. Hat den richtigen Riecher gehabt . . . wird Beamter bei der Post! Braucht sich im Alter keine Sorgen zu machen! Kommt, setzt euch! Ich koche uns Tee . . .«

Er war ein lieber Mensch, dieser Saweli Jefimowitsch. Er rannte herum wie ein Wieselchen, bediente seinen Besuch, holte aus der Bäckerei im Erdgeschoß Schmalzgebäck und Eierkringel und war sichtbar glücklich, daß die Eintönigkeit seines Daseins für ein paar Stunden aufgehellt wurde.

»Wir möchten gern bei Ihnen wohnen, Väterchen«, sagte Milda, nachdem sie den Tee getrunken hatten. »Vielleicht drei Tage. Ist das möglich?«

»Lumeneffs Freunde sind meine Freunde! Natürlich könnt ihr bei mir wohnen. Solange ihr wollt ...«

Er sah Milda geradezu dankbar an und nickte dem stillen Forster zu.

Der hatte bisher nur ein paar Worte gesagt und dem Väterchen erklärt, er stamme aus dem Baltikum. Daher die merkwürdige Färbung seiner russischen Sprache ...

»Noch einmal eure Namen, bitte! Ich habe sie in der Freude glatt vergessen!«

»Das ist Wanja Antonowitsch Forsterew, und ich heiße Milda Tichonowna Forsterewa.«

Dronow zeigte ihnen das Zimmer. Ein schmaler Raum mit einem noch schmaleren Fenster zum Hinterhof, kärglich eingerichtet mit einem Schrank, einem Tisch, zwei Stühlen, einem Waschbecken und einem normalen Bett.

»Macht es euch gemütlich«, sagte Dronow. »Ich bin kein reicher Mann, Wanja Antonowitsch. Habe es damals verpaßt, Beamter zu werden wie Lumeneff. Aber ich bin zufrieden.«

»Was will man mehr!« antwortete Forster. »Ich danke Ihnen, Saweli Jefimowitsch!«

Dann standen sie allein in dem engen Zimmer, die Koffer zwischen sich, und sahen sich an.

Sie wußten jeder, was der andere dachte.

»Du hast dich Forsterewa genannt ...«, sagte Forster leise. »Meine Frau ...«

»Es mußte so sein«, antwortete Milda und bekam ganz dunkle Augen. »Sollte er aufmerksam werden?«

»Nur deshalb, Mildaschka?«

Sie schwieg, bückte sich, hob einen der Koffer aufs Bett und begann, ihn auszupacken.

Am Abend ging Dronow früh ins Bett. Er hatte zuviel Wodka getrunken, den Forster spendierte, hatte dann aus seinem Leben erzählt und war, total erschöpft von der plötzlichen Freude, so liebe Gäste zu haben, plötzlich verschwunden.

»Schlaft euch aus!« sagte er noch und schwankte in seine Kammer. »Laßt euch nicht durch mich stören! Ein alter Mann bestiehlt die Nacht . . . ich bin früh wieder auf. Aber ich werde auf Strümpfen laufen, um euch nicht zu wecken . . .«

Forster wusch sich noch in dem kleinen Waschkabinett, das Dronow besaß – es war, wie gesagt, ein recht gutes Haus –, und ging dann zurück in das Schlafzimmer.

Milda saß auf der Kante des Bettes. Sie hatte die Decken zurückgeschlagen, die Kissen nebeneinandergelegt und die Vorhänge zugezogen. Von der Decke baumelte eine trübe, schutzlose nackte Glühbirne.

Und irgendwie schutzlos kam sich auch Milda vor . . . Sie hatte sich ausgezogen bis auf ein kurzes Hemd, hielt die Knie zusammengepreßt und hatte das Hemdchen bis zu den Hüften heruntergezerrt Ihre Hände lagen in ihrem Schoß und zitterten deutlich.

Zum erstenmal sah Forster fast unverhüllt ihre schönen jungen Brüste, das Ebenmaß ihres Körpers, ihre schlanken langen Beine mit den kleinen Füßen. Es war unerklärlich, wie die derben Bauernstiefel darüber gepaßt hatten.

Der Schein der einsamen Glühbirne traf Mildas Gesicht sehr stark. Es war ein Gesicht voller Fragen und Erwartung, Sehnsucht und natürlicher Abwehr. Die blaugrünen Augen schimmerten, als warteten in ihrem Hintergrund schon die Tränen . . .

Werner Forster blieb vor ihr stehen.

»Wirf mich hinaus, Milda«, sagte er mit belegter Stimme. »Ich schlafe gern im Zimmer auf dem Sofa. Du sollst nie mehr zu etwas gezwungen werden . . .«

»Ich liebe dich, Wanja. Warum redest du so dummes Zeug?«

Sie ließ sich auf das Bett zurückfallen, zog die Beine an und rutschte zur Wand. Ihr Hemdchen verschob sich, aber sie zog es nicht wieder herunter, sondern blieb so liegen. Sie lächelte Forster an und griff nach seiner Hand.

»Bin ich Milda Forsterewa?« fragte sie.

»Bis an dein Lebensende ...« Er beugte sich über sie, zog ihr das lächerliche Hemdchen über den Kopf und warf es weg.

Als er zu ihr kam, fiel der Himmel über sie und deckte sie zu.

Sie liebten sich drei Tage und drei Nächte, und es war eine Liebe, die die Menschen verglühen läßt.

In Milda Tichonowna brach die Hingabe des ewigen Rußlands auf ... so konnte nur eine Russin lieben, die mit der Sehnsucht von tausend Jahren geboren worden war ...

Tagsüber war Forster viel in Wladiwostok unterwegs und suchte nach einem Weg, Rußland zu verlassen.

Wenn er gegangen war, verließ auch Milda das Haus, aber das wußte er nicht.

Was man erwartet hatte, war geschehen:

Karsanows Alarm hatte eine Welle von Sperrungen ausgelöst. Der Flughafen wurde so scharf überwacht, als seien Terroristen unterwegs.

Im Hafen kontrollierte man jedes ausländische Schiff, vor allem die japanischen, strenger als sonst, und es kam niemand an Bord, dessen Papiere nicht genau geprüft worden waren.

Werner Forster beobachtete das alles von einer Hafenkneipe aus.

Er hatte sich gleich am zweiten Tag bei einem Händler für gebrauchte Garderobe eine schäbige Matrosenkluft gekauft.

Er rasierte sich nicht mehr. Dronow bemerkte es mit Erstaunen, aber Milda hatte eine Erklärung dafür.

»Wanja Antonowitsch sucht eine Stelle auf einem Fischfänger«, sagte sie. »Wir haben es satt, immer in der Taiga zu leben.«

»Er will zur See?« Der Alte lachte. »Haha, das große Kotzen wird er dort lernen! Vom Wald aufs Wasser? Den Magen wird's ihm umdrehen!«

Am dritten Tag wurde es eine Stunde lang kritisch. Dronow brachte die neue Zeitung mit.

Auf der ersten Seite sah man zwei Bilder ... Zeichnungen aus dem Gedächtnis, wie sie Karsanow hatte anfertigen lassen. Sie sollten Milda und Forster darstellen, aber sie waren den Originalen so wenig ähnlich, daß Forster in aller Ruhe Dronow antwortete, als dieser sagte: »Man sollte es nicht für möglich halten! Suchen sie zwei gefährliche Menschen! Seht euch bloß diese Gesichter an! Wahre Verbrecher-Visagen! Aber die werden sie bekommen, das sag' ich euch! Nach diesen Bildern haben sie kein Versteck mehr ... jeder wird sie erkennen! Sie haben sogar ähnliche Namen wie ihr! Ein Gesindel läuft hier herum, ein Gesindel!«

Nach einer Stunde war die Gefahr ausgestanden. Dronow zerschnitt die Zeitung mit einem Küchenmesser in handliche Stücke und hängte diese auf der Toilette an einen eisernen Haken.

»Das war knapp!« sagte Forster zu Milda an diesem Abend.

Sie lagen wieder im Bett, Körper an Körper, und ihre Wärme floß ineinander.

»Übermorgen wird es vielleicht vorbei sein, Mildaschka. Ich habe heute einen japanischen Kapitän kennengelernt, Tojo Namamura heißt er. Er hat einen Frachter im Hafen liegen, und der läuft übermorgen aus. Ich treffe den Kapitän morgen wieder. Wenn sie das Schiff beladen, werde ich als Kistenschlepper arbeiten, und in einer dieser Kisten trage ich dich an Bord. Die Miliz kontrolliert nur die Menschen, nicht die Waren.«

»Übermorgen ...«, sagte Milda leise. Sie kroch näher an Forster heran, und plötzlich warf sie sich über ihn und schrie ihm ins Gesicht: »Übermorgen! Oh, übermorgen! Ich liebe dich ... ich liebe dich ...«

Er hielt es für Freude, für einen Ausbruch überschäumenden Glücks und gab sich ganz ihrer Zärtlichkeit hin.

Später, als Forster an ihrer Schulter schlief, seine linke Hand über ihre Brust gelegt, weinte Milda still vor sich hin, starr und unbeweglich, damit er nicht aufwachte.

Übermorgen ... dachte sie immer wieder.

Mit Kapitän Tojo Namamura war alles geklärt.

Forster hatte sich mit ihm in einem Lokal getroffen, das vornehmlich von ausländischen Seeoffizieren besucht wurde und in dem man ziemlich frei sprechen konnte, obwohl auch hier eine gewisse Beobachtung nicht auszuschließen war.

»Ich habe einen Ausweis für Sie mitgebracht«, sagte Namamura und schob Forster ein Stück Papier mit vielen amtlichen Stempeln über den Tisch. »Seit gestern haben alle Hafenarbeiter diese Kennkarte. Mein lieber Mann, Sie haben ja für einen ausgesprochenen Wirbelwind gesorgt!«

Man sprach englisch miteinander, trank amerikanischen Bourbon und tat so, als sei man seit Jahren befreundet.

»Karsanow wird das nie vergessen!«

Forster blickte auf die Hafenanlagen hinaus. Überall patrouillierte Miliz.

Soviel Aufwand für einen einzigen Mann und ein schmales, halb verhungertes Mädchen! Karsanow schien auf einem Vulkan zu sitzen und Feuer zu speien ...

»Klappt es mit der Kiste, Kapitän?«

»Im Schuppen römisch acht. Die Kiste hat die Nummer eintausendsiebenhunderteins. Können Sie das behalten?«

»In diesem Fall könnten Sie mir eine Nummer nennen, die ich aus einer Quadratwurzel errechnen müßte – ich würde sie behalten! Eintausendsiebenhunderteins!«

»Auf den Seiten steht: ›Maschinenteile für Yokohama‹. Neben der Kiste finden Sie eine Karre. Sie müssen die Kiste mit der Karre an Bord bringen . . . Maschinenteile kann ein Mann allein nicht tragen.«

Forster nickte.

»Wie kann ich Ihnen das jemals danken, Kapitän?«

»Überhaupt nicht.« Namamura blickte Forster sehr ernst an. »Wenn Sie auffallen, komme ich hier ins Gefängnis, und mein Patent verliere ich auch! Und warum ich das für Sie tue? Ihrer Milda wegen . . .«

»Aber Sie kennen Milda doch gar nicht, Kapitän?«

»Ich habe eine Tochter, die auch zweiundzwanzig ist.« Namamura erhob sich abrupt. »Wenn sie jemals in eine Notlage kommt, so wünsche ich mir auch einen Menschen, der ihr dann hilft. Bis morgen, Sir. Um sechs Uhr früh laden wir die letzten Kisten ein . . .«

»Bis morgen, Kapitän.«

Sie gingen zusammen hinaus und trennten sich vor dem Lokal.

Morgen, um sechs Uhr früh!

Forster wischte sich über sein stoppelbärtiges Gesicht. Sein alter Matrosenanzug stank nach Öl und Schweiß. Morgen, Mildenka!

Morgen kann ich behaupten, der glücklichste Mensch auf der Welt zu sein . . .

Dronow war nicht in der Wohnung, als Forster, übermütig vor Freude, vom Hafen zurückkam. Er hatte eine Flasche Krimsekt gekauft, einen Topf mit mild gesalzenem Kaviar, ein frisches, duftendes Weißbrot und ein Stück kalten Braten.

»Wir werden feiern!« rief Forster schon in der Tür und trat sie hinter sich zu, weil er beide Arme voll Tüten hatte.

»Saweli Jefimowitsch! Mildaschka! Wir haben ein Fest verdient!«

Aber Dronow war nicht da – das war seltsam. Auch Milda Tichonowna fehlte, was bisher noch nie vorgekommen war.

Sie werden spazierengegangen sein, dachte Forster.

Ein Tag wie Samt, wenn es nicht so kalt wäre. Ein Himmel – so unendlich wie mein Glück! Es paßt alles zusammen ...

Warum soll sie den guten alten Dronow nicht ein wenig an die Luft führen ... niemand wird sie mehr in Wladiwostok erkennen. Die Zeitung mit den Bildern hängt längst, wie bei Dronow, an eisernen Haken auf den Aborten – oder man dreht sich Zigaretten daraus.

Forster deckte den Tisch, suchte Gläser zusammen, stellte den Kaviar außen auf die Fensterbank – der beste Eisschrank in dieser Jahreszeit – und wickelte einen Blumenstrauß aus. Der war eine ausgesprochene Kostbarkeit, aus Japan importiert und im staatlichen Intouristladen angeboten, denn nur Ausländer konnten sich diesen Luxus leisten.

Dann ging er in das Schlafzimmer, um sich umzuziehen.

Das Bett war zugedeckt und mit einer Art Spitzendecke verziert.

Am Fußende standen Forsters Koffer, gepackt und ausgerichtet wie Soldaten. Die Schranktüren waren geschlossen – und Forster wußte in dieser Sekunde, daß die Schrankfächer leer waren.

Auf der Spitzendecke lag ein zusammengefaltetes Blatt Papier. Graues, billiges Papier. Wann schrieb denn Dronow jemals einen Brief?

Forster setzte sich auf den Stuhl neben dem schmalen Tisch und starrte auf das Bett.

»Das ist nicht wahr«, sagte er leise zu sich selbst. »Milda, das kannst du doch nicht tun ... das kannst du unmöglich tun ... Morgen früh um sechs Uhr ... mit der Kiste eintausendsiebenhunderteins ... Milda, das kannst du nicht tun ...«

Er brauchte lange, bis er aufstehen und den Brief vom Bett nehmen konnte.

Noch länger hielt er ihn in beiden Händen, bis er ihn entfaltete.

Eine kleine kindliche Schrift ... so klein, so zart, so zärtlich wie Milda selbst ...

Sie schrieb:

»Mein Liebling,

Du wirst in meinem Herzen die einzige Sonne sein, die mich wärmen kann. Ich weiß, daß dieses Glück mit Dir nie wiederkommt, nie mehr in meinem Leben, und trotzdem muß ich gehen ...

Ich habe Angst vor Deinem Deutschland, vor allem Fremden, vor dieser fernen Welt, in der ich nur Dich hätte und sonst Einsamkeit. Wie soll ich ohne Rußland leben, mein Liebling?

Du hast einmal gesagt: ›Ich begreife eure Seele nicht!‹ Wer könnte das, wenn er kein Russe ist?

Leb wohl, mein Liebling. Ich werde weinen, bis ich leer bin ... aber die Tränen fallen auf Rußlands Erde, und wenn sie eine Blume zum Blühen bringen, will ich sie mit Deinem Namen nennen, Werja ... Leb nochmals wohl ...

Mildenka.«

Als Saweli Jefimowitsch Dronow am Abend zurückkam, war seine Wohnung verlassen, die Koffer weg, nur auf dem Tisch stand eine Flasche Krimsekt.

Dann fand er frisches Weißbrot und kalten Braten und auf der äußeren Fensterbank einen großen Topf mit Kaviar.

In einer Flasche, weil Forster keine Vase gefunden hatte, stak ein Strauß unbekannter, wunderschöner, sicherlich japanischer Blumen ...

»Er wird es überleben«, sagte Dronow zu sich selbst, »und sie auch. Nein, wie man sich täuschen kann!«

Er setzte sich an den Tisch, überblickte die Köstlichkeiten und dachte daran, wie er Milda Tichonowna über sechs alte Verbindungen und um sieben Ecken herum in einer Gärtnerei am Rande von Wladiwostok untergebracht hatte. Man hatte ihr ein Zimmerchen gegeben, und sie hatte sich auf das Bett geworfen und geweint, als wolle sie sich ganz in Tränen auflösen.

»Soll man's verkommen lassen?« fragte Dronow und griff nach der Sektflasche. »Wer Brot vertrocknen läßt, ist ein Schuft! Wer Fleisch verschimmeln läßt, den treffe der Blitz!«

Nach einer Stunde lag Saweli Jefimowitsch Dronow betrunken, satt und selig unter dem Tisch und schlief.

Um sechs Uhr neunzehn morgens schob ein Hafenarbeiter, bartstoppelig und dreckig, mit roten verquollenen Augen und nach Wodka stinkend, auf einer Karre die Kiste Nummer eintausendsiebenhunderteins über die Laderampe.

Ein Milizposten kontrollierte ihn, warf einen Blick auf den stempelreichen Ausweis und sagte: »Passieren!«

An Deck kippte der Arbeiter die leichte Kiste ab, setzte sich auf eine Taurolle und blickte zu Kapitän Namamura hinauf, der zu ihm getreten war.

»Alles in Ordnung, Sir?« fragte Namamura.

Werner Forster nickte, wie nur ein Betrunkener nicken kann.

»Alles in Ordnung ... Kapitän!«

»Jetzt haben Sie es geschafft, Sir.«

»Ja, jetzt habe ich es geschafft.«

Namamura wandte sich ab und ging zurück zur Brücke. Er sah nicht mehr, wie Werner Forster sein Gesicht mit beiden Händen bedeckte und weinte.

GOLDMANN

Wilbur Smith

Wie keinem anderen gelingt es Wilbur Smith, dramatische Ereignisse mit intensiver Naturbeobachtung, aktuelle Anliegen mit packenden Geschichten zu vereinen. Als Sohn einer alten britischen Siedlerfamilie kam Smith schon früh in Berührung mit dem Kontinent, dem fast alle seine Bücher gewidmet sind: Afrika.

Glühender Himmel 41130

Schwarze Sonne 9332

Der Stolz des Löwen 9316

Wer aber Gewalt sät 9313

Goldmann · Der Taschenbuch-Verlag